Tutti ma non il Capo!

commedia romantica tanto bollente quanto esilarante

Tutti ma non Tu!
Libro 2

Sara L Hudson

A Jack
Il mio acquisto d'impulso. Il mio sifone per i soldi.
Il mio campione di salti sul letto.
Il mio compagno nel passaggio da ragazza a donna a madre.
Ti voglio bene e mi manchi.
Sempre e per sempre.

Capitolo Uno

Thomas

Non ho mai capito il fascino delle patate senza peli.

«Ecco, tienilo in braccio.» Chase spinge suddetta patata verso di te, tendendola sopra l'enorme tappeto persiano nell'ufficio di nostro padre, come se fosse il piccolo Simba sopra la Rupe dei Re.

Solo che non sta mostrando un adorabile leoncino alla savana, presentandolo come erede del regno animale. Questo è un gatto adolescente calvo e rugoso.

«Assolutamente no.» Tengo le braccia saldamente lungo i fianchi.

«Oh, andiamo, amico.» Agita il gatto, come se ciò potesse renderlo più allettante. «Mikey è un bravo ragazzo, devi solo imparare a conoscerlo.»

Due grinze di pelle si fondono quando la creatura si contorce tra le mani del suo proprietario. Non mi scomodo neanche a nascondere il disprezzo. «Non ho alcun desiderio di conoscere il tuo gatto.»

«E va bene.» Chase sbuffa sconfitto e rimette a terra il felino.

Come se sapesse di aver appena subito un severo rifiuto, il gatto mi scocca uno sguardo sprezzante, poi prende a leccarsi le palle. Lo spettacolo è un pugno in un occhio di per sé, ma i rumori... i rumori rischiano di farmi tornare su il frullato proteico che ho assunto per colazione.

Indico l'offensivo animale e fisso mio fratello. «Se macchia il tappeto, pagherai di tasca tua l'impresa di pulizie.»

Con un profondo sospiro, Chase riprende in braccio il gatto e lo sistema sulla poltrona davanti alla mia scrivania.

Come se ciò fosse meglio.

Spostato il felino e conclusa la sessione di leccate, Chase mi lancia quella che alcune delle impiegate di Moore's definiscono "un'occhiata affascinante". «Sei contento di farmi da cat sitter mentre sono in luna di miele?»

Non trovo per nulla affascinante mio fratello. Anzi, fino a qualche mese fa avrei detto di non sopportarlo. Però sarebbe stata una menzogna.

Si china sulla poltrona e accarezza l'animaletto; sembra stia massaggiando un petto di pollo.

«Pensavo che Bell volesse portarselo dietro.»

Smette la sessione di carezze e mi guarda con l'aria di un bambino a cui è caduto il cono gelato. «Bell vuole sempre portarsi dietro Mikey.»

Non sono molto abile nel cogliere i segnali sociali, ma... «Sei *geloso* del tuo gatto?» Confuso, indico la bestia dagli occhi porcini e dalla pelle floscia con più accuse di condotta indecente di Marylin Manson – e un aspetto ben meno attraente. «*Quel* gatto?»

Un'altra scrollata di spalle. «Forse.»

Non mi stupisco spesso, ma rimango di sasso a questa sua ammissione. Però devo ammettere che Chase è sempre stato bravo nell'esprimere ciò che prova. Uno dei molti aspetti in cui differiamo.

Ma in nome del reciproco impegno a voltare pagina, ora che nostro padre è in prigione e io e Chase ci stiamo riconciliando, io stesso provo a dar voce ai miei sentimenti. «Non mi piacciono gli animali.»

Visto? Crescita emotiva. Sono in grado di cambiare.

L'espressione di mio fratello diventa mesta.

«E soprattutto non mi piacciono gli animali brutti.»

Si stringe una mano al petto come se fosse una vecchietta con una collana di perle. Il gatto, quasi comprendesse le mie parole, riprende a leccarsi.

«Chiedilo alla mamma.» Non ci tengo a scaricare il barile o, meglio, il gatto, ma nostra madre vive in una reggia di cinquecento metri quadri, con uno stuolo di domestiche pronte a esaudire ogni desiderio a base di erba gatta di Mike. E sono certo che, pagando abbastanza, una accetterebbe persino di accarezzarlo.

«Mamma andrà a quella crociera per single.»

Dire che Emily Moore, la matriarca del patrimonio dei Moore, si stia godendo la vita da divorziata sarebbe un eufemismo.

«E Liz...» Chase fa spallucce.

Non sappiamo davvero dove sia nostra sorella. È un contenzioso di famiglia.

Soprattutto per me. Chiedo ancora rapporti settimanali all'istituto correttivo federale di Otisville per assicurarmi che nostro padre stia facendo esattamente ciò di cui ha bisogno, cioè nulla.

Il che significa che, quando Liz ha lasciato la città, io e Chase volevamo assoldare un detective privato. Ne avevo già scelto uno ed ero pronto a partire quando mamma e Bell si sono alleate per fermarci. Pensano che Liz abbia bisogno di tempo e spazio per accettare il fatto di non essere la donna dell'uomo che ha sempre considerato suo padre.

Personalmente, scoprire di non essere legato all'individuo arrestato per appropriazione indebita dell'eredità sarebbe un'ottima notizia. Accidenti, lo dico anche se non era la mia eredità quella minacciata: sarei lieto di non essere imparentato con Stanley Moore, un infame irresponsabile e psicologicamente abusante con scarso senso degli affari.

Ma io sono fatto così.

Chase si appoggia alla libreria. «Credimi, ho già chiesto a chiunque. George ha risposto che se mi fossi azzardato a proporglielo si sarebbe licenziato.» Visto che George, l'assistente amministrativo di Chase (e mio, da quando lavoriamo insieme), porta praticamente avanti la baracca, capisco la riluttanza di mio fratello nell'insistere.

Chase si lancia uno sguardo oltre la spalla, verso la porta, come se temesse che George l'avesse sentito. Con un sospiro di sollievo perché l'acconciatura sobria ma impeccabile del giovane non compare oltre la porta, mio fratello torna a perorare la sua causa. «Bell ha persino chiesto ad Alice, ma il suo condominio non permette di avere animali domestici.»

Distolgo di scatto lo sguardo da quell'abominio del gatto di mio fratello. «Alice?»

«Sì, Alice. Hai presente, la nuova responsabile del marketing design?» Inclina il capo di lato, mi scruta e un sorrisetto fastidioso gli compare sul viso. «Sai, capelli scuri, magrolina, timida?»

«Sì, so chi è Alice, grazie tante.» Vorrei non saperlo, però. Con mia estrema costernazione, sono fin troppo consapevole di Alice Truman.

«Ah sì?» Il sorrisetto si allarga.

«Sì.» Prendo la stilografica dalla scrivania e osservo la scritta *Moore's* incisa sul cappuccio. «Quella con il pessimo taglio di capelli. Ex commessa del reparto scarpe. Ottimo occhio per gli allestimenti.»

Il sorriso di Chase si spegne e si trasforma in una bocca spalancata. «Amico...»

Inarco un sopracciglio verso l'ovvia disapprovazione di mio fratello. Alice è in effetti stata spostata di ruolo qualche mese fa proprio perché la sua attenzione per gli allestimenti è stata notata durante il suo impiego nel reparto calzature. È sulla ventina, ma quella frangetta che sta cercando di far crescere la fa sembrare un'adolescente.

Tutto ciò che ho detto è vero. Eppure, a giudicare dalla reazione di mio fratello, è ovvio che non avrei dovuto dirlo.

La mia famiglia ci tiene a informarmi che sono scortese, anche se usando termini più coloriti.

Non lo faccio apposta. Davvero. Perché disturbarsi a limare frasi e parole per non urtare i sentimenti troppo sensibili delle persone, quando la verità nuda e cruda fa risparmiare tempo grazie alla sua mancanza di ambiguità? Ho passato anni ad affinare la mia efficienza.

E a voler essere onesto con me stesso, cosa che cerco di non essere quando si tratta di sentimenti, forse sono così per via di come sono stato educato.

Prima dell'arresto di mio padre, se avessi menzionato di essere colpito dal salto di carriera fatto da una commessa di scarpe diventata meritatamente responsabile del marketing, o se avessi fatto notare quanto fosse insolito che una persona con un simile taglio di capelli riuscisse comunque a risultare gradevole alla vista, mio padre l'avrebbe usato contro di me. Anche solo ammettere che conoscevo il nome di una commessa gli avrebbe fatto pensare di dover intervenire. E visto che i suoi interventi si riassumono in licenziare o andarci a letto, come a dimostrare a me, il suo erede, che è ancora lui il signore del castello, ho iniziato fin dalla più tenera età ad allenare la faccia da poker e a tagliare via il superfluo.

Alla soglia dei quarant'anni, il mio atteggiamento impassibile causa due reazioni: paura o rabbia. La seconda soprattutto in mio fratello, prima che facessimo pace. La prima in tutti gli altri, soprattutto nei dipendenti.

Alice è un'eccezione. Per essere così minuta e al di sotto di me nella gerarchia aziendale, non cerca di guadagnarsi il mio favore. Con tutti gli altri è timida, educata e sempre gentile. Con me, mai.

Un fatto di per sé non molto degno di nota, visto che tendo a mettere a disagio un po' tutti, e non solo i dipendenti. Ma per qualche motivo, la freddezza di Alice e le sue parole taglienti mi colpiscono, laddove rimarrei indifferente se si trattasse di qualcun altro. Ancor più dell'accorgermi di questa differenza, mi turba che, dopo aver scoperto questa mia sensibilità, non sono ancora riuscito a tenerla a bada.

Il che probabilmente è il motivo per cui sono conscio di lei in modo tanto insolito e fastidioso.

Non ci sono altre ragioni.

———

Alice

Thomas Moore, il mio capo nonché uomo più arrogante di New York, è uno stronzo.

«Buongiorno, signor Moore.» Chase sussulta per la sorpresa quando entro nell'ufficio. A una rapida occhiata, Thomas non ha alcuna reazione. «Signor Moore.»

Un classico.

Il rigido, maleducato e orgoglioso Thomas non potrebbe essere più diverso dall'affascinante, loquace e socialmente astuto Chase.

Porgo a Thomas la mia proposta di design per l'allestimento delle vetrine frontali.

«Ciao, Alice.» Chase si passa una mano tra i capelli con aria colpevole. «Tutto pronto per Las Vegas?»

Visto che non è colpa sua se suo fratello è uno snob, mi costringo a sorridergli. «Sì. Non vedo l'ora.»

Chase sposta lo sguardo sul fratello e spalanca gli occhi come a implorarlo di dire qualcosa.

Thomas apre la cartelletta che gli ho dato e controlla in fretta il progetto. «Lo annoterò e te lo restituirò.»

Chase si passa la mano sul viso. Mike, che ho appena notato sbucare dalla poltrona, miagola con più emozione di quanta Thomas Moore ne abbia nel cuore.

«Ottimo.» Il mio sorriso dev'essere teso, le parole suonano secche. «Grazie.»

Esco e percorro rigida il corridoio.

George inarca le sopracciglia sopra la montatura in corno degli occhiali quando gli passo davanti, sulla soglia della sala relax. Dev'essere scioccato nel vedere la solitamente allegra e gioviale Alice Truman schiumare di rabbia. Perché non sono una persona rabbiosa, io. Non lo sono mai stata.

Sono sempre cordiale. Evito i conflitti. Sono una pacifista.

Ma al momento, altro che pace. Voglio prendere a pugni la stupida faccia attraente di Thomas Moore.

Per fortuna George viene distratto dal fischio e dal bip della complicata macchina del caffè che ha insistito affinché Chase comprasse, così posso svoltare l'angolo e infilarmi nel ripostiglio della cancelleria senza fornire spiegazioni.

Devo ricompormi. Dimenticare le parole di sufficienza di Thomas Moore. E soprattutto scordarmi la settimana che ho trascorso a sfrecciare da un espositore di profumi all'altro in pausa pranzo, cercando di capire come, nei rari momenti che abbiamo trascorso nella stessa stanza, quello stronzo spocchioso potesse avere un profumo così delizioso.

Ci sono voluti cinque giorni e un sacco di starnuti prima di avere una risposta: i soldi.

Thomas Moore profuma così tanto perché può permettersi una colonia che costa più di un mese d'affitto di un monolocale di trentacinque metri quadri in una zona un po' losca ma non troppo della città.

La zona in cui vivo io.

Forse, se avessi i soldi per comprarmi profumi così costosi, potrei permettermi un vero taglio di capelli e non una disavventura domestica di cui mi pento. Pensavo di essere capace di copiare il trend delle curtain bangs, ma mi sono ritrovata con una frangetta dritta e folta che mi dà un'aria da preadolescente.

Non sarà il massimo come look, ma detesto che il signor Camicia Inamidata l'abbia fatto presente. Solo perché si fa spuntare le ciocche color cioccolato dal miglior barbiere di New York, non significa che tutti abbiamo lo stesso privilegio.

Con un profondo respiro, approfitto del mio nascondiglio e frugo in una delle scatole fino a trovare un blocchetto di post-it colorati. Bell dice sempre che il mio ufficio sembra il covo di un serial killer. Ma appicciccare post-it variopinti e foto Polaroid alle pareti mi aiuta a organizzare i progetti in corso e a pianificare la pubblicazione sui social, oltre a fungere da tavolozza per il brainstorming di vetrine ed espositori.

Ne prendo alcuni azzurri, quelli che uso per i post social di Moore's. Ne utilizzo parecchi.

Moore's non ha mai avuto un suo team marketing dedicato, figurarsi qualcuno che si occupi di design e visual merchandising. Hanno sempre impiegato agenzie esterne per la pubblicità, lasciando che i manager dei vari settori mettessero sugli scaffali ciò che preferivano, in base ai gusti personali o agli obiettivi di vendita per quel mese.

Un sistema datato che lasciava molto a desiderare sia dal punto di vista creativo che da quello finanziario. Solo quando il secondo fratello Moore, Chase, si è messo al timone, l'anno scorso, la mancanza di un autentico piano marketing è stata corretta.

Proverrò anche dal reparto calzature, come ha puntualizzato Thomas Moore, ma non sono l'ultima stagista assunta. Il mio titolo ufficiale è *lead visual merchandiser* e coordinatrice social media. In pratica, quando non posto foto sul cellulare, vesto e svesto un sacco di manichini.

Non male per una ex commessa di scarpe proveniente dal sistema degli affidi familiari.

Socchiudo la porta e guardo in corridoio. Via libera.

Non potrei essere più felice di avere un lavoro che mi permette di provvedere a chi dipende da me, mi dico mentre raggiungo rapida l'ascensore.

Beh, no, è una bugia. Potrei essere più felice, in realtà.

Quando le porte si aprono, salto dentro e continuo a premere il pulsante di chiusura finché non sono al sicuro, sigillata dentro.

Per esempio, potrei non dover avere a che fare con Thomas Moore.

Capitolo Due

Thomas

«Niente spogliarelli, niente gioco d'azzardo, niente copricapezzoli.» Fisso Susan, la direttrice del reparto moda donna di Moore's, che si trova di fronte a me nel salottino in ufficio.

Durante l'ultima ora, io e Susan abbiamo definito gli ultimi dettagli del matrimonio di mio fratello. Se Chase voleva il tipico, losco e un po' squallido matrimonio improvvisato a Las Vegas, allora non avrebbe dovuto nominarmi suo testimone. Perché ho agguantato il poco potere e la responsabilità legati al ruolo e li ho moltiplicati per dieci.

Nello specifico, ho coinvolto Susan in qualità di wedding planner.

È una donna sulla sessantina che dimostra come minimo dieci anni in meno. Accavalla le gambe, e i pantaloni Yves Saint Laurent pied-de-poule sfiorano con classe le Jimmy Choo in pitone color cioccolato. «Pensa davvero che ammetterei una qualsiasi di queste cose?»

«No, ma...» Inclino il capo verso Chase, che è steso sul divanetto tra noi, con il gatto stravaccato sopra. Ha sonnecchiato per l'intera conversazione. È ancora arrabbiato con me per la mia precedente interazione con Alice.

Le labbra rosee di Susan si torcono in un sorriso sarcastico. Sa benissimo in che razza di pasticci può infilarsi mio fratello, o uscirne, se è per questo, grazie al suo fascino. Accetta il mio commento e annuisce. «Prendo nota.»

Dopo qualche altro minuto a valutare tutte le sfaccettature della location scelta da mio fratello, ancora appisolato, Susan si alza per andarsene. «So che era preoccupato per le nozze, all'inizio.» Guarda Chase, che ha un braccio sugli occhi come se fosse sfinito dalla sua vita da sogno, poi torna a rivolgersi a me. «Ma visto come è riuscito a convincere la chiesa a sospendere le messe mentre pagava per il restauro, che gestiremo noi,» e si mette la mano sul petto; il bracciale di diamanti per i quarant'anni di servizio che le ho regalato tre anni fa scintilla, «sarà tutto favoloso.»

«Mh.» Non ho convinto di nulla i proprietari della chiesetta. Ho semplicemente firmato loro un assegno. Potranno rifare la facciata della cappella per i futuri matrimoni, il tutto al modico costo di una settimana di vacanza gratis.

Nulla di questo matrimonio è un buon ROI, un ritorno d'investimento. Beh... guardo mio fratello, con il classico sorriso sulle labbra anche nel sonno, un sorriso che è diventato più sincero da quando ha incontrato Campbell "Bell" King. Diciamo nessun ROI finanziario, ecco.

Mi alzo dalla poltrona, mi riallaccio la giacca dell'abito e accompagno Susan alla porta.

Dopo averla chiusa, torno alla scrivania. La nebbiosa giornata invernale fuori dalle vetrate riflette il mio umore.

Il mio nuovo ufficio invece no. Non ci sono più le cupe sfumature di blu e bordeaux, né le pesanti decorazioni degli arredi di quando era l'ufficio di nostro padre, solo un anno fa. Al loro posto c'è una varietà di legno color miele, velluto verde smeraldo e tessuti crema. È luminoso, pulito e moderno, e fastidiosamente rinfrescante.

«Non è troppo tardi per avere una cerimonia rispettabile, sai?» Mi siedo sulla poltrona di cuoio alla scrivania; ha un design più semplice, ed è molto più comoda della precedente mostruosità a forma di trono che ha rimpiazzato.

Chase apre di scatto gli occhi. «Cosa c'è di più rispettabile del Re in persona che presiede alle nozze?»

«Direi qualsiasi cosa.» Fisso intensamente il poco spazio tra le scarpe di Chase gettate sul bracciolo e il tessuto chiaro del divano. «Qualsiasi cosa sarebbe più rispettabile.» E più facile da gestire.

Alla gente piace pensare che New York sia caotica. E può esserlo, ma è un caos controllato dal potere e dall'influenza, gli stessi che sono legati al nome della famiglia Moore. Anche dopo lo sciagurato, pubblico dramma familiare causato dall'arresto di mio padre lo scorso anno. E per me, il controllo è tutto.

Las Vegas è, per sua stessa natura, l'antitesi del controllo.

Non mi serve sperimentarlo per sapere che lo detesterò.

Chase solleva le ginocchia al petto e si raddrizza, scostando Mike e rischiando di piantare le suole sui miei cuscini. «Ma dove sarebbe allora il divertimento?»

«Miao.» Con profonda indignazione, il gatto balza sullo schienale della poltroncina di velluto da cui mi sono appena alzato.

«Il matrimonio non è divertente. È una cosa seria.» Non che io ne sappia qualcosa. Non sono mai stato sposato, ma essendo il prodotto di un matrimonio infelice, malsano e ora infranto, so che non è una faccenda da prendere alla leggera.

Ma, mi dico, se Bell e Chase vogliono la loro fuga d'amore a Las Vegas e una cerimonia a base di paillette e poliestere, con un imitatore scadente che li dichiara marito e moglie finché morte non li separi, chi sono io per negarglielo?

Dovrei essere felice che il mio fratellino abbia trovato la persona giusta. E visto che abbiamo ripreso a parlarci solo di recente, dovrei anche essere entusiasta che non solo mi abbia invitato, ma mi abbia chiesto di fargli da testimone.

Lo sono. Giuro. Picchietto con più forza del necessario sulla tastiera mentre controllo i report degli incassi di ieri, e metà del mio cervello vaglia l'immensa lista delle cose da fare per Las Vegas prima del weekend.

Per me è ridondante, e io odio essere ridondante, ma non posso fare a meno di tentare un ultimo appello al buon senso. «Dovreste sposarvi a casa, dove tu e tua moglie avete in programma di vivere, tra amici e familiari. Dovresti iniziare il tuo futuro da uomo sposato con la serietà e l'impegno necessari.»

Chase sbatte le palpebre all'unisono con Mike. «A volte sembri uscito dal Diciottesimo secolo.»

Cedo al sospiro che mi montava dentro da quando io e Susan abbiamo confermato quale imitatore di Elvis, tra i venticinque candidati, avrebbe officiato la cerimonia. «A volte mi sembra davvero di appartenere al passato.»

Mike mi fissa, solleva la zampa e si lecca.

George emerge dalla porta "segreta" che Chase ha insistito per installare tra i nostri due uffici. Talmente segreta che tutti sanno che esiste, perché Chase non ne ha fatto mistero, da tanto era ammirato dalla sua stessa idea. «Signor Moore il giovane?»

Vorrei dire che il fastidio di mio fratello non mi compiace, ma vederlo stringere i denti mi causa un raro sorriso, quindi non posso mentire.

«Davvero, George?» Chase prende Mike e si volta verso George. «Il giovane?»

L'assistente amministrativo ha trovato modi creativi per

mantenere un ambiente lavorativo formale senza dover usare i nomi di battesimo, da quando io e Chase abbiamo iniziato a lavorare insieme.

Per me, è il giusto contrappasso visto che Chase continua a chiamarmi "amico" o "Tallero".

George ignora Chase e varca la soglia, impeccabile nell'abito tre pezzi su misura. «Mi hanno comunicato che la signora King è nel reparto calzature.»

L'irritazione svanisce. Chase si illumina e afferra il gatto. «Sapevo che la tua mamma sarebbe venuta, se ti avessi portato.»

Come se lo capisse, il felino strofina il muso contro il mento di Chase, che gli prende una zampa, la solleva e gli dà il cinque.

Pinzandomi la radice del naso, decido di smetterla di lasciarmi distrarre dalle assurdità nuziali e di tornare al lavoro.

Ma poi George menziona Alice.

———

Alice

«Perché sei qui quando hai un ufficio perfettamente funzionale?»

Sbatto le palpebre alla luce che entra dalla porta aperta e mi schermo gli occhi con la mano. Una donna, illuminata da dietro, si appoggia allo stipite del magazzino delle scarpe. «Bell?»

«In persona.» I suoi tacchi ticchettano sul pavimento di grezzo cemento mentre si avvicina al punto dove sono curva su una mensola bassa. Ho scostato le scatole per fare spazio al mio portatile e alla mia attrezzatura fotografica.

«Io... oggi volevo concentrarmi sul reparto calzature.» Prendo il cellulare e lo agito. «Caricherò qualche altra foto sui social.»

Bell stringe le labbra, poi sposta lo sguardo alle scatole di scarpe sulle mensole sopra di me. Scatole che sono già decorate da un arcobaleno di post-it. «Vuoi concentrarti sul reparto calzature per due giorni di seguito?»

Accidenti. Mi sono dimenticata che, in quanto consulente marketing, Bell è aggiornata sulle pubblicazioni social di Moore's.

«Ecco...»

Non posso dirle che essere circondata dall'aroma del cuoio appena lucidato e delle suole nuove delle centinaia di scarpe in quell'enorme ripostiglio polveroso è confortante, per me.

Sarebbe strambo.

«Qualcuno ti dà noia in ufficio?» Bell incrocia le braccia al petto. «Devo dare qualche scappellotto?»

Sorrido per la sua espressione fiera. Bell è una capa grandiosa. Peccato che non sia la mia vera capa. Il suo contratto annuale con Moore's sta tristemente giungendo al termine.

«Niente scappellotti.» Mi alzo e stiracchio la schiena indolenzita dalla postura ricurva. «E comunque cosa ci fai qui?» Bell sarà anche la manager del marketing provvisoria, mentre cerca un sostituto, ma di solito lavora da remoto. Abita a Houston, e anche se questo cambierà dopo il matrimonio, non viene troppo spesso da Moore's perché sostiene di essere più produttiva da casa.

Il che, lo sappiamo tutti, è un modo per dire che Chase non la lascia in pace abbastanza a lungo da lavorare come si deve.

Fa spallucce e osserva la pila di scatole Louboutin al suo fianco. «Ho finito quel che dovevo fare, e visto che Chase ha portato Mike in ufficio, ho deciso di far loro una sorpresa per pranzo.» Sfila una delle scatole dalla pila.

È proprio per questo che Chase si porta il gatto al lavoro. Sa che quel felino è il punto debole della sua fidanzata.

Bell apre il coperchio ed estrae una scarpa con zeppa che

richiederebbe doti da funambolo per indossarla, e la fa dondolare tenendola per il cinturino. «Troppo?»

So quanto costano quelle scarpe. Tra quello, il colore sgargiante e l'altezza del tacco, non riuscirebbe a indossarle più di qualche volta all'anno. Ma non lo dico e mi limito a fare spallucce. «Forse?»

«Già.» Le ripone con un sospiro.

All'improvviso cambia atteggiamento, si volta verso di me e batte le mani. «Andiamo. Già che sono qui, posso aiutarti a scegliere le scarpe per le damigelle.»

La frangia troppo lunga mi ricade sul viso. «Oh.» Prendo il cerchietto che mi sono tolta perché mi dava il mal di testa e lo rimetto, scostando i capelli all'indietro. Ci ho messo nove mesi a far crescere abbastanza la frangia da renderla gestibile. «Continuo a dimen...»

«Dimenticarti? Sì, ho notato.» Bell mi mette la mano sulla schiena e mi conduce fuori dallo stanzino in penombra e nella vivida luce del giorno. O meglio, del reparto calzature di Moore's.

L'ambiente, per quanto enorme e quasi senza finestre, è illuminato come un giorno d'estate grazie ai molti lampadari di cristallo che pendono dai soffitti alti cinque metri. Come se fossi appena uscita dalla fermata della metropolitana, ci metto un attimo ad acclimatarmi alla luce.

«Susan ti aspetta.» Bell osserva il nuovo allestimento di Saint Laurent. «Io arrivo subito.» Se ne va in cerca di altri tacchi vertiginosi.

Faccio giusto due passi prima che una donna in jeans stracciati, blusa di seta e lucide ballerine Gucci mi metta davanti una scarpa Jimmy Choo. L'orologio di Cartier scintilla alla luce dei lampadari.

«C'è il trentotto?»

Per abitudine prendo la scarpa e controllo il numero di inventario sulla suola. «Certo.»

Raymond, il manager del reparto, sembra sbucare fuori dal nulla e mi toglie la scarpa di mano. «Con permesso, lasci fare a me,» dice alla donna, indicandole una sedia vuota.

«Oh, beh.» La cliente si illumina ai modi formali di Raymond, e probabilmente al suo aspetto da silver fox, attraente con quei capelli grigi. «Grazie,» dice, e si accomoda.

Raymond solleva il capo verso la mia ex collega Clarissa, e basta un cenno per farla accorrere in aiuto.

«Chiedo scusa.» Non so perché sento di dovermi scusare con Raymond per aver cercato di dare una mano a una cliente, ma lo faccio. O forse sento di dovermi scusare con me stessa quando noto il mio riflesso nello specchio su una colonna e mi accorgo di indossare l'uniforme dei commessi di Moore's, quella che mi è stata data alla mia assunzione cinque anni fa.

Pensavo che, indossando una camicia blu invece che quella bianca e togliendo la targhetta con il nome, avrei fatto una scelta acuta ed economica per aggiornare il guardaroba alla mia nuova posizione lavorativa. Ma forse no.

Le parole di Thomas di tanti mesi prima mi tornano alla mente. *Quella del reparto scarpe.*

Raymond mi fa un fugace sorrisetto, poi, come se anche io fossi una ricca cliente con soldi da buttare, mi porta qualche stand più in là, dove Susan è in piedi accanto a una pila di scatole di scarpe.

«Siediti.» Susan indica la sedia all'altro lato delle scatole.

Lo faccio. Anche se lavoravamo come commesse sullo stesso piano, io al reparto scarpe e lei a quello beni di lusso, ho trascorso più tempo con lei da dopo la promozione, perché è coinvolta nel matrimonio di Bell e Chase.

Mi mostra il primo paio, dei sandali con la zeppa azzurro

chiaro con sottili cinturini alla caviglia; è seduta su uno sgabello argentato, pronta a farmeli indossare. «Cominciamo con questi.»

Provo obbediente i sandali, badando a prenderglieli di mano e a indossarli da sola. Mi fa strano farmi servire nel luogo dove un tempo lavoravo. Un luogo che non posso permettermi. È Bell a comprare le scarpe per le damigelle.

«Sei l'ultima a dover ancora scegliere le scarpe. E se non scegli quelle, non so che vestito darti. Ho dovuto ordinare tre abiti della tua taglia per lasciarti il tempo di decidere quale vuoi.»

Faccio una smorfia. «Scusa.»

Susan estrae il secondo paio, delle decolleté con platform e tacco a spillo decorate di pietruzze, e le sistema di fianco ai sandali che mi sono appena tolta.

Armeggio con il cinghiolo dorato. «Pensavo che la gente di solito prendesse prima l'abito, e poi le scarpe.»

Susan fa spallucce, e riesce ancora ad apparire regale, anche appollaiata sullo sgabellino. «Forse, ma così per me è più divertente.»

Mi alzo e saggio le scarpe; il cinturino mi fa sentire più sicura, anche con quei tacchi più alti del normale.

«Se Thomas mi permetterà di fare a modo mio e scegliere a mio piacimento gli outfit per le damigelle, puoi scommetterci le chiappette che prenderò quello che mi va.»

Vacillo sui tacchi alla menzione di *lui*.

Susan inarca un sopracciglio quando mi rimetto in equilibrio, poi mi fa cenno di muovere qualche passo. «Sii grata che ti lascio dire la tua sulla scelta delle scarpe.»

Ho sentito parlare delle cosiddette *bridezilla*, ma non pensavo che la frenesia da matrimonio si estendesse anche alle addette allo stile. Faccio un breve giro tra gli scaffali, spegnendo la parte di cervello fissata su perché Thomas Moore sia coinvolto nel matrimonio, visto che non fa che parlarne male.

Il percorso mi porta a superare il tavolo dove sono esposte proprio le scarpe che indosso. Vacillo di nuovo nel vedere il cartellino del prezzo.

Ho passato la vita al risparmio, tirando avanti uno stipendio dopo l'altro. E anche se lavoro in un negozio di lusso, ho sempre speso solo lo stretto indispensabile in vestiti pratici e durevoli. Una parte del motivo per cui amavo il mio lavoro di commessa era l'uniforme. Non dovevo preoccuparmi di come mi vestivo.

Il mio unico vizio, se vogliamo chiamarlo così, è la lettura. E grazie al sistema di biblioteche di New York, è un vizio alla mia portata.

«Queste ti stanno divinamente.» Susan si sporge indietro e mi osserva mentre torno. «Hai delle splendide caviglie.»

Non so cosa renda belle delle caviglie, ma la ringrazio ugualmente.

Una volta seduta, faccio per prendere le decolleté, che sono pesanti. Come farò a camminare con quelle, anche solo per i pochi metri della navata?

Almeno con la promozione mi sono garantita anche un'ottima copertura sanitaria, nel caso dovessi rompermi una di suddette splendide caviglie.

«No, no.» Susan scosta l'altra scarpa con il piede. «Ora che le guardo bene, non sono adatte a te. Troppo massicce.»

Trasalisco quando vedo la scarpa costosa strisciare sulla moquette.

Mi porge la scatola che ha in mano.

Anche queste scarpe sono azzurre, ma anche... bellissime.

Di primo acchito non sono niente di speciale, ma il tacco, il più basso dei tre, è sottile e delicato. E il fiocco davanti, che potrebbe apparire pacchiano, giace piatto e angolato in modo particolare sulla punta.

«Vorrei fossero nere.» Anzi, no. Se lo fossero, mi verrebbe da comprarle. Perché le indosserei con tutto. Abiti, completi, pantaloni. Controllo l'etichetta: Stuart Weitzman. Costose, ma di ottima qualità. Forse, con lo sconto dipendenti, potrebbe valerne la pena... se ci fossero in un colore più sfruttabile.

Le indosso lentamente, temendo che non mi stiano. Ma mi calzano a pennello, e non mi trattengo dal ruotare il piede per ammirarle allo specchio.

«Ti piacciono.»

Sento un sorriso nella voce di Susan.

«E sì, ci sono anche nere.»

Alzo di scatto la testa. «Davvero?»

Dopo essersi allontanata di qualche passo dal caos di scarpe e scatole, torna con quello stesso modello in nero. E anche in rosso.

Non ho mai posseduto delle scarpe con il fiocco, figuriamoci rosse. Sono cresciuta con vari genitori affidatari, quindi al massimo ho avuto sneaker di seconda mano o Mary Jane con la suola spessa, nel caso la casa-famiglia fosse una che ci teneva ad andare a messa la domenica.

Sono passati dieci anni da quando sono diventata troppo grande per il sistema, ma la frugalità e la comodità mi sono rimaste dentro. Soprattutto perché ci sono persone che dipendono da me.

«Prendile.»

Mi congelo, la mano tesa verso Susan. Il profondo tono baritonale mi fa accapponare la pelle. Lascio cadere il braccio e mi volto, trovandomi faccia a faccia con Thomas Moore.

Capitolo Tre

Thomas

Lo sguardo di Alice è snervante. Come sempre quando mi guarda.

«Ti piacciono?» le chiede Bell, raggiungendoci con un paio di Louboutin rosa acceso che fanno a pugni con la blusa arancione scuro che indossa.

«Eh?» Alice strappa lo sguardo dal mio. «Chi?»

Accigliata, Bell ci fissa. Poi si concentra su Alice e indica le decolleté azzurre con i fiocchi asimmetrici. «Le scarpe. Ti piacciono le scarpe?»

«Oh.» Le guance di Alice si arrossano prima che mi volti le spalle. Si toglie le scarpe su cui stava sbavando e prende un paio di sandali azzurri dal pavimento. «Ecco.» Li porge a Susan. «Prendo questi.» Poi si affretta a lasciarci, senza neanche un saluto.

Prima che qualcuno possa aprir bocca, Chase arriva di corsa con Mike in braccio. «Tesoro.»

«Non chiamarmi tesoro al lavoro.» Bell, con le sue scarpe nuove, deve sollevare a malapena il viso per baciare Chase sulla guancia. «Cosa ti è successo?»

Chase si volta all'ultimo e le schiocca un bacio sulla bocca. «Mike ha cercato di tendere un agguato a un bambino che stava bevendo una cioccolata con la panna.»

«Non dovresti portare Mike nei negozi.» Il rimprovero di Bell, che riflette i miei pensieri, manca di potenza, perché lascia che il goloso felino le si rannicchi contro il petto.

«Si pentirà di non aver scelto queste,» dice Susan, sollevando le scarpe che un attimo fa hanno fatto sorridere Alice. «L'abito che ho scelto per i sandali è...» Scrolla le spalle, gli occhi più accesi del dovuto, e mi fa pentire di averle lasciato carta bianca sugli outfit degli invitati.

Il gatto di mio fratello agita le zampe come per nuotare nell'aria verso Bell.

Susan ride, raccoglie le scarpe e raggiunge una commessa che sta aiutando una cliente qualche metro più in là.

Chase lotta per controllare il felino, scostandolo dalla fidanzata. «Amico, puoi...»

Mike gli balza dalle braccia, punta verso uno scaffale di gioielli, e con un'imprecazione Chase gli corre dietro.

Resto da solo con Bell. I suoi occhi non brillano, ma ha un sorriso da Stregatto.

Con le mani intrecciate dietro la schiena, mi concentro sulle sue scarpe discutibili invece che sull'espressione. «Quelle sono inguardabili.»

———

Alice

.   .   .

Ding.

Mi blocco nell'atto di scattare una foto all'allestimento di San Valentino che ho appena creato nel reparto bambini, con tanto di palloncini a forma di cuore e orsetti rosa, perché la notifica mi blocca la visuale.

Chase: Codice pene.

Copro lo schermo con la mano e mi infilo dietro uno stand. Ci manca solo che un cliente legga quel messaggio mentre sono nel reparto bambini.

Ho detto *tante volte* a Chase che, se qualcuno lo sentisse o venisse a sapere che parla così con gli impiegati, le risorse umane lo metterebbero in croce. Ma non riesco a non ridere di fronte alla frase in codice che ha scelto per indicare le attività legate all'addio al nubilato.

Ding.

Chase: Puoi venire nel mio ufficio?

Infilo il telefono nella tasca della giacca (quella dell'uniforme di Moore's), e prendo il tablet dallo zaino. Non è una di lusso, è di semplice tela, ma è nero e non dà nell'occhio, e lo uso da quando ho iniziato a lavorare lì. È affidabile.

Clicco sullo schermo con il pennino e vedo che sono avanti con il lavoro, visto che ho saltato la pausa pranzo per distrarmi dal mio precedente fallimento giornaliero.

Non solo ho menzionato l'unica cosa che mi ero ripromessa di non dire ad anima viva, ma in un picco di rabbia irrazionale verso Thomas Moore che mi ha detto di prendere proprio le scarpe che volevo, ho preso i sandali e capito subito il significato della frase "tagliarsi le palle per fare un dispetto al marito".

Non sono mai stata modaiola. Non potevo permettermelo. Ma capisco il potere dei begli abiti costosi. Inevitabile, dopo tutti gli anni passati da Moore's.

La delusione di oggi mi ha fatto venire voglia di usare il mio ben più ricco stipendio per dare una svolta al guardaroba. Trasformare lentamente il mio aspetto esteriore per riflettere la professionalità del mio nuovo ruolo.

Ma per quanto sarebbe soddisfacente dimostrare a quell'uomo spocchioso che si sbaglia, indossando vestiti nuovi e più professionali adatti al mio titolo più prestigioso, non riesco a costringermi a spendere quei soldi. Ho responsabilità che un arrogante privilegiato come Thomas Moore non potrebbe mai capire.

Sospiro al ricordo delle belle scarpe con il fiocco. Forse se Kayla, la mia quasi sorella adottiva, visto che i suoi genitori mi hanno avuta in affidamento per nove mesi, mi richiamasse per discutere della mia offerta di prendere un appartamento più grande in modo da poter vivere assieme, potrei valutare se posso permettermi qualche sfizio o meno.

Ma poi noto i bei vestitini primaverili nel reparto bambine, e penso che forse potrei spendere quei soldi per Mary. Regalarle quegli abiti colorati e allegri che non ha mai avuto.

Mi appoggio a una colonna a specchio e controllo i messaggi e le chiamate. Niente, tranne Codice pene.

Kayla mi sta ancora evitando.

Mi sembra di avere ancora sedici anni.

Dodici anni fa, in occasione del mio compleanno, i genitori di Kayla mi avevano chiesto se volessi essere adottata.

Fino a quel giorno non avevo saputo cosa fossero le lacrime di felicità. Non avevo mai provato una simile gioia.

Durò poco. Qualche giorno dopo, i genitori di Kayla sono stati investiti da un'auto mentre attraversavano la strada in centro. Sono morti sul colpo.

Una prozia si è occupata di lei, mentre io sono tornata nel sistema degli affidi. Ho cercato di mantenere i contatti, ma lei ha sempre ignorato le mie telefonate e le lettere. Sono passati anni prima che Kayla mi chiamasse. In lacrime. Incinta.

Per quanto sia stato doloroso sentire la paura nel suo tono, ho accolto l'occasione di avere di nuovo una sorella. Una famiglia.

Per fortuna, grazie ai miei risparmi e all'eredità ricevuta da Kayla dalla prozia, siamo riuscite a prendere in affitto un bilocale in un quartiere squallido.

Ho adorato vivere con Kayla di nuovo, anche se lei quando era a casa era perlopiù depressa e piangente.

Poi è nata la bambina. Mia nipote.

Ero lì, in sala parto, quando Mary è venuta al mondo. Ho sentito il suo primo vagito. Ho cambiato il primo pannolino, mentre Kayla fissava con occhi vacui la finestra della stanza d'ospedale. Forse traumatizzata dall'aver partorito a vent'anni.

Ho sempre considerato Kayla la mia sorella minore, ma una bambina rende le cose più concrete. Noi tre eravamo una vera famiglia.

Almeno, finché Kayla non ha incontrato Jack, e lei e Mary hanno traslocato, qualche mese fa.

Ding.

Chase: Codice pene?

Scaccio quei pensieri non legati al Codice pene e gli rispondo:

Io: Cinque minuti e arrivo.

———

«Il pene party è saltato.» Chase si lascia cadere sul divanetto nel salottino del suo ufficio, e grugnisce quando Mike Hunt gli salta in grembo. Ogni volta che entro in questa stanza, mi darei una pacca sulla spalla. Come favore a Bell, dopo che Chase l'ha sorpresa con un road trip a tema Elvis nel bel mezzo dei lavori, ho completato personalmente la ristrutturazione del suo ufficio e di quello di Thomas, trasformando l'orrore antiquato che era l'arredo scelto da quel criminale del padre in due spazi moderni.

Il tempo che ho trascorso collaborando ansiosa con interior designer e architetti, cose di cui mai mi ero occupata, è valso lo spettacolo che è il prodotto finito.

Chase si scosta, appoggia le scarpe sul tavolino e mi strappa un cipiglio. «Come, scusa?» Mi tolgo gli spallacci e sposto lo zaino davanti per prendere il tablet. Qualche tocco di pennino e apro il file con le attività delle damigelle. «Saltato?»

«Sì.» Chase accarezza distratto il gatto, e la pelle del felino si increspa sulla sua sagoma ossuta. Fa le fusa, ma tira una zampata al padrone, come a dirgli di prestare più attenzione.

Mike Hunt non è un gatto carino, ma ha una grande personalità.

«Piantala, Mikey.» Chase lo mette al suo fianco sul divano, ma lui gli torna subito in grembo. «Bell è tornata a Houston dopo pranzo.»

«Cosa?» Mi lascio cadere su una delle poltroncine e lo zaino mi scivola ai piedi. «Ma l'addio al nubilato è domani.» Penso a tutti i gadget a forma di pene che Chase, Leslie e io abbiamo comprato per addobbare il localino a SoHo che abbiamo affittato per la festa.

«Lo so.» Si strofina il viso con le mani. Mike gli tira un'altra zampata. «Ma non posso certo dirle di ignorare l'emergenza lavorativa che le è capitata. La festa dovrebbe essere una sorpresa.»

Una sorpresa che Bell ha messo bene in chiaro di *non* volere. Lo ha detto esplicitamente a me e Leslie, le sue due damigelle: niente addio al nubilato. Soprattutto la sera prima del volo per Las Vegas. Non ci teneva ad avere i postumi sull'aereo.

Motivo per cui Chase, altrettanto convinto che Bell la festa la volesse eccome ma che fosse troppo timida per chiederla, ha deciso di organizzare un "sobrio pene party" due giorni prima della partenza.

«Forse è meglio così.» Cerco di suonare allegra nonostante l'espressione abbacchiata del mio capo. «Sono certa che apprezzerà la giornata alle terme che hai organizzato al suo arrivo.» Faccio una pausa. «Quella può ancora farla, vero?»

«Sì.» Chase resta imbronciato. «Arriverà anche prima, visto che parte da Houston. C'è un sacco di tempo per quella.»

Si blocca e io mi preparo per l'ennesima idea assurda.

«Arriva presto.» Si alza ed estrae il cellulare. «Posso spostare tutti i trattamenti alle terme.»

«Okay...» Apro l'agenda giornaliera per Las Vegas.

«E posporre il pene party.»

Il pennino scivola sullo schermo. «Come, scusa?»

«Un addio al nubilato pomeridiano.» Si mette a camminare avanti e indietro, spulciando il telefono. «Così sarà una vera sorpresa, perché chi mai fa un addio al nubilato all'ora di pranzo? Però potrà anche andare a letto a un orario accettabile per il matrimonio del giorno dopo.»

Guardo l'agenda già fitta. «Ma allora come faremo a...»

«Prenderà l'aereo e andrà dritta alle terme.» Alza gli occhi al soffitto. «Aggiungerò Leslie ai vari appuntamenti, così potrà tenerla d'occhio.»

Lo faccio io, sul calendario. «D'accordo, ma...»

«E mentre sono lì, tu,» e mi indica, «puoi prendere i dildo e...»

«Fermati subito.»

Sussulto sulla sedia, e il pennino guizza sullo schermo, incasinando tutte le caselle. Mi volto verso la soglia, dove si trova l'altro signor Moore. Che è lì da abbastanza, a giudicare dal sopracciglio inarcato.

Chase si gira, il dito ancora puntato verso di me. «Tommino?»

«Thomas,» lo corregge, il viso inespressivo, anche se gli occhi scuri sembrano ardere più del solito. «E sì, smettila di parlare.» Rivolge lo sguardo acuto su di me, come per liquidarmi, poi torna al fratello. «Non puoi parlare così davanti a una dipendente.»

Anche se ho detto quasi le stesse parole a Chase, mi irrita essere definita solo come una "dipendente".

«Stiamo parlando del matrimonio,» gli spiego come se fosse un affascinante bambino troppo cresciuto. «Non di lavoro.» Tiro su con il naso, tutta snob. «Nel caso se ne sia dimenticato, sono una delle damigelle.»

«Me lo ricordo.» Ancora fisso su Chase, non pare impressionato. «Rimane inappropriato.»

Chase rotea gli occhi come se fosse abituato alle prediche del fratello. «Sì, sì, hai ragione.» Mi guarda con un tentativo fallito di espressione contrita. «Riguardo ai gadget...»

«Chase.» Il rimbrotto nel tono di Thomas è un po' più che infastidito. Quasi minaccioso, direi. E anche se vorrei reagire, ritengo più opportuna una ritirata strategica. Perché, se ho ragione come credo, Chase sta per chiedermi di portare una valigia piena di sex toy a Las Vegas, per quell'addio al nubilato noto anche come sobrio pene party che abbiamo appena riprogrammato.

No, grazie.

«Farò meglio ad andare.» Mi alzo, ignorando il broncio di Chase e l'occhiataccia di Thomas. «Devo chiamare tutti per avvisare del cambio di programma.»

«Già fatto.» George si sporge nell'ufficio, cellulare all'orecchio. «La signora Moore è stata informata, e ora sto chiamando Leslie.»

Bloccata da George, mi fermo prima della soglia. Proprio di fianco a Thomas.

Quando si volta verso il suo origliante segretario, quel suo costoso, squisito profumo mi arriva al naso. «Hai l'abitudine di startene sulla soglia?»

La pelle d'oca mi erompe sulle braccia, ma George fa spallucce. «Solo quando si parla di Codice pene.»

Le narici di Thomas fremono, e io sgattaiolo via prima che si possa dire altro.

Capitolo Quattro

Thomas

«Dammi un solo motivo per cui dovrei portarmi in giro una borsa piena di gadget fallici.»

«Perché devo reggere Mike Hunt.» Chase solleva il gatto, neanche potessi non notare la creatura glabra con addosso un maglioncino a righe bianche e blu da marinaretto, con tanto di fiocco rosso al collo.

Le attempate signore in coda davanti a noi ai controlli di sicurezza in aeroporto ci guardano, perplesse dalla conversazione. E dal gatto.

Spingo riluttante in avanti il trolley pieno di sex toy di mio fratello. «Avresti dovuto farlo caricare in stiva al check in.»

«Assolutamente no.» Chase spinge il trasportino per gatti vuoto con il piede; gli servono due mani per trattenere quel marinaio mutante del suo animale domestico. «E se l'avessero perso? L'addio al nubilato di Bell sarebbe andato a rotoli una seconda volta.»

«E sarebbe un male?» La lunga fila si snoda verso il controllo documenti. «Perché ti ostini tanto per l'addio al nubilato di Bell, comunque?» La sua è una strana ossessione, soprattutto visto che Bell gli ha detto più volte che non voleva.

«Voglio che il matrimonio sia il più simile possibile a quello dei suoi sogni.» Chase cerca si spingere di nuovo avanti il trasportino, che però si incastra contro uno dei pali divisori. Con un sospiro, afferro la maniglia e lo sposto per lui.

«Perché non lo metti nel trasportino?»

«Perché poi dovrei comunque tirarlo fuori per il metal detector.» Mike cerca di arrampicarsi su per la sua nuca. «E non voglio sfacchinare due volte.» Rabbrividisce e si porta al petto il felino offeso.

Non so se sia il maglioncino o il chiasso dell'aeroporto a infastidirlo, ma persino io mi rendo conto che il gatto non è felice. «In che senso matrimonio da sogno? Tutti gli amici della tua fidanzata in fissa con Elvis voleranno a Las Vegas per assistere a un impostore in poliestere che benedice la vostra unione.» Non maschero il sarcasmo. «Non è abbastanza da sogno?»

«Eh, ma il punto è questo: ci saranno Bell e i miei amici, ma non la sua famiglia.» Schiva il tentativo di Mike di cavargli gli occhi. «Non l'ha mai detto, ma so che è triste perché i suoi non ci saranno.»

Ora mi sento uno stronzo. I genitori di Bell sono morti quando lei era all'università. Visto che non amo nostro padre e che nostra madre è già invitata, non ho pensato alla sua famiglia.

«E poi Leslie mi avrebbe ammazzato se non avessimo fatto una festa.» Sbuffa una risata. «La vita è più semplice quando è felice.»

«Mi sembra che tu passi la gran parte del tuo tempo a cercare di semplificarti la vita,» mormoro, tirandomi di nuovo dietro il trolley con gli ammennicoli fallici.

Chase mi guarda accigliato. «Perché non dovrei?»

«Il prossimo.» L'addetto alla sicurezza ci fa cenno di avanzare, e io gli porgo il mio documento e il biglietto. Anche avendo fatto il check-in online, la fila all'aeroporto LaGuardia è lunga e lenta. È come cercare di prenotare un appuntamento con la motorizzazione. Pensi che ti sia utile, e non è mai così. Avrei voluto prendere un volo privato, ma Bell non ha approvato quella spesa a suo dire inutile, visto che tutti partiremo a orari diversi e in alcuni casi da aeroporti diversi.

La donna davanti a noi va verso il rullo scorrevole di sinistra, così io mi sposto verso quello di destra, seguito da Chase.

«Mamma, mamma!» Un bambino davanti a me, con una zazzera scura e arruffata, si mette a saltellare tirando la maglietta della madre.

Costei, dopo aver caricato i bagagli suoi e del figlio sul nastro, si sistema sul capo il velo color lavanda e sospira. «Sì?»

Sento la stanchezza emanare da lei.

Il bambino indica Chase. «Guarda, un animale malato!»

«Non è malato.» Fisso il gatto di mio fratello. Diciamo che non è malato in senso medico, ecco.

Al suono della mia voce, il ragazzino volta il capo, e l'espressione allegra svanisce.

«È un gatto sphynx.» Chase si mette tra noi e si accuccia davanti al bambino. «Vuoi accarezzarlo?»

Se il gatto potesse parlare, cosa di cui mio fratello lo ritiene capace, di certo avrebbe qualcosa da ridire sull'essere sballottato in giro così. Invece, si rannicchia contro il collo di Chase come uno struzzo che infila la testa nella sabbia.

Gli occhi del bimbo scattano ancora verso i miei, come ad assicurarsi che non mi sia avvicinato, poi li spalanca fissando il gatto. «Posso?»

«Certo.» Con uno sforzo, Chase si stacca Mike di dosso. «Fai pure.»

Con lentezza, neanche stesse toccando una creatura pericolosa, la manina si tende, e il viso del piccolo si illumina al primo contatto. «Wow.»

«Vieni, Mehmed.» La madre gli fa cenno di andare verso il metal detector, poi sorride a Chase. «Grazie.»

«Di niente.» Chase non smette di sorridere, ma sussulta quando gli artigli del gatto gli si piantano nel petto. Di certo una vendetta per la sessione di carezze. «Non sei un amante dei bambini, eh?»

Odio quando mio fratello pone domande retoriche.

Invece di rispondere, carico il trolley sorprendentemente pesante sul nastro.

«Vado prima io.» Chase indica il metal detector con il capo. «Mi fermano sempre per via di Mike.»

E infatti, anche se passando sotto il macchinario non lo fa suonare, un'addetta alla sicurezza gli indica di farsi da parte per un'ispezione. «Prego, signore, di qui.»

Lui le scocca un sorriso. «Ma certo.»

Il sacco d'ossa che ha in braccio soffia.

Le lunghe trecce dell'agente le oscillano sulla spalla quando si volta per controllare il posteriore di mio fratello, facendogli cenno di spostarsi per la perquisizione. A me non lancia mezza occhiata. «Il prossimo.»

Dopo essere passato, faccio per prendere le nostre borse, ma in fondo al nastro c'è solo il trasportino. Non il trolley. Mi acciglio e mi guardo indietro.

«Signore?» L'addetto allo scanner ai raggi X si rivolge a me.

«Non c'è la mia valigia.»

«Ah, sì.» Le sue narici hanno un fremito come se stesse cercando di trattenere una risata. Indica un tavolo in disparte, dove è disposta suddetta valigia. Proprio dietro il punto dove stanno perquisendo e palpeggiando Chase, con il gatto marinaresco tenuto alto sopra la testa, chiappe e palle in bella vista.

Un altro agente mi si accosta. «Può venire con me?» Indica il punto in cui il circo a base di gatti glabri e gadget penici sta avendo luogo.

«No.»

«No?» La mano dell'agente si abbassa, il cipiglio rivela che non è abituato ai rifiuti.

Lo guardo con durezza negli occhi, chiedendomi cosa farà se continuerò a rifiutarmi di collaborare. Se mi limitassi a dire che quella valigia non è mia.

Si sposta da un piede all'altro ma non cede. «Signore?»

Sto per dare tutta la colpa a mio fratello e informare l'agente che suddetta valigia è sua, quando sposto lo sguardo e vedo un'altra agente molto zelante che tocca il didietro di mio fratello con il dorso delle mani. Non sembra che concluderà molto presto la perquisizione.

E noi abbiamo un aereo da prendere e dei gadget fallici da portare alla mia futura cognata orfana per il suo addio al nubilato.

Dannazione.

Mi raddrizzo, preparandomi per la pubblica umiliazione. «Mi faccia strada.»

La mia unica consolazione è che ho risparmiato quest'imbarazzo a una mia dipendente. Alice può anche essere passata da cordiale a scortese, quando sono entrato in ufficio dopo averla sentita parlare di cose relative ai peni con mio fratello, ma è stata abbastanza sveglia da darsela a gambe prima che Chase le affibbiasse quel compito disdicevole.

Anche se, conoscendola, sarebbe stata anche abbastanza sveglia da controllare prima la borsa.

Con un cenno del capo, l'addetto alla sicurezza mi conduce da un altro agente, che è immerso fino ai gomiti nei dildo. «Signore, il trolley è suo?»

Diverse persone in uscita dai controlli, inclusa l'anziana

signora di prima, si fermano a guardare. Mi devo ripetere che voglio bene a mio fratello.

«Sì,» ringhio a denti stretti. «Questo trolley è mio.»

Paonazzo e un po' senza fiato, Chase mi raggiunge con il gatto sottobraccio come un pallone da football. «Ci sono problemi?»

Come se ciò che abbiamo davanti non sia una risposta sufficiente.

Il viso dell'agente si fa rosso. «Ehm, qui c'è qualcosa che vibra.»

«Vibrano?» Mio fratello mi guarda. «Che figata. Pensavo fossero solo dildo standard.»

Mi pinzo il naso e immagino di essere da qualsiasi altra parte.

L'addetto alla sicurezza fruga più in profondità. «Ecco!» Trionfante, sfodera un vibratore ronzante e lo brandisce in aria come una torcia olimpica. Sarà lungo quasi mezzo metro. Insieme al sex toy, dalla valigia emerge anche qualcosa di simile a coriandoli.

Faccio d'istinto un passo indietro.

«Oh no.» Chase, paralizzato, spalanca inorridito la bocca. «L'erba gatta.»

Un lampo di pelle rosea, rosso, bianco e blu fende l'aria, come un petardo avvolto in una bandiera americana. L'agente con il dildo in mano strilla e indietreggia per allontanarsi dal patriottico proiettile felino, ma inciampa contro uno dei pali divisori e cade, lanciando per aria il dildo ancora vibrante.

Il felino balza, usando la valigia aperta come trampolino.

Peni di silicone volano da tutte le parti. Uno si ferma ai piedi dell'anziana di cui sopra.

Se non fossi così inorridito, potrei restare impressionato da come mio fratello prenda al volo il dildo ancora volante, per poi atterrare con la sua preda sul petto dell'agente ancora a terra. Il tutto con contorno di erba gatta.

Mehmed, sfuggito al controllo della madre, raccoglie un fallo verde acido. «È una spada laser?»

Chase si strozza con una risata, mentre la madre di Mehmed gli schiaffeggia via di mano il dildo. Il bambino scoppia a piangere.

Chissà come, riesco a rimanere calmo lì, nell'occhio del ciclone di dildo che mi vortica attorno.

Mike si mette a fare atti osceni con il suo nuovo fidanzato in silicone, il tutto sempre sopra l'agente per terra.

Mio fratello non sa se afferrare il gatto o raccogliere l'arcobaleno di sex toy sparpagliato in giro.

Quando Mike sibila a metà dell'atto di montarsi il dildo, quando l'agente cerca di alzarsi, Chase sceglie l'opzione che è meno probabile si concluda con lo smembramento, e si inginocchia lentamente per aiutare l'agente della perquisizione a recuperare i dildo.

La maggior parte degli altri addetti, come anche i passeggeri bloccati in coda dietro di noi, è a bocca aperta.

Volto le spalle al disastro e do alla madre di Mehmed una banconota da cento dollari con un cenno di scuse. Dapprima è troppo sconvolta per rendersi conto, ma poi la accetta, prende il figlio e se ne va in gran fretta.

Un nuovo addetto alla sicurezza, apparentemente di rango superiore, mi si accosta. «Signore, devo chiederle di venire con me.»

Guardo Chase e il suo sphynx, entrambi impegnati a modo loro con dei cazzi di gomma. «Solo io?»

Gli occhi dell'agente scattano verso i miei compagni di viaggio, poi di nuovo verso di me. «Meglio portare l'intero gruppo.»

———

Alice

«Promettimi che mi manderai delle foto della principessa.»

Sorrido al cellulare mentre supero rapida i banchi del check-in, diretta ai controlli di sicurezza. «Promesso.»

La mia quasi nipote seienne ha iniziato a confondere spose e principesse anni fa quando ha visto un servizio fotografico in Central Park, e io le ho detto che le spose erano come principesse per un giorno. Ora è cresciuta ma è ancora in fissa con i reali.

«Pensi che avrà una tiara?»

«Forse.» La adoro. Voglio parlare con lei tutti i giorni. Vivere con lei come quando era appena nata. Ma non posso mettere in atto il mio piano, né capire perché Mary non sia a scuola, in questo momento, perché sua madre Kayla mi evita. «Posso parlare con la mamma?»

Mary sospira, scontenta di dover abbandonare i discorsi sulle principesse. «Sta dormendo.»

«Dormendo?» Controllo l'ora. Sono le dieci del mattino.

«Sì...» La voce di Mary si abbassa rispetto a quando parlavamo di tiare. Mi si stringe il cuore.

Qualcosa non va.

L'ho capito quando, a Natale, Kayla ha chiesto di passare le vacanze a casa mia. Non le ho chiesto perché preferisse festeggiare nel mio bilocale invece che nel grande appartamento che condivideva con il suo ora ex fidanzato, e nemmeno come stava andando la ricerca di un lavoro, dopo che era stata licenziata dal precedente dopo il Ringraziamento.

Non volevo rovinare il Natale con temi sgradevoli.

Ma ora sono arrabbiata per non aver colto l'occasione.

«Sai che non devi uscire di casa, vero?» Mi costringo a usare un tono entusiasta mentre supero un uomo che armeggia con un carrello su cui sono impilate cinque valigie. «Fai la brava mentre aspetti che la mamma si svegli.»

«Lo so!» La sua esasperazione mi fa sorridere. «Sto guardando *Cenerentola*.»

Reprimo una risata. Anche quando cerca di comportarsi in modo più maturo dei suoi sei anni, il suo film preferito di sempre è ancora *Cenerentola* della Disney. Vi è rimasta fedele anche se l'animazione e le canzoni sono datate.

«Bene.» C'è già coda, ai controlli di sicurezza. «Quando tornerò, verrò subito da te e così potrai mostrarmi i tuoi nuovi edifici.» E capire cos'ha Kayla.

Mary esulta. Entrambe adoriamo i Lego. Sono costosi, ma lei si diverte comunque a smontare e ricostruire con gli stessi pezzi.

Ribadisco la mia promessa di un pomeriggio di costruzioni e riattacco, quindi mostro il biglietto all'addetta alla sicurezza.

«Fila sbagliata, signora.» La donna in uniforme blu, con la targhetta che ne indica il ruolo, indica la fila più in là. «Deve andare lì.»

Mi acciglio guardando il biglietto, poi il punto da lei indicato. «Posso?» Laggiù c'è molta meno coda per i metal detector.

«Sì, quella è la fila per la prima classe.»

«Oh.» Non ho guardato il biglietto se non per assicurarmi che il mio nome fosse scritto giusto e per controllare il gate. Ma avrei dovuto aspettarmi che Chase e Bell avrebbero fatto le cose in grande. Un brivido mi percorre.

Mi sono preoccupata così tanto di Mary e Kayla e di tutti i compiti da damigella che non mi sono concessa neanche un istante di entusiasmo. Sapere però che il mio primo volo in assoluto sarà in prima classe mi manda su di giri.

«Alice!» George, i piedi calzati in mocassini che sciabattano sul pavimento lucido, agita un braccio verso di me; con l'altra mano trascina un trolley elegante con impresse le sue iniziali.

«Grazie a Dio non sono in ritardo.» Fa un sorriso all'addetto alla sicurezza e mi accompagna alla fila della prima classe.

Immagino sapesse già che ci avevano fatto l'upgrade ai biglietti. Anzi, conoscendo George, dev'essere stato lui a proporlo, esigerlo, o direttamente a fare la prenotazione.

«Ho fatto fatica a decidere cosa mettere in valigia.» Guarda il borsone che ho a tracolla. «Hai anche un bagaglio da stiva?» La sua espressione rivela che, in caso di risposta negativa, non ho portato abbastanza vestiti.

«Ehm, no.» Un attimo fa ero orgogliosa della mia capacità di viaggiare leggera. Essendo la mia prima vacanza, ho cercato su Google i principali errori da ferie, e quasi ogni articolo parlava di bagagli troppo pieni o troppo scarni.

Io mi sono portata il beauty case, un costume da bagno e una blusa carina, oltre a una vecchia felpa natalizia di Moore's dataci in omaggio dalle PR qualche anno fa, da usare in aereo al ritorno. Indosso un paio di comode sneakers, una maglietta e un maglione, visto che a bordo pare possa fare freddo. I jeans che porto sono i più carini che ho, e intendo indossarli all'addio al nubilato di stasera.

Ma ora, sotto lo sguardo giudicante di George, sento che il mio guardaroba selezionato con tanta cura, tutto infradito e ballerine, possa essere molto inadeguato.

George mi distrae dai miei crucci con le sue idee per divertirci a Las Vegas, e infine raggiungiamo il nastro trasportatore.

«Puoi darmi una mano?» Afferra la stoffa dei calzoni all'altezza delle ginocchia per sollevarne l'orlo, poi si accuccia accanto al suo trolley.

«Certo.» Prendo la maniglia, mentre lui afferra la valigia dal fondo. «Uff!»

Sebbene sia delle dimensioni adatte a un bagaglio da cabina, quasi crollo sotto il suo peso, anche con l'aiuto di George per caricarlo sul nastro.

Per sollevare il mio borsone mi basta una mano.

Andando verso il gate superiamo un gruppo di agenti di sicurezza; uno gesticola come un matto, e gli altri sono piegati in due dal ridere.

«Non ho mai visto degli agenti di sicurezza così di buon umore.» George rallenta per dare agli allegri agenti un'altra occhiata, poi acceleriamo di nuovo per raggiungere il gate. «Scommetto che è successo qualcosa di divertente. Sai, tipo quelle storie che si leggono su gente che cerca di intrufolare roba a bordo nei...»

Mi blocco così di colpo alla vista di Thomas Moore, stoico e fermo in mezzo al corridoio, che la valigia di George mi va a sbattere contro le caviglie.

«Oh, scusami!» George ritrae il trolley. «Ma perché...»

Non mi accordo neanche del male ai piedi. «E lui cosa ci fa qui?»

George, la fronte sudata per lo sforzo di trascinarsi dietro il bagaglio, segue il mio braccio teso verso il punto che indico. «Ah. Non so perché ci siano anche i pezzi grossi.» Ignaro della mia apprensione, si fa strada verso i fratelli, attraverso la folla e fino alla fila per gli imbarchi di prima classe. «Pensavo avreste preso entrambi un volo di prima mattina.»

«Era quella l'idea,» risponde Thomas, senza degnarlo di uno sguardo.

Chase si morde il labbro come per non ridere. «C'è stato un incidente.»

«Un incidente?» George si raddrizza. «Che tipo di incidente?»

«Del tipo che non puoi citare sul tuo blog di gossip, almeno fino a dopo il matrimonio.» Chase agita il dito davanti al suo assistente, George stringe le labbra e studia la mano di Chase. «E le ferite al braccio hanno a che fare con questo incidente?»

Ero così concentrata a non guardare Thomas da non accorgermi dei numerosi graffi rossi su tutto il braccio di Chase. «Oddio, ma cos'è successo?»

Thomas si volta, e io spalanco la bocca. Ha la cravatta mezza sciolta, il primo bottone della camicia slacciato, e i capelli tutti arruffati, come se in tanti vi avessero passato le dita.

Non ho mai visto quell'uomo impeccabile così sfatto.

L'occhiataccia di Thomas si posa su Chase. «Mike Hunt, ecco cos'è successo.»

Capitolo Cinque

Alice

Morirò.

Che sia a causa dell'imbarazzo di dover stare seduta di fianco a Thomas Moore o per un incidente aereo, ancora non lo so. Ma sento che questa è la fine.

L'aereo sussulta e io mi aggrappo al bracciolo. «Sarà così per tutto il volo?»

«Ne dubito.»

Digrigno i denti, e stavolta non per i sobbalzi che scuotono il velivolo neanche fosse un aeroplanino di carta. «Grazie per la rassicurazione.» Sposto lo sguardo dal finestrino a lui, poi di nuovo indietro. «*Gentilissimo.*»

Il sarcasmo non è da me. Le mie tattiche di solito comprendono il silenzio e la rimozione dal problema (ovvero la fuga). Ma quando mi trovo a diecimila metri d'altezza, con l'aereo che rulla e beccheggia, divento pungente. Chi l'avrebbe mai detto.

Il velivolo si stabilizza per dieci minuti. So che sono dieci perché li ho contati tutti, sessanta secondi alla volta. Con gli occhi chiusi. Non sono più entusiasta o interessata a vedere il mondo dal punto di vista di un uccello, fuori dal finestrino. Non mi curo più dell'ampio sedile di pelle con tanto di poggiapiedi, o della coperta con pantofole in pendant che l'amichevole assistente di volo mi ha consegnato al mio arrivo.

Invece mi concentro solo sull'uomo che, al suo arrivo al posto designato, ha tirato su sprezzante con il naso, poi ha borbottato qualcosa sui voli commerciali, prima di sistemare il trolley nella cappelliera e lasciarsi cadere sul sedile. Accanto a me.

Se non fossi stata così nervosa all'imbarco, con Thomas Moore alle spalle, avrei potuto farmi venire in mente una scusa per fare a cambio di posto con qualcuno. Tipo Chase, che è seduto da qualche parte dietro di noi. Apparentemente, quando i fratelli Moore hanno dovuto cambiare volo, era rimasto solo un posto in prima classe. Posto che Thomas, il testimone, ha preso per sé, costringendo suo fratello, lo sposo, a volare in economy.

Il mio stomaco si contorce di nuovo, anche se l'aereo è stabile.

Buon Dio, no.

Spalanco gli occhi al calore che mi risale dal collo; il sudore mi imperla il labbro superiore.

«Io... ehm...» Sbircio Thomas, che sembra rilassato neanche fosse in un club esclusivo. «Credo di dover usare il bagno.»

Lui non dice niente, si limita a voltare verso di me la mascella squadrata e a inarcare un sopracciglio.

Quanto lo odio, quel sopracciglio.

Il mio stomaco si agita come una nave in tempesta e io mi dimeno sul cuscino; sono pronta a scavalcare Thomas, se necessario. «Non mi sento bene.»

Guardandomi come se fossi un animale selvatico, lui bussa allo schienale del sedile di fronte al suo. «George.»

Quando l'assistente non risponde, infila la mano tra i sedili e gli scrolla la spalla.

«Eh? Cosa?» Il viso di George sbuca da sopra il poggiatesta. «Siamo arrivati?»

«No.» La mano di Thomas resta tesa tra gli schienali. «Dramamina.»

«Si sente male?» George si raddrizza. «Non sapevo che soffrisse il mal d'aria.»

La donna alla destra di George si scosta come se stessi per vomitarle addosso a getto.

«Non io.» Thomas mi lancia un'occhiata. «Alice.»

«Oh, accidenti, davvero?» Sento un fruscio, poi George ricompare, inginocchiato e rivolto verso di noi. Ha gli occhi appena socchiusi. «Ecco.»

Quando tende la mano, d'istinto allungo la mia.

Vi lascia cadere due pastiglie arancioni grosse come una monetina. «Spero tu stia meglio, Alice.» Sbadiglia e si risistema al suo posto, dove immagino si riaddormenti in fretta.

Thomas mi dà una bottiglietta d'acqua. «Prendi.»

Inalo a fondo dal naso, poi espiro dalla bocca. «Sono sicura che...»

«Preferirei non arrivare a Las Vegas schizzato di vomito.» Mi tocca il braccio con la bottiglia. «Quindi prendi le medicine anti-nausea.»

Non è tanto la sua espressione di sufficienza, quanto il successivo sussulto dell'aereo a convincermi a infilarmi in bocca le due pastiglie gessose al gusto d'arancia e masticarle come se ne andasse della mia vita. La turbolenza è minima, ma il mio stomaco sembra convinto che stiamo facendo i giri della morte.

Thomas mi sventola davanti l'acqua, e la mia irritazione aumenta quando il liquido freddo scaccia il sapore di arancia chimica e mi rinfresca il corpo accaldato. Sto per ringraziarlo per l'aiuto quando si appoggia il dito contro la narice.

«Inspira dal naso, espira dalla bocca.»

Fisso quell'indice dalla manicure perfetta, posato accanto all'altrettanto perfetto naso dal profilo greco. «Eh?»

Abbassa il dito fino all'angolo delle labbra un po' contratte. «Hai...» E vi tamburella.

Il calore che sento diffondersi sulle guance non ha niente a che fare con il mal d'aria. Mi porto la mano alla bocca.

Proprio quando mi sto asciugando lo sbaffo umido lasciato dalla bottiglia, l'espressione di Thomas si contrae, poi lui si china per recuperare il bagaglio a mano da sotto il sedile.

Qualsiasi gratitudine avessi provato evapora.

Scusa tanto se non ho un fazzoletto di trina per tamponarmi le labbra come una dama.

Thomas prende il portatile, ripone il bagaglio al suo posto, poi estrae il tavolino dal bracciolo tra noi. «Chiudi gli occhi, inspira dal naso ed espira dalla bocca.» Non mi degna di un'occhiata: sistema il computer sul tavolino e lo apre.

«Ho iniziato a stare male proprio perché ho chiuso gli occhi.» Se mia nipote usasse con me un tono del genere, le farei una bella lavata di capo.

Thomas non dice nulla; accende il portatile e mi ignora.

Stronzo.

L'aereo saltella di nuovo, ma il mio stomaco rimane calmo.

Mi annoto mentalmente di ringraziare *George* per la dramamina, all'atterraggio.

Ignorando Thomas e i suoi consigli, mi sistemo sull'enorme sedile di pelle e prendo il cellulare. Bell mi ha detto apertamente di non portarmi dietro il computer, perché vuole che mi diverta e non che lavori.

Sulla parte del divertimento non sono partita alla grande.

Per porvi rimedio, apro l'app di lettura e seleziono il libro romance che avevo in programma di divorare durante il volo. Vampiri, mutaforma e demoni... oh, che meraviglia.

Con la coda dell'occhio, vedo Thomas digitare sulla tastiera. O Bell non ha dato istruzioni al pomposo Thomas di rilassarsi, oppure lui sta ignorando i suoi desideri.

Un classico.

Inclino il busto in modo che non possa vedere lo schermo, nel caso si sprecasse a guardarmi, e mi dedico alla lettura.

Arrivo circa al venti per cento prima che il mio corpo diventi pesante contro lo schienale di pelle e la vista mi si annebbi. Non è colpa del libro. La tensione sta montando tra i due protagonisti, e sono sicura che nel giro di una pagina ci sarà una di quelle scene mozzafiato che mi farà aggrappare al telefono. Una scena che probabilmente non dovrei leggere di fianco al mio capo.

Sposto lo sguardo sulla sinistra e noto lo schermo del computer.

«Quello è il mio progetto?» Mi avvicino e guardo la copia digitale del progetto che gli ho dato.

Le dita di Thomas esitano sulla tastiera. «Sì.»

Senza mantenere una distanza adeguata e un tono formale, mi sporgo verso di lui. «Cosa stai facendo?»

«Prendo appunti.»

«Oh.» Sbatto qualche volta le palpebre per scacciare lo stordimento e concentrarmi.

Lui segna qualche altra nota a margine.

Mi avvicino ulteriormente e mi fermo quando lui smette di scrivere a metà frase. «Ah.» Mi raddrizzo. «Pensavo...» Giocherello con il telefono, che rischia di scapparmi di mano. «Cioè, sono qui, quindi potremmo discutere assieme dell'allestimento.» Traggo un respiro e mi costringo a guardarlo negli occhi. «Se vuoi.»

«Mmm.» Sostiene il mio sguardo per uno scomodo secondo, poi indica lo schermo. «Prima che ti passi i miei appunti, spiegami il concept.»

«Okay.» La parola è strascicata. Sono stupita di aver iniziato io la conversazione, e ancor più che lui mi abbia dato corda. «Beh... vorrei sfruttare in lunghezza le vetrine ai lati dell'ingresso principale e creare una sorta di timeline.» Due vetrine da venti metri quadri affiancano l'ingresso di ottone e vetro di Moore's.

Quando faccio una pausa, lui mi fissa come a dire *E poi?*

Una nuova scossa di irritazione mi aiuta a proseguire, e con maggior sicurezza. Spiego il concetto: un viaggio attraverso la primavera, la rinascita dopo i mesi invernali costretti in casa. Sfumature di azzurro e verde, con macchie di colore simili a fiori in Central Park. E poi continuo: gli dico che darei risalto al reparto sportivo per sottolineare l'inizio di una stagione all'insegna dei weekend all'aria aperta e delle vacanze.

Quando finisco annuisce, sempre fissando lo schermo.

Contraggo le spalle. «So che non ho molta esperienza, e questo è il mio primo progetto individuale, ma sono stata molto attenta quando Bell ha convocato quel team di designer per gli allestimenti festivi, a dicembre, e ho studiato dopo il lavoro, e penso davvero che la storia che voglio raccontare attraverso i vari tableau che condurranno all'ingresso attirerà l'attenzione dei clienti.» Dopo aver parlato così tanto e così in fretta mi gira un po' la testa.

Thomas non reagisce e continua a fissare il computer. Traggo un profondo respiro e cerco di placare il desiderio di giocherellare con le dita; Bell una volta mi ha detto di avere sempre un'aria sicura di me, anche se è solo una facciata.

«Lo storytelling è buono.» Si appoggia allo schienale e si strofina pensieroso il mento. «Ma al design manca qualcosa.»

Sono troppo sconvolta dal complimento per essere infastidita dalla critica. «Cioè?»

Lascia ricadere la mano. «L'altezza.»

«L'altezza?»

«Sì. Sei abituata a lavorare e a realizzare le tue creazioni ai piani di vendita, dove non puoi sfruttare molto l'altezza perché altrimenti bloccheresti la visuale dei clienti sul resto della merce. Ma,» e mi guarda negli occhi, «le vetrine anteriori sono chiuse, e c'è uno sfondo solido. Quindi, anche se è bene avere tutta la merce ad altezza occhi, devi comunque riempire lo spazio circostante.»

Fisso lo schermo e mentalmente riarrangio gli elementi dell'allestimento come se fossero pezzi su una scacchiera.

Lui sfiora il trackpad con il polpastrello. «Ecco.» Rimpicciolisce l'immagine del mio progetto e apre il righello. «Se tieni conto di manichini, cartelli, arredi e accessori, noterai che stai usando solo metà dell'altezza disponibile.»

Finalmente capisco cosa intende. «C'è troppo spazio vuoto.»

Thomas mi fa un sorrisetto, ma dura poco. «Corretto.»

Aspetto l'arrivo dell'imbarazzo o della vergogna che pensavo avrei provato dopo che il mio capo, l'uomo che mi considera solo l'ex commessa di scarpe, ha indicato gli errori nel mio primo grande progetto. Ma non arrivano. Lui non sembra chissà che signore oscuro che dispensa critiche e pretende risultati. Il sorriso non era di sufficienza, ma di approvazione.

In questo momento, Thomas Moore mi sembra più un collega, un collaboratore.

Mi chiedo se questo sia un punto di svolta nella nostra relazione professionale, o se si tratti di un effetto collaterale della dramamina.

Stranamente, spero sia la prima ipotesi. Mi sono sempre nutrita di collaborazione, e la mia creatività si alimenta di conversazioni lavorative. Dire ad alta voce ciò che penso mi aiuta a solidificare le idee.

Ma non mi era mai venuto in mente che Thomas Moore potesse essere incline ad ascoltare.

«Io... avevo un'idea in merito, ma temevo fosse troppo costosa.»

«A tal proposito, non ho visto un budget sul tuo documento.»

«Ti dispiace se...» Indico il suo computer.

Lui si scosta per lasciarmi spazio. «Prego.»

Mi metto comoda e poso il cellulare sul tavolino. Apro l'e-mail in cui Bell gli ha inoltrato il mio progetto. Apro l'ultimo file allegato, su cui c'è il budget con tutte le varie voci.

Lui solleva il mento, come cercasse di indietreggiare ulteriormente, poi si infila la mano nella tasca della giacca. Il suo braccio sfiora il mio quando estrae un paio di occhiali da lettura. Quando li inforca per guardare lo schermo, faccio fatica a respirare. «Sarebbe questo?»

«Eh?»

Quando i suoi occhi, ingranditi ora dalle lenti, incontrano i miei, emergo dalla mia trance e mi concentro su come indica intento lo schermo.

«Ah, sì.» Roteo le spalle all'indietro e, con discrezione, mi pulisco la bocca, nel caso abbia sbavato.

Come dico sempre, ogni giorno si impara qualcosa di nuovo. Nello specifico, che gli occhiali da lettura sono sexy.

«Questo è solo un terzo del budget.»

«Beh, no...» Mi dico di smetterla di fare l'idiota. «Ma pensavo che, visto che siamo a inizio anno, fosse più prudente tenere un budget basso per lasciare fondi maggiori per il mesi successivi.» Ho un'idea per il prossimo Natale che coinvolge una macchina sparaneve, che costerà parecchio se vogliamo tenerla in azione ventiquattr'ore su ventiquattro per un'intera settimana.

«Il budget è proporzionato al prospetto di fatturato durante le varie stagioni e festività.»

Sollevo di scatto il viso verso di lui. «Sì?» Nessuno me lo aveva detto.

«Sì.»

L'idea che ho avuto per le vetrine primaverili muta nella mia testa. Potrei seguire il suggerimento di Thomas per ridurre gli spazi vuoti che tanto lo turbano. Ma... ci vorrebbero un bel po' di soldi.

Il riflesso del sole attraverso il finestrino sulle lenti mi impedisce di guardarlo negli occhi. Inclino la testa. «Sicuro?»

Inarca un sopracciglio, facendo spostare di un minimo gli occhiali. «Visto che il budget l'ho stabilito io, sì, sono sicuro.»

Il rossore mi sale lungo la gola. «Ma certo.» Mi ero quasi dimenticata di chi fosse. E se fossimo da qualsiasi altra parte, questo sarebbe il momento in cui prendo e me ne vado.

Ma è impossibile su un aereo, quindi mi accontento di raddrizzarmi sul sedile e lasciare che il sole gli si rifletta di nuovo sulle lenti.

Incapace così di vedere quello sguardo intenso, espiro a fondo e reprimo uno sbadiglio. «In effetti avevo un'idea per risolvere il problema degli spazi.»

La sua risposta è solo un altro guizzo di sopracciglio.

Cerco di mantenere la schiena dritta e recupero il cellulare; tra le foto salvate, seleziono quelle di cui ho bisogno. «Non sono sicura che abbiamo il personale necessario per i lavori di installazione.»

Lui si china in avanti e mi fissa da sopra la montatura. «Vediamo.»

―――

Thomas

. . .

«... mentre iniziamo la discesa verso Las Vegas...»

Alice, profondamente addormentata al mio fianco, si muove al suono dell'annuncio del pilota.

Dopo cinque minuti trascorsi a spiegarmi le "costose" aggiunte all'allestimento, le sue palpebre sono diventate pesanti.

Sono stupito che sia durata così a lungo. Per lavoro ho volato spesso con George, quindi so bene quanto in fretta ed efficacemente la dramamina risolva il mal d'aria, dando però una forte sonnolenza. Ecco perché pensavo che suggerirle di chiudere gli occhi e concentrarsi sul respiro potesse aiutarla a cedere agli effetti collaterali del farmaco.

Ma prima che potessi spiegarglielo, mi ero soffermato sulla gocciolina d'acqua rimastale sull'angolo della bocca, e mi è toccato sfruttare il tavolino del bracciolo per mascherare la reazione inappropriata del mio corpo.

Per fortuna George dorme ancora, e Chase, in un raro atto di contrizione dopo il disastro a base di dildo ai controlli di sicurezza, ha insistito per lasciarmi l'unico posto in prima classe, quindi nessuno dei due può assistere al mio disagio.

Alice si agita nel sonno, i capelli scuri che mi sfiorano la spalla. Profuma di vaniglia, con una nota di cannella. Ho sempre considerato la vaniglia un aroma banale e poco creativo. Inalo più a fondo e mi chiedo perché invece, se proviene da Alice, mi fa venire una gran voglia di biscotti.

A me neanche piacciono, i biscotti.

Prima, dopo averla vista sbattere lentamente le palpebre troppe volte, le ho detto di mandarmi le informazioni che ha, e che ne avremmo discusso più tardi; pensavo si sarebbe addormentata di lì a poco. Invece si è accigliata prima di tornare al telefono, dove, a giudicare dal testo sullo schermo, stava leggendo.

Controllo il cellulare che ha in mano. Devo aver frainteso, perché...

Alice scivola più a fondo sul sedile, la guancia mi si preme contro la spalla, il telefono minaccia di cadere.

Cauto, glielo tolgo dalla mano sciolta. La mia buona azione non resta impunita, perché, ora che non ha più il telefono, Alice mi si rannicchia contro e mi stringe il braccio tra le sue.

Non posso ignorare il calore del suo corpo contro di me, come dimostrato dal problema nascosto sotto il tavolino, ma ne sarei più conscio se non fossi distratto da ciò che leggo sullo schermo.

Il suo uccello si gonfiò, pulsante. Con un ruggito raggiunse il piacere, gli occhi che si ribaltavano mentre gli spasmi gli squassavano il corpo. Quando la folle passione iniziò a svanire, venne colto da un senso di intimità che non aveva mai conosciuto prima di quella donna. La sua compagna.

Alice legge questa roba? La dolce, beneducata Alice, che vuole tappezzare millecinquecento metri quadri con centinaia di neon a forma di farfalla per, come dice lei, "creare un contrasto tra il risveglio della natura e lo stile urbano di New York"?

Sollevo un braccio e apro maggiormente il bocchettone dell'aria condizionata; all'improvviso ho molto caldo. L'aria fredda soffia via le ciocche scure che le sono sfuggite dalla coda di cavallo e le fa ricadere sulla pelle chiara. L'ho sempre considerata graziosa e innocente, ma le parole che ho letto sul suo schermo mi scatenano pensieri che di innocente non hanno proprio nulla, mentre le fisso le labbra socchiuse.

Un passeggero mi urta la spalla andando in bagno, facendo scivolare verso il basso una delle mani di Alice; la punta delle dita mi sfiora la coscia.

Stringo i denti e mi impongo di ignorare i pochi centimetri che la separano dal problematico rigonfiamento nei miei pantaloni. Una situazione che avevo sotto controllo quando si è addormentata, ma che minaccia di ribaltare ben presto il tavolino.

Sto per cercare di spostarla con la mano libera quando il pilota torna ad annunciarci il meteo locale. La mano di Alice scivola più avanti sotto il tavolino, e si blocca solo quando incontra il mio attuale problema etico.

Il mio ginocchio ha un sussulto e Alice alza la testa, fissandomi con le palpebre a mezz'asta. «Cosa...?»

Il mio corpo si raggela, la mente si svuota. Sono incapace di fare altro che non sia aspettare che sposti la mano ancora appoggiata di fianco al mio alzabandiera in piena regola.

Non lo fa. Anzi, le si richiudono gli occhi.

Mi schiarisco la gola per farla concentrare su di me, ma è chiaro che il suo cervello non funziona a dovere.

«La mano.»

Due rughette le compaiono tra le sopracciglia. «La mano?»

Conto fino a cinque, poi finalmente abbassa lo sguardo. Prima lo posa sulla mano ancora sul mio braccio, quindi su quella nascosta sotto il tavolino.

Spalanca gli occhi e si ritrae così in fretta da tirare un pugno al tavolino; il mio portatile vola in aria e atterra in mezzo al corridoio. «Cristo santissimo!» Si piazza la mano sul petto, gli occhi lucidi.

Non mi azzardo a dire niente, per non rischiare di iniziare una conversazione che potrebbe comprendere domande sul perché la situazione è così poco placida, sotto il tavolino. Espiro e recupero il computer.

Una sorridente assistente di volo compare al nostro fianco. «Tutto bene?»

«Benissimo.» La voce di Alice è acuta, e lei ha le guance rosse.

La hostess indica il tavolino. «Occorre chiuderlo per l'atterraggio.»

«Ghiaccio.» Scosto lo schermo del portatile.

Il sorriso della donna si incrina. «Come, scusi?»

«Può...» La guardo negli occhi per un istante, poi torno a controllare il computer in cerca di danni. «Può portarmi del ghiaccio?»

«Ma certo.» L'assistente si allontana, lo schermo si illumina, e i documenti su cui stavo lavorando prima della caduta sembrano a posto.

«Il portatile ha subito danni?» Negli istanti successivi all'impatto, Alice è rimasta con la schiena premuta contro la parete, come a creare la maggior distanza possibile tra di noi.

«Sì.» Più un grugnito che una risposta, ma lei annuisce, quindi deduco abbia capito.

«Bene. Molto bene.» Continua ad annuire.

«Ecco il suo ghiaccio.» La hostess appoggia un rudimentale fagotto di stoffa pieno di ghiaccio accanto al portatile, poi si dedica a un altro passeggero, a cui ricorda di riportare il sedile in posizione verticale.

Porgo il ghiaccio ad Alice. «Per la mano.»

Nel prendere il ghiaccio, le dita di Alice sfiorano le mie. «Grazie.» Posa il fagotto sulle nocche.

«Mh.» Sollevo il tavolino e mi premuro di mettermi in grembo il portatile, da usare sia come armatura che come copertura, poi metto a posto il bracciolo che ci separa.

La botta al ginocchio e l'interazione con la hostess hanno contribuito a normalizzare la situazione, ma meglio non correre altri rischi.

Trascorriamo in silenzio il resto del volo. Un silenzio che è imbarazzante anche per i miei standard.

Capitolo Sei

Alice

Non avrei mai immaginato che una borsa di cazzi fosse così pesante.

O che ne avrei portata una all'interno della suite dell'hotel di Thomas Moore.

Dopo il volo ho praticamente corso per scendere dall'aereo e attraversare il ritiro bagagli, per poi cercare l'uomo con il cartello con scritto *Moore*. Nessuno mi ha fatto domande. Probabilmente perché George era ancora sotto l'effetto della dramamina e trasportava un bagaglio a mano da oltre cinquanta chili, e Chase era rimasto bloccato ad aspettare lo sbarco dell'economy.

L'adrenalina di aver toccato per sbaglio i gioielli del mio capo mi ha fatta svegliare del tutto.

Thomas non ha detto nulla quando gli sono passata davanti sulla passerella con il mio borsone. E nemmeno quando mi sono seduta sul sedile anteriore con l'autista, invece che sul retro della limousine con lui e il resto del gruppo.

Senza dubbio era sollevato dal fatto che avessi preso l'iniziativa di mettere la massima distanza possibile tra noi.

Il fallimento del mio piano è diventato evidente al check-in dell'hotel, dove Chase mi ha informata che Leslie aveva chiamato, che era già arrivata a Las Vegas con Bell, durante il viaggio dall'aeroporto, mentre io non ero a portata di orecchio dall'altra parte del pannello di plexiglass della limousine.

I piani di Codice pene erano stati definiti senza il mio contributo. Piani che prevedevano che io organizzassi l'addio al nubilato nella suite di Thomas Moore mentre loro tenevano Bell occupata con gli appuntamenti alla spa. Si trattava dell'ultimo posto che Bell avrebbe sospettato, e almeno avremmo tenuto Mike Hunt lontano dalle bomboniere.

Ed eccomi qui, in piedi davanti alla porta del mio capo. Proprio dove non vorrei essere.

Traggo un respiro profondo e busso.

Niente.

Busso di nuovo.

Quando nessuno risponde per la seconda volta, estraggo la chiave magnetica che mi ha dato Chase, insieme al trolley di peni, ed entro, accompagnata da un segnale acustico. Mi fermo sulla soglia, in ascolto. Ancora niente.

Spingo il trolley davanti a me come uno scudo e sbircio dietro l'angolo del piccolo atrio nel soggiorno della suite. Uno, è enorme. Due, non c'è Thomas.

Con un sospiro di sollievo, mi guardo intorno alla ricerca di uno di quei portabagagli. Non trovandone uno, mi rendo conto che probabilmente è in camera da letto. E dato che nessuna somma di denaro o allerta Codice pene potrebbe farmi entrare di mia spontanea volontà nella camera da letto di Thomas, metto il bagaglio in bilico su uno degli sgabelli da bar.

Scopro così due cose. (È un grande giorno per l'auto-educazione).

Uno: dimostro che sto mentendo a me stessa quando dico che stare in piedi tutto il giorno mentre riordino manichini, merce e luci equivale a fare esercizio fisico.

Due: aprire una valigia piena di cazzi con i muscoli tremanti mentre è appoggiata in modo precario su uno sgabello non è una buona idea.

Guardo con orrore la pesante valigia cadere, riversando peni di silicone dai colori vivaci come coriandoli a una parata del Pride.

Se Thomas potesse vedere la sua stanza ora...

Per fortuna, probabilmente se la sta spassando in un posto in cui possono entrare solo i ricconi, mentre io mi accuccio sul pavimento tra le verghe del piacere rivestite di silicone. La mia mano ha uno spasmo quando ricordo un'altra verga, ricoperta di gabardine di lana, che ho incontrato prima sull'aereo.

Non pensarci.

Ho cercato, senza successo, di scacciare il ricordo di aver palpeggiato il mio capo. Ma è un po' difficile farlo quando stai raccogliendo dei dildo e la tua mano continua a confrontarli con la cosa molto calda e molto reale che ha sfiorato qualche ora fa.

Qualcosa vibra e io lascio cadere tutti i sex toy che ho raccolto, preoccupata di averne acceso uno. Quando la vibrazione continua, mi rendo conto che proviene dal mio telefono.

Si tratterà di un aggiornamento sulla sposa da parte di Leslie, che è di guardia alla spa, o di Kayla.

Tirando fuori il cellulare dalla tasca, le mie speranze si gonfiano nel vedere che si tratta di quest'ultima, ma sprofondano non appena leggo il messaggio.

Kayla: stO bne c Setniam odopo.

Okay, è un messaggio, quindi la grammatica è un optional, così come lo spelling, ma le parole di Kayla non mi lasciano tranquilla. Le mando comunque un'emoji con il pollice in su.

Blocco lo schermo e noto il mio riflesso prima di riporre il telefono in tasca.

Mi sono scomodata ad arricciare la frangia solitamente liscia in vista della festa di oggi pomeriggio. Le ciocche non sono ancora lunghe come il resto della chioma, ma almeno le onde le rendono meno visibili. Tra l'acconciatura e l'abbigliamento casual ma raffinato che ho comprato ai saldi, non sono poi male.

Lo scintillio del sacchetto di glitter a forma di pene vicino al frigobar attira la mia attenzione. Per fortuna non si è aperto.

In ginocchio, arranco tra i sexy toy di vari colori e dimensioni e cerco di distrarmi, immaginando come appenderò i neon nelle vetrine di Moore's quando torneremo.

Dopo il check-in in albergo, ho controllato la casella di posta del lavoro e ho trovato una e-mail con l'approvazione delle luci di cui ho parlato a Thomas durante il volo. Deve averci pensato lui mentre dormivo e prima che lo palpeggiassi. O quello, oppure lo ha fatto per imbarazzo o senso di colpa, sempre che possa provare emozioni del genere. Immagino non lo scoprirò mai, perché non ci penso neanche a chiederglielo.

Sarebbe un'idea folle.

Dopo un po' sono riuscita ad ammassare abbastanza dildo e sacchetti di glitter penici da rendere orgogliosa qualsiasi porno star. Appena prima di rialzarmi, noto che un dildo è rotolato sotto una credenza lì vicino. Devo appiattirmi sulla pancia e allungare il braccio per raggiungere il cilindro di silicone, e a fatica riesco ad afferrare quell'oggetto esagerato creato esplicitamente per il piacere femminile.

Almeno, spero che sia esagerato.

Mi rialzo con uno sforzo e osservo la scritta sul sex toy: *Trusty Thrusty*. Riesco a malapena a cingerlo con le dita da tanto è grosso.

Come può essere divertente da usare?

La gente dice che grande è meglio, ma il pensiero di infilarmi Trusty Thrusty dentro non mi fa eccitare, mi mette solo a disagio.

La stazza di Thomas sarebbe molto meglio.

Non pensarci neanche!

Reprimo quella voce libertina nella mia testa e agguanto il dildo con due mani. Incuriosita, mi chino a bocca aperta; l'articolazione della mascella è troppo tesa. E anche così, praticamente non passa oltre i denti.

«Argh.» Schiocco schifata le labbra per il sapore di silicone.

Con la coda dell'occhio, vedo qualcosa muoversi verso di me.

«Ahhh!» Brandisco Trusty come una mazza e colpisco chiunque ci sia lì. Forte.

«Cazzo!»

Noto solo un'ombra bianca prima di sfrecciare verso la porta. Essere cresciuta senza genitori a New York mi ha donato un incrollabile istinto di sopravvivenza: prima agire, poi fare domande.

Anche così, però, non riesco a fare due passi prima che le suole consunte delle mie scarpe scivolino sul marmo; un piede incespica su un dildo fuggiasco e io scivolo, andando a sbattere contro chiunque abbia appena preso a cazzate in faccia.

«Uff!» Forti mani solide mi cingono un attimo prima che io e lo sconosciuto atterriamo sul pavimento con un tonfo.

Passano alcuni secondi, forse un minuto. Non saprei.

Sono senza fiato, e la mancanza di ossigeno potrebbe aver alterato la mia cognizione del tempo. So solo che i piccoli cristalli del lampadario sopra di me si sfocano per poi tornare a fuoco, mentre mi sforzo di respirare.

Le braccia della persona sono ancora avvolte attorno alla mia vita, ma non stringono. Purtroppo, ora che l'adrenalina sta svanendo, ho troppa paura per muovermi. Riesco solo a spostare lo sguardo a sinistra, verso il grande specchio sulla porta della cabina armadio. E quando lo faccio, spalanco la bocca.

L'ossigeno che tanto a fatica ero riuscita a inalare svanisce di nuovo.

Lì, steso sulla schiena, con la fronte corrugata (ma ancora con l'aria di chi appartenga a un ambiente lussuoso come quello della suite), c'è l'uomo che ha occupato una parte insopportabile dei miei pensieri. Thomas Moore.

E anche se un occhio si sta gonfiando per l'impatto con Thrusty con la sua orbita, l'altro è palesemente puntato su di me, e sembra gridare: *Ma che cazzo?*

———

Thomas

Ma che cazzo?

Avevo appena finito di lavarmi via di dosso lo sporco del viaggio quando ho sentito un tonfo in salotto. Mi sono affrettato ad asciugarmi e a indossare l'accappatoio ricamato dell'hotel, poi sono uscito dal bagno e ho percorso il corridoio per scoprire l'origine del chiasso.

Ci ho messo decisamente di più a metabolizzare quello che ho visto una volta svoltato l'angolo.

«Oddio, oddio, oddio.» Alice mi rotola via di dosso; il fianco mi schiaccia lo stomaco e mi strappa un grugnito.

Vorrei dire qualcosa per tranquillizzarla, ma onestamente, ora che so che non si è fatta male cadendo, non posso fare altro che starmene sdraiato e riorganizzare i pensieri, mentre interiorizzo il dolore al viso per l'impatto con il pesante oggetto fallico di contrabbando, quasi confiscato dalla sicurezza in aeroporto.

Non pensarci.

Perché, anche se sarei molto contento di distrarmi dall'intenso pulsare intorno all'occhio sinistro, l'immagine di Alice che cerca di avvolgere le sue belle labbra carnose intorno alla punta di questo fallo mostruoso darà inizio a un altro tipo di pulsazioni. Sotto la cintura dell'accappatoio.

«Non ti muovere,» dice Alice, anche se non so dove si aspetta che vada. Le sue scarpe ticchettano rapide sul pavimento.

Cosa ci fa qui?

Cercando di tamponare il lacrimante occhio buono, sbatto le palpebre, ripensando a pochi secondi fa, quando ero libero dal dolore e immaginavo una serata con mio fratello. Un'ultima serata per colmare il divario che la nostra decennale separazione ha causato, prima che lui si avviasse verso la vita matrimoniale.

Ma quando sono entrato nella zona giorno della suite dopo essermi allacciato in fretta l'accappatoio, non mi ha accolto mio fratello, imbucatosi nella mia stanza in anticipo, ma Alice Truman.

Alice Truman, il cui tocco accidentale ha ispirato mille fantasie che ho esorcizzato poco fa sotto la doccia, con un cazzo di proporzioni gigantesche tra le mani e la bocca spalancata nel tentativo di prenderlo.

I ricordi sono confusi. Credo di essermi avvicinato. Non so se per fermarla, parlarle o semplicemente per vedere meglio. Tutto quello che so è che sono stato aggredito da un grosso dildo e ora sono sdraiato sul freddo e duro pavimento di marmo di una suite del Bellagio, con il fiato mozzo.

Se credessi nel karma, questo sarebbe il caso.

I passi tornano.

Il mio viso esplode di nuovo di dolore, poi di gelida beatitudine.

Alice ha preso una lattina di acqua frizzante dal frigorifero.

La sua mano ha avuto uno spasmo, come se all'ultimo secondo avesse avuto paura di toccarmi, e l'ha fatto da poca distanza sul mio viso ferito.

«Scusami, davvero.» Alice torna a raccogliere il contenuto sparpagliato della valigia.

La mia vista non è delle migliori in questo momento, anche il mio occhio buono è ancora sfocato, ma ho visto abbastanza prima per capire che sta recuperando i sex toy.

La consapevolezza si fa strada e nulla può impedire all'unico vero fallo presente nella stanza di reagire. Mi aggiusto l'accappatoio con la mano che non tiene la lattina sul viso, assicurandomi di non aver aggiunto un altro pene al novero.

Arrabbiato con me stesso per quella reazione, peraltro ripetuta, parlo con voce più dura del previsto. «Che ci fai qui?»

Lei si blocca con la mano a mezz'aria. «S-Stavo decorando.»

Non ho idea di cosa stia parlando. Forse ho una commozione cerebrale. Premo più forte il freddo metallo contro l'orbita.

Al mio silenzio, Alice ricomincia a gettare i cazzi nella valigia. «Chase ha detto che non saresti stato qui.» Stringe con entrambe le mani dei sacchettini pieni di oggetti scintillanti e li ripone insieme ai dildo. «Sapevo che avrei dovuto dire di no.» L'ultima frase la pronuncia sottovoce, poi si inginocchia a prendere qualcosa rotolato sotto il bancone.

«Aspetta.» Prendo un respiro per calmarmi. «Perché stai decorando la mia suite?»

«Perché è qui che si terrà l'addio al nubilato...» Alice fa una pausa, un dildo in mano. Questo è di dimensioni più ragionevoli rispetto a quello che mi ha lanciato contro, ma di colore viola elettrico.

Il mio occhio non ferito rimane concentrato sul cazzo su cui i pollici di Alice si strofinano, come in una distratta danza di accoppiamento.

La pulsazione *non* all'occhio peggiora.

«Hai accettato di ospitare qui l'addio al nubilato di Campbell, vero?» La sua voce si incrina alla fine, aiutandomi a concentrarmi su qualcosa di diverso dal pene viola nella stanza. «Chase ha detto che, dato che Mike ha un problema con...» E agita il dildo.

«Chase?» Mi sforzo di mettermi in posizione seduta; con una mano tengo la lattina sull'occhio e con l'altra stringo l'accappatoio. Mi muovo troppo velocemente e la stanza gira mentre combatto l'impulso di vomitare. Cazzo. Chiudo gli occhi e allargo le narici, cercando di fare respiri profondi.

Ricordando che Alice aveva detto che chiudere gli occhi le peggiorava la nausea, li riapro. O cerco di farlo. La pelle gonfia pizzica. Maledizione!

«Devo chiamare la reception per vedere se c'è un medico?» È accucciata, come se fosse pronta a scattare in piedi a una mia parola.

Liquido la sua preoccupazione. «Sto bene.» Il che è fisicamente ed emotivamente falso, ma la verità non è qualcosa che né io né lei troveremmo utile in questo momento.

Perché la verità è che ho capito il motivo per cui sono stato così attento a lei negli ultimi mesi.

È il motivo per cui, anche se la scelta dell'acconciatura è ancora assurda, la frangetta di Alice mi ha reso quasi impossibile distogliere lo sguardo dai suoi incantevoli occhioni. O quello per cui, quando avrei dovuto lavorare nel mio ufficio, mi ritrovavo a girare per i piani, cercandola in ogni angolo.

Tutti questi dettagli, che inizialmente mi avevano lasciato confuso e frustrato, si sono improvvisamente uniti come pezzi di un puzzle dopo aver trascorso troppo tempo a toccarmi immaginando fantasie dettagliate sotto la doccia, tutte incentrate su di lei.

La verità è che sono attratto da Alice Truman. Sessualmente. E questo non mi rende migliore di mio padre.

———

«Scambia il dildo viola con quello verde.» Indico il primo dei due sex toy nella mano di Alice.

Candele falliche, bicchieri fallici, piatti fallici e persino cannucce falliche sono disposti nella zona giorno della suite, mentre i piatti da portata attendono l'imminente arrivo del cibo e delle bevande tramite il servizio in camera.

«Dici?» Alice controlla ogni dildo sul tavolo, come se ne valutasse le dimensioni e il colore. Il suo atteggiamento è del tutto diverso rispetto a pochi minuti fa, quando ero sdraiato per terra in accappatoio.

Quando mi sono ritirato in camera da letto per vestirmi, Alice si è messa in modalità visual merchandiser e si è dedicata ad allestire la festa come se stesse preparando una mostra di peni alla National Gallery. Il lavoro sembra averla tranquillizzata.

Le porgo la mano libera, quella che non sto usando per premermi contro il livido in faccia una lattina fredda.

Lei mi dà il dildo verde fluo, poi fa un passo indietro mentre io scambio i due sex toy. I suoi occhi si muovono sulla disposizione. «Hai ragione.»

«Già.» Cerco di non offendermi per la sua sorpresa.

Quando non dice altro, giro la testa per guardarla con l'unico occhio buono. Si sta mordicchiando il labbro, e gli occhi sono fissi sulla mostruosità viola che ho in mano.

Ridacchia.

È la prima volta che qualcuno ridacchia di me.

Vedendo la mia espressione, tossisce per mascherare il divertimento. «Scusa.»

«Mh.»

Si calma e torna seria. «Dico davvero, mi dispiace.»

Mi volto, in qualche modo irritato per la frequenza con cui si scusa. «Sto bene.»

«Ti gira la testa?»

Guardando la fila di bicchierini che circondano un dildo per doppia penetrazione, mi chiedo quanto il gruppo del party abbia intenzione di bere. «Non più.» Sarà anche una festa pomeridiana, ma consumare troppo alcol prima del matrimonio non può essere consigliabile. Ubriacarsi non è mai una buona scelta. Ma un gruppo di persone ore prima di un evento attentamente strutturato e pianificato? Rabbrividisco al pensiero di una tale perdita di controllo.

«Ma anche se ora non hai le vertigini, il fatto che tu le abbia avute significa che potresti avere una commozione cerebrale.» Le sue scarpe battono sul pavimento, avvicinandosi. «Sei sicuro che non dovresti andare da un medico?»

Mi viene quasi da ridere. «Sicurissimo.» Dover spiegare a un medico che sono stato quasi messo al tappeto da un vibratore lungo oltre trenta centimetri, impugnato dalla mia minuta impiegata nella mia suite d'albergo, è qualcosa che mi rifiuto di sperimentare.

Nel silenzio le lancio un'occhiata, chiedendomi quanto la sua preoccupazione sia per me come persona e quanto per il suo capo. Il che è ridicolo. Sono la stessa cosa. Non c'è alcuna differenza. Io sono il suo capo così come lei è una mia dipendente, a prescindere da quanto la trovi attraente.

«Toc toc!»

Io e Alice ci voltiamo verso l'atrio dove Chase tiene aperta la porta con una mano, mentre con l'altra culla il suo sphynx.

Sussulta quando vede la borsa del ghiaccio improvvisata che tengo in mano. «Cosa ti è successo?»

Sorpreso dall'emozione che mi sta attraversando, mi avvento su Chase, le cui sopracciglia si sollevano fino all'attaccatura dei capelli. «Perché hai mandato Alice nella mia stanza?»

Chase fa un passo indietro e per poco non si scontra con il cameriere che arriva con vassoi e carrelli di cibo e bevande. «Amico, sono venuto qui non appena mi sono reso conto di aver dimenticato di dirti del cambio di location.»

Quando non indietreggio, Chase solleva il gatto tra noi come uno scudo. «Non sono potuto venire prima perché stavo tenendo Bell occupata fino al suo appuntamento per il massaggio.»

La lattina di alluminio si stropiccia nella mia presa mentre lotto per mantenere il controllo di me stesso. Soprattutto di fronte al personale.

Nostro padre ne aveva troppo poco, di se stesso e delle sue azioni.

Mi rifiuto di seguire le sue orme.

«Mandare una dipendente nella mia stanza d'albergo senza preavviso è imperdonabile. Ricordati chi sei e da dove vieni, per l'amor di Dio.» Uno di noi deve ricordarsi quale sangue ci scorre nelle nostre vene. Abbasso la lattina dal viso prima che si apra.

Un sussulto collettivo risuona.

Fantastico. Non è mai un buon segno.

«Porca puttana.» Chase spalanca la bocca. «Che diavolo ti è successo alla faccia?»

Essendomi vestito in fretta e furia e avendo tenuto la lattina fredda premuta sul viso da allora, non ho guardato il danno inflitto dal dildo gigante. Mi volto verso lo specchio, e osservo stranamente calmo la striscia di lividi viola scuro che parte dal centro dell'osso sopracciliare e scende in diagonale oltre l'angolo delle palpebre. Senza dover strizzare gli occhi, cosa che non riuscirei a fare nemmeno se ci provassi, riesco a distinguere le venature di *Trusty Thrusty* incise sulla pelle come le pieghe di un cuscino dopo una notte di sonno pesante.

Alice impallidisce. «Mi dispiace tantissimo.»

«Ti *dispiace?*» Chase guarda lei e poi torna su di me. «Quindi è stata Alice?»

Il mio riflesso e l'orda di sex toy bene in vista nella mia suite rendono vano il mio precedente tentativo di professionalità. Di nuovo teso, lancio a mio fratello un'occhiata che giura futura vendetta.

Per il mio occhio, per l'aeroporto e soprattutto per Alice.

Capitolo Sette

Alice

«Hai trasformato un armamentario da pene party di pessimo gusto in un affare degno di Pinterest.» Leslie fa una pausa per riprendere fiato dopo lo scioglilingua e si guarda intorno stupita.

Un minuto prima, come previsto, Leslie ha accompagnato Bell nella suite di Thomas dopo il massaggio, dove la futura sposa pensava di recuperare i gemelli del fidanzato prima di tornare a rilassarsi in camera. Invece, noi della squadra nuziale l'abbiamo sorpresa alla porta e l'abbiamo sommersa in uno sciame di coriandoli scintillanti a forma di pene.

«È già abbastanza grave che tu abbia rovinato il nostro piano originale.» Leslie lancia a Bell uno sguardo di sfida. «Ma ora, anche se siamo a Las Vegas, la celebrazione di oggi è passata da uno squallido festino in un sex club a un tè pomeridiano dell'Upper West Side con contorno di peni.»

Bell si strozza con il cracker che sta mangiando, mentre George sghignazza dietro il suo bicchiere di champagne.

Al suono della tosse della sua adorata, Mike Hunt, che

indossa un papillon rosa, salta sul bancone per controllarla. E per controllarla, intendo dire farle le fusa tra le tette.

Imperturbabile, Bell gratta quella testolina calva e rugosa che le si strofina sul seno.

«Penso che sia incantevole, Alice.» La signora Moore, arrivata ieri dalle Bahamas per rilassarsi prima delle nozze del figlio, sorride con affetto alla sua cannuccia rosa a forma di pene. «Hai trovato il perfetto equilibrio tra pacchianata e simpatia.»

Arrossisco per il complimento di quella donna elegante.

Leslie scrolla le spalle rivolta a Mikey prima di tornare all'argomento in questione. «Ma andiamo.» Fa un cenno con il dito ai taglieri di salumi e ai vassoi di bevande che ho sistemato dopo che Chase e Thomas se ne sono andati. Ognuno di essi è decorato con fiori freschi, dildo di varie dimensioni e coriandoli fallici. «Hai fatto sembrare tutti i cazzi colorati al neon artistici e di classe.» Afferra uno dei bicchieri che avevo riempito con il cocktail Blow Job da lei richiesto, con tanto di guarnizione di panna montata e glitter commestibili; si trovano sullo stesso vassoio di Trusty Thrusty.

«Chi fa una cosa del genere?» Leslie fa il broncio davanti alla panna montata.

George, l'unico maschio presente all'addio al nubilato, mi cinge le spalle con un braccio e fa tintinnare il bicchiere con il mio. «Lo adoro.» Con la mano libera ci mostra il telefono. «Già caricata sul gruppo Facebook.»

Pensando alla reazione di Thomas, mi viene da sorridere. Forse dovrei dire loro che mi ha aiutato. Sarebbe un'ottima didascalia.

«Per questo l'ho presa per il nuovo team di marketing di Moore.» Bell mette nel piatto un assortimento di salumi, formaggi e frutta. «Alice farà grandi cose da Moore's. Le sue vetrine stanno già aumentando le vendite.»

Non ringrazierò mai abbastanza Bell non solo per aver

spinto Chase ad assumermi nel nuovo team di marketing di Moore's, ma anche per essere diventata un'ottima amica e una mentore.

«Non eri l'unica persona che voleva accaparrarsela,» mormora Leslie.

Bell le dà una gomitata, trasformando il sorriso di Leslie in una smorfia.

Io giocherello con la composizione di peonie che si trova accanto al vassoio della frutta, confusa da ciò che Leslie intende ma troppo imbarazzata per chiederle di elaborare. Sono abbastanza sicura che nessun altro volesse assumermi dal reparto scarpe, ma è carino da parte sua dirlo.

Il mio telefono vibra mentre tutti discutono per scegliere il colore della loro cannuccia a forma pene. Sgattaiolo nel bagno in fondo al corridoio sapendo che solo una persona mi avrebbe chiamato, visto che tutti gli altri che conosco sono qui.

Chiudo la porta ed estraggo il cellulare, senza sorprendermi del nome e della foto di Kayla sullo schermo. È la foto che ho scattato a lei e Mary allo zoo tre anni fa. Quando eravamo molto più unite.

Rispondo alla chiamata. «Kayla?»

«Ehi, ragazza, che succede?» La voce allegra di quella che una volta era mia sorella è quasi soffocata da una musica di sottofondo ad alto volume.

Calcolo mentalmente il fuso orario: sono solo le sei del pomeriggio a New York. «Dove sei?»

«Sono fuori!» urla lei, facendomi scostare il telefono dall'orecchio. «È per questo che ti ho chiamato. Vieni a trovarmi.» Bicchieri tintinnano. «Da quanto tempo non usciamo insieme?»

Non è mai successo. Non siamo mai andate a bere perché lei era incinta e poi dovevamo crescere sua figlia. «Dov'è Mary?»

«Con i vicini, tranquilla.»

Gli unici suoi vicini che conosco sono la mamma single che

fa i turni di notte e una coppia di anziani. Quali intende? Spero che da quando ha iniziato a ghostarmi si sia trasferito qualcuno di nuovo.

«Smetti di preoccuparti. A volte hai solo bisogno di una pausa, sai?» Questa banalità è seguita dal rumore di una cannuccia che aspira i resti di un drink. «Vieni a divertirti con me.»

Ora che sento la sua voce, un po' di preoccupazione si scioglie, lasciando spazio alla rabbia e alla frustrazione. «Quando ho chiamato prima ha risposto Mary. Perché non era a scuola, e perché stavi dormendo?» Mi passo la mano libera tra i capelli e le dita si impigliano tra le ciocche. Le domande che ho trattenuto negli ultimi mesi traboccano. «Per quanto ne so, non hai ancora un lavoro. Come fai a pagare l'affitto?»

Il silenzio di Kayla è eloquente. Di solito ci vado con i piedi di piombo, con lei. È irascibile. Lo è sempre stata.

All'inizio, quando ci siamo conosciute, quando lei aveva tredici anni e io quindici, pensavo che fosse solo l'adolescenza. Poi è arrivato il dolore. Quando ci siamo riviste anni dopo, ho dato la colpa agli ormoni della gravidanza e allo stress di essere una giovane mamma single.

Ma ora Mary ha sei anni e sono stanca di trovare scuse. Kayla deve crescere.

«La scorsa settimana mi hai lasciato un sacco di messaggi vocali assurdi.» Mi appoggio alla porta, la mia rabbia si sta sgonfiando con la stessa velocità con cui è divampata. «Cosa ti sta succedendo, Kayla? Sono preoccupata.»

Ordina un nuovo drink, un doppio gin tonic, e anche se sembra che non stia più prestando attenzione, almeno non ha riattaccato.

Con un bel respiro, cerco di rilassare il tono di voce. «Stavo pensando che, ora che ho uno stipendio decente, potremmo prendere di nuovo una casa insieme. Noi tre. Un posto in un buon distretto scolastico.» È il motivo per cui ho vissuto in modo così frugale, anche dopo la promozione.

Quando insiste a non rispondere, mi affretto a proseguire, sperando che la mia proposta la metta di buon umore. «Con qualche aggiustamento, potrei mantenere te e Mary mentre risolvete la situazione. Pensa, Kayla, se tu rimanessi a casa con Mary non avremmo bisogno di pagare il doposcuola o l'asilo quest'estate.» La mia voce si fa rapida, eccitata dal fatto che finalmente posso condividere il piano. «Con un affitto in meno da pagare e il mio nuovo stipendio più i miei risparmi, potrei coprire cibo e affitto fino al prossimo anno scolastico. Potresti passare più tempo con Mary mentre decidi cosa fare.» *E io potrei riavere la mia famiglia.*

Quando finalmente si degna di parlare, il tono è alto, quasi urlato, proprio come poco fa.

«Cosa?» Mi acciglio allo specchio come se il mio riflesso avesse la risposta. «No, non intendevo...»

«Hai sempre pensato di essere migliore di me.» Le sue parole sono taglienti.

Premo il palmo sul piano di marmo freddo. «Non è vero, Kayla. Non posso credere che tu abbia...»

«Beh, non sei migliore di me, okay?» Nella sua voce percepisco una sfumatura che non ho mai sentito prima.

Mi mordo il labbro nel tentativo di fermare l'improvvisa ondata di lacrime che mi sta salendo agli occhi. «Kayla... non ho mai voluto...»

«Tu non hai mai avuto genitori e io sì. I miei si sono occupati di me, i tuoi se ne sono andati.» Le sue parole tagliano più in profondità di qualsiasi coltello, squarciando la mia anima e mettendo a nudo le mie più grandi paure.

Barcollo di lato e per poco non cado sul water. Per quanto cerchi di trattenere le emozioni, mi scappa un singhiozzo.

«Alice...» La voce di Kayla ora è più sommessa, come se le

parole velenose l'avessero liberata da qualsiasi stato d'animo in cui stava annegando. «Io... non volevo...»

Sbatto rapidamente le palpebre e traggo un lungo respiro per impedire alle lacrime di cadere. «Noi...» Mi schiarisco la gola. «Ne parleremo quando tornerò, d'accordo?»

«Tornare da dove?»

Mi ci vuole un altro respiro profondo prima di poter rispondere. «Sono fuori città, ricordi? Al matrimonio del mio capo.»

«Oh. Sì. Me ne ero scordata.» Kayla deve sentirsi come una bambina rimproverata, perché è fin troppo accondiscendente. «Certo, ci sentiamo più tardi.»

Terminata la telefonata mi siedo sfiancata sulla tavoletta del water. Potrei dare la colpa al jet lag o al bicchiere di champagne, ma mentirei.

Inspiro a fondo. Poi espiro. Sbatto più volte le palpebre.

Dopo un paio di altri respiri, recupero il controllo. O perlomeno, abbastanza da poter sorridere a me stessa allo specchio. Un sorriso innaturale, ma pur sempre un sorriso.

Oltre la porta, la musica si alza e le ragazze (più George) esultano.

«Questo non è un semplice addio al nubilato,» dico alla mia immagine riflessa, un po' imbarazzato. «Questo è l'addio al nubilato della tua amica e tu non lo rovinerai.» Annuisco e mi passo le mani sul busto, come a cancellare fisicamente le parole di Kayla. «Tornerai in quella stanza e ti divertirai.» Mi alzo, afferro la maniglia con un altro cenno d'incoraggiamento e faccio un ulteriore respiro profondo prima di aprire la porta e uscire.

«Via, Via!» Un pezzo di tessuto nero mi colpisce in faccia.

Lo scosto, e ho il tempo di capire che si tratta di una camicia da uomo prima che Mike, passando a rotta di collo, mi faccia quasi cadere.

«Mikey!» Mi aggrappo al telaio della porta del bagno per

fermare la caduta. Non l'ho mai visto muoversi così velocemente. Sembrava Flash, in forma di gatto e, come dire, nudo.

Tenendo la camicia, mi volto verso il soggiorno e mi trovo di fronte alla causa dell'improvvisa fuga di Mike.

Due uomini semisvestiti stanno ondeggiando i fianchi più velocemente di Shakira, e sono circondati dal gruppetto dei festaioli, tutti con le braccia alzate e il culo in movimento, con un'aria piuttosto brilla.

Per quanto tempo sono stata al telefono?

«Alice!» Bell balla verso di me e indica un punto alle sue spalle. «Liz è venuta!» Sorride, e la sua gioia e l'assurdità della situazione rendono più facile mettere da parte la mia conversazione con Kayla. «E ha portato degli spogliarellisti!»

«Vieni anche tu, ragazza!» Liz mi cattura e mi trascina nel gruppo. O attiro l'attenzione indesiderata su di me e sui miei problemi o sto al gioco.

Con un bel respiro, mi costringo a sorridere e fingo di essere trascinata sulla pista da ballo improvvisata dalla più giovane dei Moore.

———

Thomas

«Non posso credere che avrai un occhio nero al mio matrimonio.»

Mio fratello, steso di schiena sul divano della suite, ride mentre guarda il telefono. Lo fa a intervalli regolari da quando ho lasciato la mia camera per andare nella sua.

Ricompongo l'espressione al di sotto della nuova busta del ghiaccio, non tanto per fingere indifferenza quanto per evitare che il livido si gonfi ulteriormente. «Mi fa piacere che lo trovi divertente.»

«Sarcasmo, Tallero?» Mi fa un sorrisetto. «Non è da te!»

Se gli sguardi potessero uccidere, domani indosserei il mio smoking su misura al suo funerale, e non al matrimonio.

Dal divanetto adiacente, fisso con desiderio il minibar, dove il mio Pappy Van Winkle color ambra scura, uno scotch da meditazione invecchiato vent'anni che ho portato con me, mi aspetta. Mi sento un affamato a cui viene negato l'ingresso a un banchetto.

«Alice ha detto niente alcolici.» Non alza neanche lo sguardo dal telefono.

Stringo verso di lui l'unico occhio buono. «E da quando dai retta a una dipendente invece che a tuo fratello?»

L'occhiata che mi lancia farebbe impallidire il mio miglior ringhio. «E da quando sei così stronzo da chiamare dipendente una mia amica nonché invitata al mio matrimonio?»

Ahio. «Mh.»

Tamburello sul bracciolo del divanetto, chiedendomi come spiegare che la mia frequente tendenza a definire Alice una dipendente non sia legata a un mio qualche arcaico desiderio di rimarcare la differenza di classe sociale. Tra tutti, sono io quello a cui serve maggiormente il promemoria. Mi hanno definito troppo spesso "degno figlio di mio padre" da piccolo per non essere fin troppo consapevole di come le mie azioni siano costantemente paragonate a quelle del mio dissoluto genitore.

«Accidenti.» Chase si acciglia guardando lo schermo, tenuto alto sopra il viso.

«Che c'è?»

«George ha appena pubblicato una foto di Mike che lecca la panna da sopra un cocktail Blow Job.» Chiude gli occhi e sospira. «Il volo di andata è già stato abbastanza disastroso. Non ci tengo che Mikey abbia male alla pancia durante la cerimonia di domani.»

Apparentemente, il suo gatto, oltre a essere di base uno sgradevole fastidio, è anche un viaggiatore nervoso. Ovvero un'autentica bomba puzzolente. Ripensando alla disavventura ai controlli di sicurezza, sono stato felice di dover riprogrammare il volo.

«Perché il gatto è ancora in camera mia, comunque? L'idea di base non era di fare lì la festa in modo da tenere Mike qui da te, lontano dalla tentazione dei sex toy?»

Il digitare sullo schermo diventa aggressivo. «Cosa avrei dovuto fare? Si è nascosto sotto il letto quando il personale ha portato il cibo con il servizio in camera. Se fossimo rimasti più a lungo avremmo rischiato di far saltare la copertura.»

Gocce di condensa cadono sul mio maglione verde scuro. «Non avresti proprio dovuto portartelo dietro.»

Chase mi lancia un'altra occhiataccia, poi scrolla le spalle. «Ha l'ansia da separazione. A casa se la cava, ma sa il cielo cosa potrebbe fare in una camera d'albergo se ce lo lasciassi da solo.»

Non sono mai stato uno da slang moderno, ma mi viene in mente il detto "Non ce la posso fare".

Altre goccioline si staccano, e il ghiaccio scivola sotto il mio palmo. Il dolore riverbera nella mia orbita. Dopo essermi controllato l'occhio allo specchio, poco fa, speravo che, tenendoci sopra il ghiaccio, avrei placato il gonfiore. Ma non sta funzionando.

Questo significa che, a parte apparire poco presentabile alle nozze di mio fratello, non potrò stringere l'occhio sinistro, cosa che mi impedirà di usare come vorrei la mia Leica vintage. Reprimo un brivido al pensiero, subito bandito, di dover fare le foto con il cellulare.

I miei occhi tornano alla bottiglia di whiskey. Scoprire ciò che la lente asferica della Leica potrebbe fare nell'ambiente ad alto contrasto e illuminato dai neon di Las Vegas era uno dei lati positivi di questo viaggio. Sapete, a parte la gioia nuziale di mio fratello. Avrei sfruttato il giorno libero dopo il matrimonio, che ho inserito nell'agenda di tutti, per godermi un giro fotografico mentre il resto del gruppo si sarebbe dedicato a qualsiasi disdicevole attività avesse in programma.

«Merda.» Chase si alza a sedere, gli occhi fissi allo schermo. «C'è qui Liz.»

Alla menzione della nostra sorella sparita da mesi dopo il disastro legale di nostro padre e i problemi familiari, abbasso il sacchetto del ghiaccio. «In che senso *qui*?»

Chase si alza e si sporge per mostrarmi una foto di Liz, Alice e Leslie tutte abbracciate. La didascalia dice: *"Damigelle a rapporto"*.

Il mio sguardo indugia un attimo di troppo su Alice, il cui sorriso sembra non estendersi agli occhi.

«Le ho mandato l'invito per e-mail, ma non ha mai risposto.» Mi guarda. «A te lo ha detto?»

Faccio per scuotere la testa, ma evito, perché pulsa. «No, non l'ha fatto.»

Non sarò un fratello fisicamente affettuoso come Chase, ma voglio bene a mia sorella. Ci è voluto un sacco di autocontrollo per non dare il via libera al detective privato che io e Chase avevamo scelto. Ho accettato di non proseguire perché sia nostra madre che Bell hanno portato obiezioni molto razionali sul lasciare a Liz i suoi spazi in modo da permetterle di metabolizzare la rivelazione, cioè che è figlia di nostra madre e di un suo fugace amante.

Restiamo seduti per qualche istante, in silenziosa indignazione. Poi Chase solleva di nuovo il cellulare e sgrana gli occhi.

«E adesso che c'è?» Rimetto il ghiaccio al suo posto.

Mi mostra lo schermo. Mi sporgo all'indietro per osservare

la foto di due sconosciuti a torso nudo, e fatico un po', senza gli occhiali. «E quelli chi sono?»

Passa il dito sullo schermo, e per la prima volta stasera vorrei essere stato messo al tappeto da quel dildo. Perché nessuno dovrebbe vedere la propria madre infilare banconote da venti dollari nel tanga di qualcuno. Tantomeno uno spogliarellista poco vestito da poliziotto, che brandisce davanti al bacino l'arma responsabile della mia contusione.

———

Alice

Qualcuno alza il volume della musica. E tra tutte le band possibili, sono proprio i Village People. Ridicoli, ma perfetti per i costumi da poliziotto e da pompiere dei due spogliarellisti.

Non avrei mai pensato che *YMCA* fosse la canzone perfetta per i movimenti ammiccanti di bacino, ma mi sbagliavo di grosso.

Il mio sorriso non è più così forzato. Un Blow Job e un calice di champagne hanno aiutato. Sono di umore migliore, abbastanza da sollevare le mani con gli altri e agitare il poco di fianchi che Dio mi ha donato.

Sculetto con la signora Moore che, stando a Bell, è fresca di avventura con il suo flirt alle Bahamas e vuole godersi ogni istante della libertà dai vincoli matrimoniali.

E per libertà intendo infilare banconote in perizomi e sospensori.

Sudo. Rido. Dimentico.

Una canzone e un incontro troppo ravvicinato con la manichetta antincendio nei pantaloni del pompiere dopo, fuggo a prendermi un altro drink.

Non essendo un'accanita bevitrice, stasera mi ero ripromessa di non esagerare. Ma le cose sono andate a modo loro... così prendo un bicchierino da un vassoio e cerco di imitare gli altri, scolandomelo in un solo sorso.

Riesco a buttare giù il liquido, ma mi strozzo con la panna montata.

Con gli occhi che lacrimano, stappo una bottiglietta d'acqua, e in quel momento George emerge dalla stanza, con il braccio sollevato nell'imitazione della Statua della Libertà. «Ce l'ho!»

Bevo un sorso d'acqua fredda, che mi calma la tosse, e lui si china su una presa elettrica. «Cos'hai?»

«L'atmosfera perfetta.» Si raddrizza con aria vittoriosa, ma si acciglia guardandosi intorno. «Accidenti, c'è troppa luce, qui dentro.» Mi indica. «Puoi spegnere l'interruttore lì dietro? Io torno subito,» dice, e si sposta verso la porta.

L'atmosfera di cui parla George si rivela quella prodotta da un proiettore portatile, che dipinge una gran quantità di luci colorate nella stanza, come una palla stroboscopica variopinta.

Quasi tutti trattengono il fiato meravigliati.

Chi mai avrebbe pensato che spegnere la luce avrebbe trasformato un pene party nell'Armageddon?

Come se avesse aspettato il momento giusto, il pompiere si strappa di dosso i pantaloni, rivelando un tanga a stampa dalmata con tanto di glitter. Glitter che scintillano ancor di più sotto le nuove luci.

Un'ombra sfreccia attraverso la stanza.

«No!» Bell vi si lancia contro, ma è troppo tardi.

Tutto si svolge al rallentatore.

Mike balza sul tavolino, cogliendo di sorpresa la signora Moore, che barcolla indietro contro il bancone, rovesciando il vassoio con i Blow Job e facendoli volare in aria. Glitter, panna e alcol piovono sul gruppo.

Rapito dalle luci, Mike continua a saltare dappertutto, come un fagiolo danzante messicano, ribaltando bicchieri di champagne e candele a forma di pene, che non vengono spente dall'alcol, ma gli danno fuoco.

Una striscia di fiamme scorre sul pavimento, verso i pantaloni da pompiere buttati via.

Avete presente quanto è infiammabile il poliestere?

Un sacco.

«Merda!» Leslie afferra il secchiello del ghiaccio, e il suo anello tintinna contro il metallo del contenitore come la campana prima di un incontro sul ring. Mike si raggela, alza lo sguardo dalle luci che danzano sul pavimento... e lo posa sul pube riflettente del pompiere.

Le cui grida mi daranno gli incubi per tutta la vita.

«Aaah!» Lo spogliarellista si gira di qua e di là nel tentativo di staccarsi il gatto di dosso; Mike gli è balzato sopra con gli artigli sguainati e si è aggrappato al tanga luccicante e, a giudicare dalle urla dell'uomo, anche alla pelle sottostante. «Il mio uccello!»

La canzone cambia in *It's getting hot in here* di Nelly.

George, dietro di me, mormora: «Ma sul serio?»

Leslie lancia il ghiaccio sciolto, e nella fretta lo fa finire più su di noi che sulle fiamme.

Ma l'acqua fredda che mi cola lungo il corpo e nelle scarpe mi fa ripartire il cervello. «Qualcuno prenda il copriletto!»

George scatta verso la camera da letto; Bell e Liz si agitano attorno allo spogliarellista, cercando di rimuovere Mike senza beccarsi un colpo delle braccia sventolanti dell'uomo.

Corro al lavandino e afferro il rubinetto estensibile; per fortuna in questa suite di lusso ci sono simili optional.

«Preso!» George torna da noi, trascinandosi dietro il copriletto come uno strascico.

Lo inzuppo. Lui e il copriletto, voglio dire. E il fatto che non si lamenti dei danni al suo outfit la dice lunga su quanto sia in preda al panico.

«Gettalo sul fuoco.» Lascio cadere il rubinetto e afferro la coperta bagnata, strattonandola insieme a George verso il principio di incendio. Nel giro di un istante stendiamo l'enorme copriletto, e senza bisogno di istruzioni, la signora Moore e Leslie vi buttano altra acqua.

Bell strappa Mike dal pompiere.

George riaccende la luce.

Liz spegne la musica.

Lo spogliarellista in costume da poliziotto corre via con il suo perizoma, le chiappe che ondeggiano a ogni passo e qualche banconota che cade lungo il percorso.

E nel silenzio sconvolto che segue, restano solo il suono dei nostri respiri ansanti e i bassi singhiozzi del pompiere.

Poi scatta l'allarme antincendio.

Capitolo Otto

Thomas

Quello a Las Vegas mi sta costando più di un matrimonio all'abbazia di Westminster.

Una drag queen vestita da Bette Midler alta un metro e novanta ancheggia sul marciapiede dietro di me, cantando con voce tonante *Wind beneath my wings*, costringendomi ad avvicinarmi a un gruppo di persone evacuate dall'hotel per non finire coperto di glitter o piume rosa provenienti dal suo boa.

In pratica, l'equivalente di Las Vegas del trattamento con pece e piume.

Chase è da qualche parte tra la folla con la sua fidanzata, probabilmente intento a valutare i dettagli di che cazzo è appena successo.

Perché lo sapevo, anzi, lo sapevamo entrambi, che quell'allarme antincendio che mi ha quasi spaccato in due il cranio doveva essere causato dall'addio al nubilato.

«Thomas caro...» Mia madre mi fa un cenno, un po' instabile

sui tacchi neanche troppo alti. «Cos'è successo?» La mano, l'unico punto del corpo a rivelarne l'età, mi si posa sulla guancia.

Questa giornata che pare infinita inizia a presentarmi il conto. Perché il tocco della pelle morbida di mia madre sulla mia barba ispida mi costringe a sbattere più volte le palpebre.

Non ricordo l'ultima volta che mi madre mi ha toccato con tanto affetto. O che le ho permesso di farlo.

Baci formali, certo. Entrare a braccetto a un gala, anche. Appoggiare questa stessa mano sulla mia spalla per dimostrare in pubblico orgoglio per il mio acume finanziario davanti agli impiegati.

Ma l'affetto?

Spero che l'umidità che sento all'altezza degli occhi possa passare per effetto delle contusioni e non per un crollo nervoso. Mi schiarisco la gola.

«La forma del livido...» Mia madre stringe le palpebre e inclina il capo, come per distinguere la forma fallica impressa sul mio viso. E con tutte le insegne al neon, i lampioni, il glitter e i lustrini, in qualche modo ce la fa.

Volto la testa verso sinistra per nascondere il lato ferito. «Perché hai mentito su Liz?»

Lei lascia cadere la mano. «Non ho mentito.»

La mia aria inespressiva la dice lunga.

Mia madre sospira; di colpo sembra molto più anziana rispetto a qualche minuto fa, quando ballava fuori dall'hotel, con l'abito umido, ignara dello scontento degli altri ospiti mentre chiedeva al concierge altri Blow Job per i presenti, come scusa. «Aveva bisogno di tempo, e sapevo che non gliene avresti lasciato, se ti avessi detto dove stava andando.»

«Ovvero?»

«Dovrai chiederglielo tu.» Inarca un sopracciglio. «Non sto mentendo. Dico solo che so dov'è stata, ma non spetta a me rivelartelo.» Mi dà una pacca sul braccio, tornando alla distante gentilezza a cui siamo abituati. «Sta bene, Thomas. Credimi.»

«Mh.» Scruto il marciapiede in cerca di una ragazza bionda con le trecce, perché solo mia sorella si concerebbe così a Las Vegas, ma non la trovo. Vedo solo Chase che tiene Mike placcato contro il petto e fa gli occhi dolci a Bell, poi George che dà pacche sulla schiena a uno spogliarellista in lacrime.

«È andata a prenotare al ristorante con Alice e Leslie.»

Alice. Mi rendo conto che non stavo cercando solo trecce bionde, ma anche ciocche irregolari castano scuro. Poi registro il resto di ciò che mi ha detto mamma. «Ristorante? E perché?»

Lei mi scocca lo sguardo innocente ereditato dal figlio minore e liscia la blusa umida. «Per continuare l'addio al nubilato, ovviamente.»

Sbatto le palpebre. O almeno ci provo. È più che altro uno spasmo. «Intendete *continuare?*»

«Ma certo.» Chiama con un cenno un dipendente dell'hotel che si aggira tra la folla con un vassoio pieno di shottini guarniti di panna montata. «Non possiamo concludere la festa su una nota tanto triste.»

«Triste?» Mi sforzo di mantenere la calma. O almeno di apparire calmo, perché da quando sono arrivato ai controlli di sicurezza all'aeroporto LaGuardia, sono stato tutto fuorché calmo. «Secondo te la combinazione perversa di spogliarellisti, candele peniche, cocktail dai nomi ambigui e gatti posseduti dal demonio sarebbe *triste?*»

Lei prende un bicchierino dal vassoio con due dita, tenendo il mignolo teso. «Tu come la definiresti, caro?»

«Un segno. Il segno che l'intero matrimonio è un grosso errore. Che Las Vegas è un grosso errore.»

Il sorriso formale sul viso del cameriere si spegne di fronte al tic al mio occhio; prosegue senza neanche offrirmi un bicchiere.

Mamma solleva di nuovo la mano per chiamare George, che

è poco più in là. «Non capisco cos'hai contro una città in cui non sei mai stato prima.»

George dice qualcosa all'amico spogliarellista e ci raggiunge.

«Las Vegas è una città dove le inibizioni crollano,» mormoro muovendo a malapena le labbra. «Che è ciò che tu e il resto delle damigelle sembrate trovare così attraente.»

Lecca la panna montata dal bordo del bicchierino. «E tu no, deduco?»

Distolgo lo sguardo, perché nessuno dovrebbe mai vedere la propria madre bersi un cocktail il cui nome significa letteralmente *pompino*, e l'occhio buono brucia alla luce dei neon. «Le inibizioni esistono per un motivo. Servono a mantenere un contegno. A evitare inappropriate frivolezze.»

Lei tossisce, ma non per la panna montata. Lo scintillio negli occhi mi fa sospettare che stia trattenendo una risata. «Inappropriate frivolezze?»

Non trovo nulla di divertente nella situazione odierna. «Se preferisci dei termini più colloquiali, le inibizioni evitano le figure di merda.» Le mie narici fremono alla vista di Chase che cerca di infilarsi il gatto sotto la camicia. «Di cui la nostra famiglia può fare a meno.»

Indico la folla di ospiti ubriachi, i passanti di Las Vegas e l'abbondanza di *performer* che disseminano le strade. «Las Vegas sembra l'inferno della famiglia Moore.» Mi indico. «E io ho il ruolo di Dante, perché cerco una via d'uscita da questo girone di dannati mentre voialtri danzate tra le fiamme.»

«Non pensavo potessi essere così melodrammatico, caro.» Mi fissa come se mi vedesse per la prima volta. «Perché tutto questo ti turba tanto?»

La frustrazione raggiunge livelli senza precedenti. Sono frustrato per la completa mancanza di controllo che, prima della riconciliazione con la mia famiglia, prima di questo viaggio, mi sembrava impensabile.

Mi giro del tutto verso mia madre. «Non so, forse perché se mio padre fosse stato meno disinibito, la nostra famiglia non sarebbe implosa così.»

Spalanchiamo la bocca all'unisono, entrambi meravigliati da ciò che ho appena detto, dal mio aver ammesso di provare qualcosa per una situazione di cui finora mi sono sempre rifiutato di discutere.

Sta succedendo un anno dopo la mia collaborazione all'arresto di Stanley Winston Moore. Un arresto giustificato e arrivato persino in ritardo, ma ciò non significa che mi vada di parlarne. Di parlare di lui. Dell'uomo a cui vengo paragonato da tutta la vita. Un truffatore, infedele narcisista. Mio padre.

George ci raggiunge. Noto che ha in mano una borsetta di Chanel.

«Sì, Emily?»

Chiudo di scatto la bocca e fisso il mio assistente. «E da quando chiami per nome mia madre?»

Lui inarca le sopracciglia sopra il bordo degli occhiali. Credo di non aver mai usato un tono tanto brusco con lui. O con nessuno, in realtà. La perdita di controllo si sta diffondendo a macchia d'olio.

Non mi piace. Anzi, lo detesto.

Senza una parola, mamma prende la borsetta da George e ci fruga dentro; poi estrae un portapillole dorato e decorato con dei fiorellini. «Ecco.» Lo apre e ne estrae due pastiglie bianche. «Per l'occhio.»

Me le porge e io la fisso senza muovermi. Non mi piacciono i farmaci. Se volessi giocare allo psicologo, ammetterei che quest'avversità probabilmente dipende dal mio odiare non avere il controllo.

Guardo le drag queen, i Blow Job e l'allegro caos che mi circonda, nonostante l'evacuazione. Controllo? Figurarsi.

George sbatte gli occhi, sconvolto. E mi accorgo di aver riso.

Mia madre non si scompone. Ha ancora la mano tesa, le pastiglie sul palmo. È come un duello, solo che invece che all'alba è al tramonto. E non siamo su una strada polverosa, ma su un marciapiede lastricato pieno di gente dalla dubbia reputazione. Non c'è un sottofondo di musica strumentale in stile spaghetti western, ma una voce da baritono che intona i più grandi successi di Bette Midler.

Il fischio improvviso di un uomo con l'uniforme dell'hotel spezza la tensione. «Potete tornare in albergo!»

Tutti esultano.

«E in segno di scuse per l'inconveniente, per le prossime quattro ore l'hotel vi offrirà cocktail gratuiti al bar, su offerta di Thomas Moore.»

L'ovazione si fa più intensa.

Mi volto di scatto verso mia madre, che mi fissa con gli occhi spalancati dallo stupore. «Chase,» diciamo entrambi.

Ignorando la pulsazione all'occhio, digrigno i denti, prendo le pillole e me le butto in bocca prima di marciare verso il futuro sposo.

La folla si apre come il Mar Rosso davanti a Mosè, neanche i presenti sapessero inconsciamente la minaccia che li aspetta se mi stessero tra i piedi. Sebbene il tragitto sia breve, quando raggiungo mio fratello, ancora abbracciato all'orrido sacco d'ossa, con la fidanzata fa dei versetti adoranti alla brutta testa calva che sbuca dalla camicia di Chase, la rabbia evapora rapida com'è divampata. Perché non sono arrabbiato con mio fratello. Né con mia sorella, che se n'è andata. E nemmeno con mia madre e il suo modo di digerire il divorzio, o mio padre, al momento chiuso in una prigione di minima sicurezza.

Sono in collera con me.

Mikey cerca di evadere dalla camicia di Chase, ma mio fratello fa una specie di mossa ninja e lo agguanta prima che le zampe tocchino terra. Quando è ancora accucciato, noto che si è infilato nella tasca posteriore la mia bottiglia di Old Pappy, salvata prima dell'evacuazione. Le cuciture dei jeans minacciano di saltare.

Chase si accorge del mio sguardo e sorride. «Non preoccuparti, Tallero. Io...» Si interrompe, il sorriso si spegne. «Thomas?»

Sussulta quando tendo la mano per prendere la bottiglia.

Poi, proseguendo verso l'hotel senza guardarmi indietro, chiamo un concierge, che deve correre per stare al passo.

«Mi serve un'altra stanza. Subito.»

———

Alice

Di' a tutti di andare affanculo.

Ridacchio al recente consiglio di Leslie e appoggio la fronte alla parete a specchio dell'ascensore. Me la vedo Leslie a dire qualcosa del genere a una persona a caso, ma a me? Anche da sbronza, non sono capace di mandare al diavolo proprio nessuno, sarebbe assurdo.

Il mio respiro appanna lo specchio; scrivo *vaffanculo* sulla condensa.

Ma forse la cosa più assurda è il perché dovrei farlo. Chiudo gli occhi e immagino di rispondere al prossimo messaggio incoerente di Kayla con un sonoro *vaffanculo*.

Rido di nuovo.

La coppia in ascensore con me sussurra. Probabilmente ho un'aria discutibile, appoggiata così alla parete, con le scarpe in mano e i capelli tutti arruffati come al solito, mentre scarabocchio parolacce che non so costringermi a dire ad alta voce.

Un altro risolino.

Sarei dovuta restare fuori con le altre ragazze invece che offrirmi volontaria di riaccompagnare in camera Bell perché si facesse una notte di sonno prima delle nozze.

Anche se, a ben vedere, è più lei ad aver accompagnato me. Le ho offerto il braccio quando siamo uscite dal locale, ma con gli alcolici che mi sono scolata con l'aiuto dell'Amex nera di suo fratello nella saletta privata di quel ristorante esclusivo che mi scorrono nelle vene, sospetto che Bell abbia accettato di prendermi a braccetto solo per sostenermi per il breve tragitto verso il Bellagio.

Non sono una bevitrice assidua. Ma dopo il volo, lo sforzo profuso nella festa, la telefonata di Kayla, essermi finalmente lasciata andare per poi vedere il tutto svanire in una nuvola di fumo, ho deciso di concedermi un bicchiere. O quattro.

Continuo a ridere.

Dopo l'ultimo shottino, è successa una magia.

Mi sono divertita. Davvero, in modo disinibito.

Per quanto sia triste, nei miei ventisei anni non sono mai uscita con delle amiche come stasera. Con delle ragazze a cui piaccio. E a cui so di piacere perché, anche quando sono timida come mio solito, e anche se tendo a stare in disparte e lasciare loro il centro della scena, si sono accorte che c'era qualcosa che non andava in me, anche nel bel mezzo del casino di Las Vegas.

Spero che nessuna mi abbia vista asciugarmi una lacrima o due al tavolo mentre mi spingevano ad ammettere chi fosse Kayla e ciò che mi aveva detto prima. Mi hanno tutte offerto parole di conforto (Bell), un abbraccio (Liz) e dei consigli (Leslie).

Vaffanculo, Kayla.

L'ennesima risatina, interrotta dal ding dell'ascensore.

«Signorina?» Uno dei signori dietro di me mi tocca la spalla. «Questo è il suo piano?»

Con due mani, mi spingo via dalla parete e guardo il

numero sul display. «Sssì.» Supero con passi cauti la soglia. Ma per quanto cauti, i passi sono troppo lenti, e la porta quasi mi stritola chiudendosi. Con un balzo mi giro a ringraziare la coppia, ma le porte si chiudono davanti al loro abbraccio appassionato.

Forse non stavano sussurrando quanto fosse strano il mio comportamento. Forse si lamentavano di come mi fossi intromessa nella loro sveltina in ascensore.

La risata successiva diventa uno sbuffo e un colpo di tosse al pensiero di me che cerco di rimediare una sveltina. Non saprei farlo neanche da sobria. Grazie alla paura dell'altro sesso e delle gravidanze indesiderate durante l'adolescenza, non ho mai neanche imparato a flirtare. Qualsiasi appuntamento o relazione io abbia mai avuto è capitato per caso o pura fortuna.

Anche se mi sono appuntata mentalmente di imparare da Leslie a flirtare.

Quell'alta, snella avvocata quarantenne attira uomini a sé come una sirena. Ma li respinge tutti. «Questa è una serata tra ragazze,» ha insistito. Notevole.

Quasi quanto l'imitazione che Liz ha fatto del maggiore dei suoi fratelli quando ho ammesso di essere io la responsabile dell'occhio nero di Thomas.

«*Invero,*» ha detto, con le spalle dritte, le sopracciglia inarcate e l'aria snob e seria.

Bell mi ha assicurato che Thomas non mi licenzierà. Che non può per via della promessa fatta a Bell, quando pensava avrebbe lasciato New York per sempre. Bell gli ha fatto giurare che avrei lavorato da Moore's finché l'avessi voluto.

Liz ha riso e ha detto che avrebbe pagato dei gran soldi per vedere il fratello preso a pisellate in faccia.

Leslie, nel suo solito stile, si è limitata a un: «Fanculo anche lui. Quel cazzone.»

La mia mente, supportata dal tasso alcolico, di colpo prende alla lettera quel commento. Le immagini che mi girano in testa mi spingono ad appoggiarmi al muro con una mano, sventolandomi la faccia accaldata con l'altra.

La brezza tiepida non aiuta.

È il tuo capo. È burbero. Lo hai aggredito. Devi lavorare con lui.

Il problema, a parte quelle fantasie alimentate dal mio abuso di romanzi sconci, è che anche da sobria ho iniziato a pensare al temuto Thomas Moore come a uno spirito affine. E la signora Moore, o Emily, come mi ha chiesto di chiamarla, si è assicurata di farne menzione ogni volta che parlavamo.

Continuo lungo il corridoio, facendo scorrere la mano sulla parete, fino a raggiungere quella che *credo* sia la mia stanza. Ci metto un po' a decifrare il numero, ma è proprio la suite che condivido con Liz, che è ancora in città con Leslie.

Estraggo la tessera magnetica e continuo a pensare all'enigma ricoperto di privilegio che è Thomas. Non Tom o Tommy. Neanche per la sua famiglia, anche se Bell e Chase adorano provarci.

A parte me, non c'è nessuno che avesse tanto bisogno di Las Vegas quanto Thomas Moore, cosa su cui io e Emily concordiamo. Gli farebbe bene rilassarsi. Spassarsela un po'.

Emily ha insistito a dire che ritiene sia ora che il figlio maggiore si trovi una ragazza con cui accasarsi.

Un'altra immagine, decisamente più adatta ai minori ma molto più disturbante, mi si accende nel cervello.

Thomas, seduto nel locale come Leslie, che attira tutte le donne attorno a lui, mentre ride con Chase.

La tessera di plastica mi scava nel palmo, e il dolore mi strappa da quell'incubo a occhi aperti.

Scaccio il pensiero con una risata. La prima, da quando è iniziata la serata, a suonare fasulla.

Con un bip, sblocco la porta, cerco di abbassare la pesante

maniglia e di spingere. La combinazione di gesti mi richiede più di un tentativo e diversi *bip* prima di riuscire ad aprire.

Quando barcollo dentro sono sudata, e quasi mi accascio davanti a Thomas Moore.

Che guastafeste.

Capitolo Nove

Thomas

Faccio roteare il dito di liquido ambrato nel bicchiere di cristallo, l'occhio sano concentrato sull'apparizione appena comparsa nella suite d'hotel di mia sorella.

Pensavo di aver raggiunto il fondo del tunnel. Ma Las Vegas ha dimostrato più e più volte, durante questo breve viaggio, che la luce è ancora ben lontana. Oppure Alice è finita nel mio stesso tunnel.

In ogni caso, che dipenda dal whiskey, dalle pastiglie o dal voodoo di Las Vegas, sono abbastanza sicuro che la mia dipendente cecchina di dildo sia un sogno. Anche se non mi spiego perché il mio subconscio abbia scelto di inserire dettagli come lei che apre la porta con un grugnito, per poi lanciarsi dentro in modo ben poco aggraziato, il tutto per atterrare sul pavimento dell'atrio.

L'Alice del sogno ridacchia.

Cosa che conferma la mia idea: non è reale. È un sogno. Alice non ride di fronte a me. Anzi, sorride a malapena.

Ora però fa entrambe le cose, e vacilla nella suite di Liz, dove sono seduto da ore a bere Old Pappy visto che pare non ci siano altre suite libere stanotte.

Una cosa del genere non sarebbe mai accaduta a New York, e comunque ha un che di sospetto. Comunque, visto che la mia camera precedente ha preso fuoco, ho deciso di non discutere con lo staff dell'hotel e di starmene invece qui ad aspettare mia sorella. Se riuscirò a ottenere qualche risposta su dove sia stata dall'arresto di mio padre, forse non mi sentirò più così... alla deriva.

Scolo quel che resta del whiskey, poi appoggio i gomiti ai braccioli, il bicchiere vuoto che ciondola dalle dita.

Uno di quei rari sorrisi incurva le labbra di Alice. «Ciao, Thomas.»

«Ciao, Alice del sogno.»

Lei inclina il capo, i capelli un tempo mossi ma ora dritti le scivolano sulla spalla. «Questo è un sogno?»

«Dev'esserlo.» Le ciocche corte di quella povera frangia si incollano al sudore del viso a forma di cuore.

«Perché?»

Sbatto gli occhi per rimettere a fuoco. I sogni sono sempre così interrogativi? «Perché ti ho pensata, e sei comparsa.» Sì, ho pensato a lei. Anche se in realtà mi stavo sforzando di *non* pensarci. È troppo giovane per me.

«Oh.» Alice annuisce lentamente più volte. «Idem.»

«Pensavi a me?» Allora è sicuramente un sogno.

«Sì.» Alice scosta le scarpe e si puntella sulle mani per rialzarsi. «Ma non mi piaceva.»

Le mie sopracciglia si abbassano così tanto che quasi chiudo l'occhio buono.

«Eri con altre donne.» Suona così accusatoria che mi ritrovo a guardarmi intorno, in cerca di quelle fantomatiche donne nella stanza vuota.

«Quali donne?»

«Quelle della mia fantasia.» Arranca carponi verso di me, e di colpo non ho più la vista appannata.

Vedo benissimo gli occhi dalle palpebre pesanti, le labbra carnose e imbronciate, il culo che oscilla da una parte all'altra a ogni passo verso di me.

È vicina, ma sembra metterci anni a raggiungermi.

E quando è da me, diventa terribilmente chiaro che questo non è un sogno.

Se lo fosse, non sentirei le mani di Alice avvolgersi attorno alle mie caviglie. Non le sentirei risalirmi lungo le gambe fino a posarsi sulle cosce quando lei si rialza, sempre più vicina. Sento la pressione salire dietro la zip dei pantaloni.

«Alice?» Quasi mi soffoco con il suo nome. La mia mente sta ancora lottando con ciò che il mio corpo sa essere un sogno diventato realtà.

«Sì?» I suoi pollici sono a un soffio dal mio uccello, poi si spostano quando lei si aggrappa ai braccioli per alzarsi.

«Cosa stai facendo?»

Mi si piazza in braccio, con il culo sul mio inguine. «Pensavo di provare una cosa che fanno sempre le eroine nei miei libri.»

Devo farla finita. Fermarla. Invece muovo il bacino, ricordando il trafiletto che ho intravisto sul suo lettore di ebook in aereo. «E cosa sarebbe?»

Con un sorriso seducente, Alice si trasfigura. «Tutto quello che voglio.»

Fatico a deglutire. Nonostante la grande quantità di whiskey bevuta, ho la gola asciutta.

Le sue mani delicate le percorrono il corpo, afferrano l'orlo della blusa e la sollevano, rivelando un semplice ma irresistibile reggiseno bianco.

Con un tonfo, il bicchiere che mi penzolava dalle dita cade a terra, e con esso l'ultima briciola del mio autocontrollo.

———

Alice

«*Alice.*» Gli occhi di Thomas sono foschi, le sue braccia, un attimo fa posate languide sui braccioli, mi cingono e strofinano ruvide la pelle esposta.

Il calore del suo corpo mi aveva scaldato il cuore quando mi ero insinuata su di lui, ma ora arde di passione contro di me.

So bene quanto sia attraente Thomas Moore. Il suo profumo, lo stoico sguardo penetrante, capace di rivelare insicurezze nascoste, il modo tanto irritante quanto strappamutande in cui parla, tutto sicurezza di sé e sufficienza, trasformano Thomas Moore in una bomba sexy d'uomo.

Ho preso nota di tutte queste cose, ma le ho anche bandite dai pensieri, chiuse in un vaso su cui c'è scritto "Non per me".

In questo momento, con i consigli sfacciati di Leslie freschi nella memoria, mi sento Pandora.

Gli sfioro la gola con il naso e inalo a fondo prima di sporgere la lingua e passargliela sul padiglione auricolare.

Il suo respiro si spezza. Mi accarezza in punta di dita la schiena, il lato del torace, poi prende tra le dita i capezzoli sotto il morbido cotone del reggiseno.

Tutte le fantasie, richiuse anch'esse in profondità, erompono con violenza. Le numerose pagine di scene erotiche che ho letto negli anni e avrei voluto ricreare. Ogni notte passata a immaginare. E desiderare.

«Di' il mio nome.» Il mio respiro è caldo contro la sua pelle.

«Alice.» La voce di Thomas, ancora sicura ma ora venata di passione invece che di derisione, mi manda un brivido lungo la schiena. «Alice.»

Il pensiero che quest'uomo mi voglia quanto io voglio lui mi spinge a strusciarmi sul suo bacino in cerca di ulteriore vicinanza. Qualche filo si tira e si strappa quando gli tolgo brusca il maglione di cashmere, prima di attaccare la camicia abbottonata. Solo Thomas indosserebbe quell'abbinamento a Las Vegas.

I bottoni d'avorio tintinnano sul pavimento di marmo quando li strappo a uno a uno per aprirgli la camicia. Il suono, insieme ai gemiti di Thomas, creano una colonna sonora ipnotica alla mia fantasia erotica.

Lui si contorce per aiutarmi a togliergli la camicia.

Ciò che rivela mi fa bloccare.

Lentiggini. Thomas Morre ha le lentiggini sul petto.

Un'immagine di quest'uomo rigido e irreprensibile a torso nudo, al sole, mi fa leccare le labbra come ad assaporarne la pelle salata di sudore. Il suo petto si flette sotto il mio sguardo. Con un sorriso, mi chino in avanti e mordo una costellazione di lentiggini proprio sopra il cuore. Mi sibila all'orecchio, facendomi coprire di pelle d'oca tra un morso e l'altro. Il tutto mentre continuo a strofinarmi contro il grosso rigonfiamento sul suo inguine.

Mi afferra i capelli e attira la mia bocca sulla sua. Lingue vorticano, denti cozzano, e il calore tra i nostri corpi premuti insieme cresce. Siamo così vicini che le mie ginocchia urtano i braccioli.

Mi alzo, puntellandomi sulle sue spalle nude.

Le cose si fanno confuse, i miei movimenti di colpo pesanti, lenti, ma quando torno in me sono nuda. Thomas mi osserva tutta dalla poltrona. La sua espressione rivela che sono da acquolina in bocca. Come se fossi Afrodite invece che una ragazza magrolina con scarsa esperienza.

Non ho mai voluto così tanto qualcosa. Sentirmi desiderata. E non solo in senso generale, ma da Thomas Moore. Un uomo così intrigante, fascinoso e fuori dalla mia portata da essere ridicolo.

E rido, il suono che mi erompe dal petto in uno sbuffo.

L'angolo del suo occhio non contuso si increspa per il sorriso con cui mi risponde.

Wow. Se Thomas Moore è attraente quando è freddo e distante, quando sorride è proprio da orgasmo. A dimostrarlo, tutto il mio corpo rabbrividisce, scosso da scintille pre-orgasmiche.

Quando parla, la sua voce è bassa e sommessa. «E adesso?»

Quasi vacillo, sopraffatta dalle emozioni e dalle scelte. La mia mente però si riscuote abbastanza da voler valutare gli aspetti giusti e quelli sbagliati della situazione.

Ingoio l'indecisione e penso a Leslie. Cosa farebbe? Continuerebbe a fare il cazzo che le pare.

«Qui.» Indico il punto davanti a me.

La sorte continua ad arridermi, perché Thomas si alza e si mette in piedi davanti a me, con un sopracciglio inarcato.

Gli afferro la cintura. «Via.»

Il tempo rallenta. Il metallo risuona, il cuoio sibila nei passanti di jeans, la stoffa cade a terra. Restano solo i boxer grigi.

Per un attimo sono senza parole. Non solo per via dell'impressionante protuberanza rigida che tende la biancheria sportiva, ma anche perché ero certa che un uomo spocchioso come lui indossasse solo slip bianchi e banali.

Forse è colpa di Las Vegas. Forse la Fortuna è dalla mia parte. Perché sono abbastanza sicura di aver appena vinto il jackpot.

Mi avvicino, gli passo le mani sul petto, sugli addominali, che si contraggono al mio tocco. Inspiro una boccata di profumo costoso, whiskey e desiderio, e mi avvicino ulteriormente. Infilo la punta delle dita sotto l'elastico dei boxer, sul retro, fino ad afferrare la carne soda sottostante.

È delizioso. Tutto: il profumo, il calore, il suo culo.

Grata del supporto di quei muscoli che mi sorreggono, gli

abbasso la biancheria, mi inginocchio e mi prendo il suo uccello in faccia. Rido e sbatto le palpebre; sarà il karma? Ma la risata si spegne quando torno a concentrarmi sull'enorme erezione davanti a me.

Sbatto qualche volta le palpebre, chiedendomi se sia colpa dell'alcol o della sovrabbondanza di peni di oggi a rendermi impossibile credere ai miei occhi.

Ho avuto cazzi attorno tutto il giorno. Tozzi, vibranti, colorati. Ma in ginocchio, davanti a uno vero, devo prendermi un attimo per ringraziare tutti i coinvolti, Mike Hunt in primis, per aver orchestrato un tale, folle weekend di nozze che mi ha condotta a questo momento. A questo pene perfetto.

«Alice.»

Alzo lo sguardo dall'uccello davanti a me, percorro la distesa di muscoli e lentiggini del torso di Thomas e arrivo ai suoi occhi scuri, che mi rapiscono. Lui mi prende il viso nel palmo, preme il pollice sul mio labbro inferiore. La magia del sogno mi vortica di nuovo intorno.

Sempre guardandolo negli occhi, passo la lingua su e giù sulla carne calda, morbida sulla punta, rigida sulla lunghezza, come uno di quei lecca-lecca che tanto mi piacciono.

Succhio la punta e vi faccio roteare attorno la lingua.

Le ginocchia di Thomas cedono; barcolla indietro, e il suono di lui che lascia la mia bocca riverbera con un forte *pop*.

«*Alice.*» La sua espressione di meraviglia nel vedermi in ginocchio davanti a lui si offusca. I colori si mischiano e le forme si appannano, incostanti come spesso accade nei sogni. In preda al panico, temo che Thomas possa aver avuto ragione all'inizio, e tutto questo non è reale.

Per fortuna, quando il mondo smette di roteare, sono ancora con lui.

A letto.

———

Thomas

Lascio andare tutto.

Il controllo, le regole, la razionalità. Mi inebrio della donna davanti a me, come un uomo affamato di vita.

Le sue labbra, le orecchie, il collo. Con la lingua scopro ogni punto che fa gemere Alice, che la fa contorcere. È come se il mio subconscio abbia colto l'occasione per vendicarsi della donna che mi fa provare troppe emozioni, quando mi impegno tanto a bandirle.

Continuo a baciarla, ad assaporarla, spostandomi verso il basso fino a prendere in bocca i capezzoli che ornano i piccoli seni. Li mordicchio, li stuzzico con la punta della lingua, e i movimenti sempre più convulsi di Alice minacciano di farmi cadere.

È vogliosa.

Mi piace.

Puntellato su un avambraccio, tuffo l'altra mano tra le sue cosce, le dita che scivolano in quella carne calda e scivolosa di desiderio. Continuo finché smette di divincolarsi e il suo corpo si tende come una corda d'arco, la voce riecheggia folle nella suite d'albergo.

«Di più, Thomas. *Di più.*» Il mio nome non ha mai avuto un suono così simile a una preghiera, non è mai sembrato essere l'origine segreta dell'acquolina di qualcuno. Infilo le ginocchia tra le sue, le sollevo una gamba e la attiro a me fino a farle appoggiare il culo alle mie cosce. Finalmente posso infilarle il cazzo dentro.

Il mio grugnito viene sepolto dal suo grido di piacere.

«Sì! Oddio, sì.» Anche con la parte superiore del corpo sul

letto, Alice riesce a fare leva e a ondeggiare i fianchi, stuzzicando la punta del mio uccello dentro di lei.

Mi mordo il labbro, e il dolore mi aiuta a non venire. Non voglio che finisca subito. Anche se osservare il mio uccello scivolarle dentro e fuori, lucido dei suoi umori alla luce dei neon che filtra dalla finestra, lo rende difficile.

Alice ha gli occhi socchiusi, le dita sottili strette attorno ai piccoli seni, a pinzarsi i capezzoli.

Faccio una pausa, le afferro una mano e gliela sposto verso il basso, attraverso il nido umido di riccioli sul pube, fino a farle posare il dito sul clitoride.

«Premi qui.» La mia parola deve riuscire a penetrare la foschia della sua lussuria, perché lo fa. E appena inizia, io la punisco. Per avere un effetto così devastante su di me, per farmi sentire senza via di fuga.

Le mie stoccate sono rapide e profonde. Fuori controllo, ma anche scandite dal ritmo più soddisfacente mai provato.

A ogni spinta, il suo dito strofina il clitoride. Lo stimola.

Continuo a sbattermela finché i suoi piedi non si contraggono, la schiena si inarca e gli occhi si spalancano, vitrei. «Oddio. Cazzo, sì, *Thomas!*»

L'imprecazione di Alice sarebbe buffa se non fossi così preso da tutto il resto. Perché quando la sua carne si serra sul mio uccello, e la sua voce roca grida il mio nome, un picco di piacere indicibile mi colpisce. Mi sollevo sulle ginocchia e spingo un'ultima volta, seppellendomi in lei fino in fondo. Ruggisco come la bestia in cui mi ha trasformato.

Tutto si offusca, il tempo si altera, e di colpo mi ritrovo sulla schiena, con Alice stravaccata addosso.

L'oblio mi reclama.

L'orgasmo si è portato via la mia lucidità, così agisco di puro istinto e la attiro a me prima che tutto diventi buio.

Capitolo Dieci

Alice

Se gli shottini sono il diavolo e Las Vegas è l'inferno, allora devo darmi una regolata e iniziare a comportarmi a modo, se voglio sopravvivere all'aldilà.

Mi pulsa la testa, e a ogni rintocco mi sembra che gli occhi stiano per schizzarmi fuori dalle orbite.

Quindi a ogni secondo.

La cosa positiva è che non ho mai dormito in un letto così comodo. Un punto per Las Vegas.

Quasi mi strozzo con la lingua quando deglutisco, perché ho la bocca secca e felpata. Un punto per la sbornia.

Cerco di riaddormentarmi, concentrandomi sulle lenzuola fresche e sui morbidi cuscini che mi circondano. Non ne sono sicura al cento per cento, ma ho la sensazione di aver fatto un bel sogno. Tracce di una luce rosa brillante, risate ed euforia risuonano nel mio cervello martellante, come flash di un quadro impressionista. Un quadro impressionista davvero, davvero bello. Un quadro anche piuttosto eccitante, aggiungerei.

Sì. Mi rannicchio di più nel materasso e tra i cuscini, e accolgo le mie strane e perverse analogie del subconscio come una sana dose di ibuprofene. Se riuscissi a riprendere sonno, tutto andrebbe meglio.

Ma nel momento in cui il dolore si attenua e la mia mente va alla deriva, uno dei cuscini si sposta.

Perché non è un cuscino.

Un urlo interno e penetrante mi rimbomba nella testa, mentre il mio corpo si irrigidisce come un opossum che fa il morto. Sono completamente sveglia, e l'istinto di sopravvivenza fa sì che il battito cardiaco, un attimo fa placido di sonno, acceleri. Una serie di immagini, questa volta più concrete, mi attraversano il cervello.

Peni. Cocktail. Spogliarellisti. Allarme antincendio. Le ragazze. Altri drink. Thomas.

Oh buon Dio... *Thomas.*

Spalanco di scatto gli occhi; la dura luce del mattino entra dalla finestra della camera da letto e mi abbaglia.

Stringo le palpebre, allargo le narici e inspiro lentamente e a fondo, scacciando la nausea e cercando di dare un senso ai nuovi e più coerenti flash del sogno. O meglio, dei ricordi.

Dopo aver accompagnato Bell nella sua stanza, ho trovato Thomas nella mia. E poi... oddio, gli sono strisciata incontro. Poi mi sono arrampicata su di lui. Il calore dovuto sia all'imbarazzo che a qualcos'altro, qualcosa di molto più perverso, mi fa spingere ulteriormente il viso nella fresca federa di cotone satinato.

Mi sono messa a cavalcioni su di lui. L'ho baciato. Ho fatto *altre* cose. Io. La ragazza che magari legge di sesso avventuroso e passionale, ma che si limita a seguire le indicazioni degli altri, concentrandosi solo sull'assicurarsi che si divertano. Rimanendo sempre... insoddisfatta.

Il suono delle cuciture che si strappano riecheggia nella mia testa martellante e mi riporta ancora a ieri sera. Quando ho letteralmente strappato i vestiti di dosso a Thomas. Il grugnito profondo che ha emesso mentre spingeva dentro di me.

Ieri sera decisamente me la sono spassata.

Il *non* cuscino si agita di nuovo.

Distolgo il viso dalla luce della finestra e lo rivolgo verso il non cuscino accanto a me, che osservo da uno spiraglio tra le ciglia.

Un muro di pelle e muscoli, quasi accecante come il sole. Una serie di lentiggini che gli trasforma la schiena in un quadro di Pollock, facendomi chiedere quanto tempo abbia trascorso a torso nudo all'aperto per svilupparne così tante. Ricordo di essermi meravigliata di quelle lentiggini mentre gli toglievo la camicia, a cavalcioni su di lui.

Altri ricordi affiorano nel mio subconscio, e l'imbarazzo svanisce quando qualcos'altro prende il sopravvento, trascinandomi sotto la sua corrente. Mi mozza il fiato e mi fa serrare le cosce.

Thomas si sposta sul letto e il suo braccio mi scivola sul ventre. Faccio di nuovo l'opossum mentre la grande mano virile mi risale l'addome e si posa sotto il seno destro, con il pollice che ne solletica la parte inferiore, accendendo sensazioni ai piani bassi che aiutano pochissimo il mio stato mentale.

Sfilo il braccio sinistro da sotto le coperte e uso le nocche per pulirmi la bava secca dalla guancia. Al tocco freddo del metallo sul mento, mi fermo e sollevo la mano sopra di me.

All'anulare sinistro brilla una fascia d'oro con incisi dei dadi da gioco.

La guardo senza capire, e Thomas sposta il corpo più vicino al mio; le sue dita scivolano sul mio fianco, sfiorando una costola. Qualcosa che sembra metallo cinge anche il suo dito. Il tocco freddo blocca il mio cervello in preda alla lussuria.

Incapace di elaborare le implicazioni dei nostri accessori abbinati appena acquisiti, torno a studiare Thomas, il suo petto, la forte colonna della gola fino al viso, solitamente ben rasato, ora ombreggiato da un'ombra scura. La barba dovrebbe farlo sembrare più vecchio, eppure lo stoico tiranno appare giovane e infantile mentre dorme. È adorabile. Anche con il livido a forma di dildo che gli deturpa l'occhio sinistro.

Con una mano tremante, appesantita da gioielli di cattivo gusto, sollevo le lenzuola. La prima cosa che noto è la mia mancanza di una corretta manutenzione della zona bikini. Perché è ovvio.

La seconda è un cazzo molto duro e molto caldo appoggiato alla coscia. Il mio cervello si inceppa alla consapevolezza che ieri sera è stato dentro di me.

Ancora una volta è difficile deglutire. Sfioro con il pollice il nuovo anello per aiutarmi a concentrare i pensieri senza farmi distrarre dalla ritrovata, sorprendentemente forte libido.

Senza guardare il pene del mio capo, sdraiato accanto a me, osservo la terza e ultima cosa degna di nota che sta accadendo sotto le coperte. La mano sinistra di Thomas appoggiata lungo la curva della mia cassa toracica e la fascia d'oro uguale alla mia al suo anulare.

Toc. Toc.

«Alice, sei sveglia?» Liz, la mia compagna di suite, mi chiama dall'altra parte della porta chiusa.

Thomas si agita e io gli schiaffo una mano sulla bocca. «Sì!»

Lui geme, e mi rendo conto di aver mancato gran parte della sua bocca; il mio palmo si scontra con la sua guancia, sotto l'occhio nero.

«Mannaggia,» sussurro, facendo una smorfia al suo sguardo omicida. «Scusa.»

«Hai bisogno di aiuto?» La voce di Liz è carica di preoccupazione.

«No, no.» Anche se non ha parlato, faccio scivolare la mia mano dalla guancia di Thomas e gli tappo la bocca. «Sto bene.»

C'è un attimo di silenzio che non riesco ad apprezzare a causa del rumore del cuore che cerca di esplodermi dal petto.

«Sei sicura?» Sarà l'adrenalina che mi scorre in corpo, ma giuro che Liz sembra divertita.

«Sicurissima.» Scuoto la testa come se potesse vedermi, cosa che il mio cranio disidratato e martellante non apprezza. «Tutto una crema, qui.» Ma come parlo?

Trattengo il respiro.

«Beh, se lo dici tu...»

«Sì.» I miei polmoni si sgonfiano in fretta. «Al cento per cento. Una favola.»

«Allora scendo e faccio mettere il brunch sul conto di mio fratello prima di andare a ritirare il mio vestito da damigella.»

«Ottima idea.»

«Vuoi che ti aspetti?»

«No, vai serena.» Anche se all'improvviso sto morendo di fame e vorrei tanto svicolare da questa situazione, non c'è modo di andarmene. Soprattutto senza che Liz veda Thomas. «Penso che dormirò ancora un po'.»

Sospetto stia ridendo, ma non ne sono certa. Ma non sarebbe sorprendente visto che mi sto comportando come una pazza.

«Allora già che ci sono recupero anche il tuo abito, così puoi dormire fino a tardi.»

«Fantastico, grazie. Grandioso.»

«Non c'è di che.» Ora sta decisamente ridendo. «Ci vediamo dopo.»

La mia mano rimane appoggiata alla bocca di Thomas finché non sento la porta della suite aprirsi e chiudersi.

Non appena la sollevo, Thomas si rintana sotto le lenzuola.

«Scusa, mi sono fatto prendere dal panico.»

Si stropiccia un occhio. «Ho notato.»

«Sei stranamente calmo.»

Si sfiora il livido con la punta delle dita. «Sicura?» Le lenzuola si abbassano sotto la sua vita.

Quando riesco ad alzare lo sguardo, i suoi occhi scuri, uno dei quali gonfio e circonfuso di viola, si conficcano nei miei. Forse non sarò certa di aver chiuso la porta a chiave, ma improvvisamente ricordo di avergli afferrato il davanti della camicia e di averlo tirato a me per un bacio appassionato prima di strappargliela via. E mi rendo conto che, nonostante l'espressione stoica e il tono di voce siano ben saldi, i suoi occhi ardono.

Non è calmo.

«Credo che siamo sposati.» Alzo la mano.

Se questo stesse accadendo a qualcun altro, proverei una grande soddisfazione nell'espressione di shock che cala sul volto perennemente austero di Thomas Moore. È solo per un attimo, e sparisce non appena solleva la mano, aggrottando le sopracciglia alla vista dell'anello, ma l'ho vista.

Si mette in posizione seduta, e il movimento attira la mia attenzione sulle braccia, sul petto e poi sui picchi e le valli definite di una sfilza di addominali che farebbero morire d'invidia i modelli da copertina dei romanzi rosa.

Ricordo quanto fosse caldo e duro il suo corpo ieri sera, ma non mi sono fermata a pensare a cosa significassero tutti quei muscoli: Thomas Moore fa palestra.

Un sacco di palestra.

Chi l'avrebbe mai detto che sotto quegli abiti di alta sartoria e quell'atteggiamento freddo si nascondesse un appassionato della sala pesi. Non dovrebbe sorprendermi, visto che gli abiti su misura sono fatti per ottenere una vestibilità perfetta, ma questo? Ci vuole una certa costanza con i bilancieri e gli attrezzi per ottenere braccia, spalle e addominali così scolpiti.

«Mi ricordo di ieri sera.» Fissa così intensamente il suo anello che mi aspetto che gli si sciolga dal dito. «Ma non questo.»

Mi passo una mano tra i capelli umidi di sudore. Sudore che, mi ripeto, è dovuto ai postumi della sbornia e non al calore che sprigiona l'uomo estremamente atletico e seminudo accanto a me, o alla mia reazione a lui.

Il mio telefono squilla. Mi volto verso il comodino. La foto di Bell illumina lo schermo.

Durante la mia esitazione a rispondere, suona anche quello di Thomas.

Incolpo la stanchezza e la confusione del risveglio quando mi ritrovo a fissargli il sedere nel momento in cui si gira e si china per recuperare il cellulare dal pavimento, e dimentico completamente di rispondere al mio.

Thomas si raddrizza e io fingo interesse per il soffitto.

«Sì?»

Potrei esercitarmi per tutta la vita e non riuscirei mai ad avere una voce come quella di Thomas, serafica e autoritaria anche dopo una notte di passione da cui si è svegliato sposato.

«Calmati.»

Mi mordo il labbro. Sembra che a quarant'anni Thomas non abbia ancora imparato la lezione universale che dire a qualcuno di calmarsi non fa magicamente sì che l'altra persona si adegui. Anzi, nella mia esperienza con Kayla di solito ha l'effetto contrario.

Come previsto, la voce all'altro capo diventa più forte.

Thomas si acciglia di più, facendosi lacrimare l'occhio pesto. «Hai finito?»

Nel silenzio che segue la sua domanda severa e sferzante, la pelle d'oca mi si diffonde lungo le braccia.

Thomas si tampona la guancia e sibila al contatto. «Arrivo subito.» Quando abbassa il telefono, sospira, il primo segno di malcontento che mostra da quando si è svegliato.

Beh, a parte quando gli ho dato uno schiaffo.

Mi rivolge ancora una volta la sua attenzione e mi fissa con uno dei suoi sguardi di superiorità che, con i capelli arruffati, la barba mattutina e la nudità, appare ridicolo. «Cosa è successo ieri sera?»

Sento una risatina nervosa risalirmi nel petto e la respingo, annegandola sotto ciò che resta degli shot di ieri sera. «Non lo so.»

Lo sguardo che mi rivolge mi fa sentire come una bambina sorpresa a raccontare frottole, e tutto il mio divertimento muore. «Davvero non lo so.»

«Mh.» Si gira, scende dal letto e recupera i vestiti dal pavimento.

Anche se irritata, non posso fare a meno di guardare il suo sedere mentre si alza e si infila i boxer.

«Non riesco a razionalizzare le mie azioni di ieri sera.» Si sfila l'anello dal dito e lo tiene davanti a sé come se fosse qualcosa che Mike Hunt ha rigurgitato sul tappeto. «Che io, proprio io, agisca in modo tanto sconsiderato da...» Fa un lungo e lento respiro dal naso, quasi fosse sopraffatto dal disgusto e si sentisse male.

Faccio lo stesso con il mio anello. Una volta tolto, lo stringo nel pugno e combatto l'impulso di tirargli un pugno proprio nel punto del suo corpo che fino a qualche ora fa tanto ammiravo.

———

Thomas

Sto per sentirmi male.

Guardo la porta del bagno per un istante, poi decido di non aggiungere alle mie sciagure anche l'onta di rigettare davanti a una dipendente. Mia *moglie?*

Così, mentre il mio cervello cerca di dare un senso ai frammenti di ricordi di ieri sera, traggo alcuni lunghi, lenti respiri dal naso per evitare di vomitare la bottiglia di pessime decisioni assunta nelle ultime ore.

«Ti chiedo solo di tenere presente che le mie risorse non sono solo mie.» Inspiro dal naso. «Qualsiasi danno fatto a me o a Moore's si riflette su mia madre, su mia sorella e mio fratello, e quindi su Bell.» Fuori dalla bocca.

Alice si acciglia e stringe i denti, e mi chiedo se come me stia lottando contro la nausea.

Le do il tempo di valutare e di placare lo stomaco; mi infilo la camicia una manica alla volta. Mancano dei bottoni e puzza di alcol, sudore e danni irreparabili.

Mi appunto mentalmente di farla bruciare.

Così, anche se surriscaldato dall'intossicazione da alcol e dall'astinenza da qualsiasi oppioide mi abbia propinato ieri mia madre, afferro il maglione un po' slabbrato e lo indosso per mascherare la camicia aperta.

Il morbido cashmere mi sfiora l'occhio ferito, che pulsa. Faccio una pausa per ingoiare una boccata di succhi gastrici.

Mi merito di stare male. Mi merito il dolore, penso, proprio mentre il voltastomaco si aggrava. Il malessere è dovuto tanto alle mie azioni quanto all'eccesso di alcol.

Questo è qualcosa che avrebbe potuto fare mio padre.

Il disprezzo per me stesso si ingigantisce. Prendo i jeans. «Ho messo in pericolo la Moore Inc. Se qualcuno dovesse scoprire che l'erede della fortuna dei Moore si è sbronzato e ha sposato una dipendente...» Mi blocco al respiro mozzato di Alice. Ho parlato ad alta voce. «Se tieni la bocca chiusa, mi assicurerò che tu venga debitamente ricompensata.»

Come se si fosse appena riscossa da una trance, indietreggia e si stringe le lenzuola al petto, neanche potessi cercare di strappargliele invece che starmene il più lontano da lei mentre mi vesto. «Non sono così stupida da non riconoscere che apparteniamo a classi sociali diversissime, ma solo perché sono una semplice *dipendente* e non all'altezza dell'erede di un patrimonio non significa che sia una puttana a caccia di dote.» Si schiarisce la gola, e sospetto stia cercando di non piangere.

Ecco uno dei molti motivi per cui non ho relazioni. Le paure a cui ho dato voce sono solo questioni pratiche, ma lei ha preso tutto sul personale.

Non so cosa risponderle, così tiro su i jeans.

Alice si raddrizza a letto; le lenzuola le scivolano ai fianchi, rivelandone la curva. «Un annullamento.» Lo esclama neanche avesse trovato il biglietto vincitore della lotteria. L'entusiasmo nel suo tono mi spinge a guardarla negli occhi. «Con il tuo status sociale, avrai una dozzina di legali pronti a essere chiamati.»

Ignoro il sarcasmo e ci rifletto. «Sì, in effetti.»

Lei rotea gli occhi con uno sbuffo. Non dovrei pensarlo, soprattutto dopo ieri sera, ma questa Alice fanciullesca, con il broncio, le braccia incrociate e la silhouette nuda appena visibile, è adorabile.

Il mio corpo, che dovrebbe concentrarsi solo sul non vomitare e sul tirarmi fuori da questa situazione potenzialmente disastrosa a livello professionale, reagisce.

«Chiamerò il mio avvocato.» Mi volto per mascherare suddetta reazione, e mi metto le scarpe. «Fino ad allora, non una parola con nessuno.» Non aspetto una risposta né mi concedo di guardarla, ed esco dalla stanza.

Non sono melodrammatico, è solo che ho raggiunto il limite, e so che c'è un cestino della spazzatura nella sala accanto. Lo afferro sulla via per l'uscita, e riesco a percorrere il corridoio e a infilarmi in ascensore prima riversare nel bidone il contenuto dello stomaco.

La mia fortuna si esaurisce quando le porte si aprono appena prima che raggiunga la lobby. Una povera famigliola viene accolta da una zaffata di vomito. Per fortuna decidono di aspettare il prossimo ascensore.

Las Vegas di merda.

Avevo ragione a odiare questo posto prima ancora di mettervi piede. È la rovina di tutti gli uomini buoni. Non che io partissi molto bene, ma almeno avevo delle regole. Limiti che non avevo mai superato. Come fare sesso con una dipendente. O sposarla, peggio ancora.

Una fitta di disagio che non ha nulla a che vedere con lo sfinimento della notte scorsa mi attraversa. Dopo tutto il duro lavoro e i sacrifici per impedire a mio padre di rovinare l'azienda, sarebbe un tifone di ironia epica se questa singola notte di depravazione distruggesse Moore's.

Sposato. Con una dipendente. Una mezza sconosciuta. Senza alcun accordo prematrimoniale.

Il mio peggiore incubo che prende vita.

Le porte si aprono sulla hall e io barcollo fuori.

Vomito altre due volte prima di ottenere finalmente una camera.

Capitolo Undici

Thomas

«Non è sufficiente.» Concluso il matrimonio, mi do un contegno in modo da darmi l'aria di chi sia interessato al ricevimento mentre ascolto il mio avvocato fornirmi spiegazioni logiche e razionali sul perché l'annullamento non sarà istantaneo, nonostante l'onorario esorbitante che gli pago. «Tornerò domani mattina e ne parleremo.» Un lampo blu che si muove sul marmo bianco del pavimento del ristorante stellato del Bellagio, Lago, attira il mio occhio buono.

Quando l'avvocato mi ricorda che domani è domenica, riattacco. Se vuole continuare a guadagnarsi quell'onorario, farà meglio a vedermi anche di domenica.

«Cosa ti avevo detto?» Chase mi dà una pacca sulla spalla, e quasi mi fa cadere il cellulare. «Il matrimonio è stato fantastico, vero? Per niente pacchiano.»

Emetto un suono vago e ripongo il telefono nella tasca anteriore dei pantaloni. Uno smoking che né io né Susan abbiamo approvato. Pare che mio fratello fosse più aggiornato di quanto pensassimo sui dettagli del matrimonio.

La mano di Chase si sposta sulla mia spalla e dà una stretta prima di ricadere. «Persino tu devi ammettere che la cappella della cerimonia era bellissima.»

«Vero.» La Little Vegas Wedding Chapel era bellissima, ma solo dopo che ho pagato il proprietario in modo da permettere a me e Susan di rifare il posto da capo a piedi prima della cerimonia pomeridiana di Bell e Chase. Grazie all'elegante ristrutturazione, sembrava meno un posto da matrimonio lampo e più un autentico luogo di culto rispetto a qualsiasi altra chiesetta nel raggio di venti miglia dalla Strip. Ma questo lo tengo per me. Non ci tengo a far scoppiare la bolla di Chase.

Eppure, nonostante la meticolosa e costosa organizzazione, le cose mi sono comunque sfuggite di mano. Non parlo solo dello smoking.

Come il mio occhio nero, che oggi è più variopinto e grottesco di ieri sera, e che faceva il paio con i colori della vetrata da me fatta installare nella cappella. O di come l'officiante vestito da Elvis, che ho selezionato grazie alla foto allegata al curriculum, avesse dieci anni e un mento in più rispetto all'immagine che mi ha inviato. O ancora, e molto più snervante, l'abito da damigella di Alice.

Seguo con lo sguardo le fredde luci al neon bianche che percorrono il perimetro dei muri e degli elementi architettonici, e mi fermo su Alice, che culla il portatore degli anelli tra le braccia mentre parla con la mia nuova cognata e con la damigella d'onore, all'altro capo della stanza.

Indico il diabolico gatto di mio fratello, che si struscia contro la fin troppo generosa scollatura del vestito di Alice. «E quello non sarebbe pacchiano?» Il felino non porta più il papillon di seta della cerimonia, ma un costume da orsacchiotto.

«Non è pacchiano, è profondo.» Chase sorride come può

fare solo un uomo innamorato. «Quello è il costume che Mikey indossava quando...»

«Hai implorato Bell di perdonarti per aver fatto il cretino, sì, lo so.» Ricordo fin troppo bene quanto sconfitto e distrutto fosse il mio allegro fratellino quando Bell l'aveva mollato. Giustamente, del resto. Un altro promemoria oltre a quelli forniti dai miei genitori nel corso degli anni: l'amore è il catalizzatore per il caos.

Chase fa spallucce, e osserva lo staff dell'hotel che ho fatto sistemare con degli estintori vicino al buffet. «Almeno nessuno spogliarellista è stato maltrattato nella realizzazione di questo ricevimento.»

«Mh.»

Bell ride per qualcosa che Leslie le ha detto, e le spalle nude di Alice sussultano.

Ho visto Alice sorridere in passato, persino ridacchiare, ieri, tra i fumi dell'alcol, ma mai ridere così apertamente.

Mi assicuro che Chase sia occupato a sbavare sulla sposa, sfodero la Leica dalla tasca anteriore della giacca e catturo il momento.

Appena ho scattato, il gatto di mio fratello decide di averne abbastanza di essere sballottato e balza via dalle braccia di Alice. Si mette a intrufolarsi tra le gambe del tavolo del buffet per decidere come conquistare il suo Everest personale: una torre di cocktail di gamberetti.

Alice, con le mani sui fianchi, scuote la testa di fronte alla bestia. In effetti, tutti sembrano divertiti.

Tranne me. Sto quasi per far cadere la preziosa Leica sul marmo levigato quando il mio cervello registra ciò che sto vedendo. O meglio, quello che *non* sto vedendo. E quindi, quello che gli altri non vedono.

Sulla base degli appunti scritti da Susan, avevo pensato che Alice avrebbe indossato un abito di Vera Wang in seta azzurra come le altre damigelle. Ma ora, senza il bouquet davanti come durante la cerimonia o il felino vestito da orso tra le braccia, sembra che abbia addosso solo due scampoli di tessuto, appena cuciti insieme, piuttosto che un abito completo.

«Non sono meravigliosi i vestiti da damigella che Susan ha scelto per le ragazze?» La mamma si mette in mezzo a Chase e a me, cingendoci con le braccia.

Un cameriere offre ad Alice un bicchiere di champagne e lei scuote la testa, rivelando un succhiotto sulla parte interna del seno sinistro che si rivela ad ogni movimento del corpo.

«Meravigliosi.» Ripeto la parola, come a saggiarne il significato. Avrei scelto "rivelatore", "non casto", "sfacciato"... ma "meraviglioso" sembra funzionare altrettanto bene.

Mi fremono le dita per il desiderio di prendere di nuovo il telefono, ma mi trattengo, consapevole dello sguardo di mia madre. Nel suo abito da cocktail in raso e paillette Emily Moore sembra meno una madre dello sposo e più una ragazza al ballo di fine anno.

«Ehi, a proposito di damigelle.» Nella mia visuale, Chase si avvicina a nostra madre, accigliato. «Sapevi che Liz sarebbe venuta?»

Dovrei prestare attenzione. Dovrei aiutare mio fratello a indagare sul motivo per cui mia madre ci ha lasciati all'oscuro della sorte di Liz negli ultimi mesi. Pretendere risposte a domande che, in qualche modo, lei e nostra sorella sono riuscite a evitare per tutto il viaggio.

Ma non riesco a smettere di guardare Alice, il cui vestito sarà anche dello stesso colore di quello di Liz e Leslie, ma non ha lo stesso taglio. Le spalline di Leslie sono spesse e fissate da un fermaglio di perle sulla nuca, mentre l'abito di Liz è senza spalline, ma la scollatura a cuore ha un taglio alto e ordinato. Mia *moglie* è l'unica a cui manca metà del corpetto: le spalline sono poco più che fili di stoffa blu, e la profonda scollatura a V si ferma un centimetro sotto il seno.

Ignorando il commento di Chase, la mamma si avvicina a me per ispezionarmi il mio viso. «Come va l'occhio, caro?»

Chase sbuffa, lasciando cadere l'interrogatorio prima che inizi. «Le foto del matrimonio saranno epiche.»

Lo stesso cameriere di prima si aggira nei pressi di Alice. Continua a fissarle il decolleté.

Serro i denti, e il pulsare dell'occhio raddoppia. «Bene.»

«Sei sicuro di non aver bisogno di un altro antidolorifico, Thomas?»

Per fortuna il cameriere si allontana e io riesco a distogliere lo sguardo da Alice e a guardare mia madre, che non sta badando al figlio minore.

Guarda verso l'altro lato della stanza e poi di nuovo me.

«Hai l'aria di qualcuno a cui abbiano preso a calci il cagnolino.» In qualche modo, so che è accigliata, anche se la sua fronte non si aggrotta.

«No, grazie.» Il mio tono le fa sgranare gli occhi. «Subire l'effetto dei tuoi oppioidi una volta è stato sufficiente.»

Il mio cocktail di Las Vegas: whisky, una possibile commozione cerebrale e le pillole come ciliegina sulla torta. È l'unica ragione plausibile per cui mi sono comportato in modo anomalo ieri sera. Per il motivo per cui mi sono svegliato con una moglie. Una moglie il cui vestito dovrebbe comportare un'accusa di atti osceni.

Non avrei dovuto lasciare i dettagli delle damigelle a Susan. Per guardare qualsiasi cosa che non sia Alice, fisso le mie scarpe di camoscio blu, un regalo di mio fratello per il testimone e un promemoria di un altro errore che non ho previsto.

Avrei dovuto ricontrollare gli smoking e gli abiti prima di farli spedire.

«Oppioidi?» Mia madre dà un'occhiata a me e allo sgargiante smoking ricamato con cui mio fratello ha sostituito il mio completo Tom Ford personalizzato. «Di cosa diavolo stai parlando?»

La sua incredulità cattura la mia attenzione. «Le pillole che mi hai dato ieri sera.»

Mamma scoppia in una risata. «Non erano oppioidi, per l'amor del cielo. Chi pensi che io sia? Una vera casalinga dell'Upper West Side?» Continua a ridere e mi dà una pacca sulla spalla. «Era solo Tylenol extra forte.»

Le parole non hanno senso. «È impossibile che mi sia comportato così solo a causa del whiskey.»

A quanto pare, mamma e Chase lo trovano divertente.

«Aspetta.» Il sorriso di Chase si allarga su un lato. «Il rigido e corretto Thomas ha davvero preso una pillola senza sapere cosa fosse?» Sbuffa. «E poi hai bevuto?» Le sue narici si allargano e si chiudono mentre cerca di soffocare le risate. «È perché Alice ti ha colpito in faccia con...»

«È stato un incidente,» ringhio a denti stretti rivolto a mio fratello. Che, per una volta, dimostra buon senso guardando ovunque tranne che verso di me. Mi vengono in mente un paio di parole, ma, vista la presenza di mia madre, le respingo e ricordo a me stesso che questo è il matrimonio di Chase.

Invece, attiro la sua attenzione sulla porta girevole della cucina, dall'altra parte della strada. «Il tuo gatto sta scappando.»

Chase, dopo aver smesso di sorridere, gira la testa in tempo per vedere il suo compagno felino in costume in posizione di balzo, in attesa del suo momento per saltare la prossima volta che la porta si aprirà. «Cazzo.»

———

Alice

. . .

Spiacenti, la persona che hai provato a contattare non è raggiungibile.

Un classico. Kayla mi ha chiamata quando ero impegnata con il matrimonio, ma quando cerco di richiamarla io non mi risponde. Non solo: è chiaro che la sua segreteria è piena, a giudicare dal messaggio automatico. Non ricevo neanche la cortesia di un segnale acustico dopo cui lamentarmi del suo evitarmi. O fare come suggerito da Leslie e mandarla affanculo.

Il che è proprio ciò che avrei dovuto fare con Thomas stamattina.

Vaffanculo, Thomas. Tu e la tua ricchezza, il tuo atteggiamento di superiorità, il tuo sangue blu e la tua vita esclusiva di cui non voglio fare parte.

Ma visto che non posso dirglielo senza temere di essere licenziata, sarebbe stato carino poter spuntare almeno la voce "tenere testa a Kayla" dalla mia nuova lista di cose da fare consigliate da Leslie. Una lista che spero andrà a ridurre i problemi che mi si accumulano attorno.

Come il mio abito da damigella che sconfina nel pornografico. Strattono le sottili spalline per quella che mi sembra la miliardesima volta; l'aria ormai fresca del deserto proveniente dal terrazzo mi manda un brivido lungo la profonda scollatura a V.

Avrei dovuto chiedere di vedere l'abito in anticipo, invece che aprirne la confezione un'ora prima della cerimonia. Insieme a quello scampolo di stoffa c'era un biglietto da Susan, in cui mi diceva che sarebbe stato benissimo con i sandali che avevo scelto. E se con questo intende che entrambi hanno lacci sottili e mostrano un sacco di pelle, allora sì, stanno divinamente abbinati.

«Alice.»

Se non fosse stato per suddetti lacci sottili di scarpe e vestito, ne sarei saltata fuori all'improvvisa comparsa di Thomas alle mie spalle.

«Buon Dio.» Mi premo la mano sullo sterno esposto; il cuore batte forte proprio lì a sinistra. «Quel ridicolo smoking ti dà abilità da ninja?»

Thomas osserva il suo completo. Nero, con una leggera rifrangenza blu alla luce, che rivela i ricami sulla seta. Anche le scarpe scamosciate sono blu.

Dovrebbe assomigliare a una versione in lutto del pacchiano attore Liberace, e invece è una delizia. Di nuovo.

Avvampo al pensiero della scorsa notte. Non aiuta per niente.

Quando lui rialza lo sguardo, il sopracciglio non ferito è inarcato.

Mi tiro su il vestito. «Cosa vuoi?»

Un peso mi si piazza nello stomaco, ripensando a come poche ore fa mi ha chiesto la stessa cosa. Ho passato il tempo prima della cerimonia a sforzarmi di non vomitare mentre mi mettevo in ghingheri, e le due successive a nascondermi dal deplorevole Thomas Moore.

«Non possiamo ottenere l'annullamento.»

«Cosa?» Ripenso ai romance che ho letto e visto. Fanno sembrare tutto così semplice. Ti svegli sposata, ottieni l'annullamento prima di pranzo. «È perché siamo andati a letto insieme?» Mi pare di ricordare che consumare il matrimonio sia un punto cruciale. «Perché sono dispostissima a mentire sotto giuramento, se serve. E comunque non ricordo molto.» Visto? Sto mentendo anche adesso. Perché ricordo *tutto* sulla consumazione.

Ma Thomas non deve saperlo. Né lui, né nessun altro. Nemmeno il sistema giudiziario statunitense.

«Permettimi di chiarire la mia precedente affermazione.» Nel parlare, si china verso di me, con la sua solita aria spocchiosa. «Non possiamo ottenere un annullamento *rapido*.

Stando al mio avvocato, ci vuole del tempo. Scartoffie.» Contrae appena le labbra. «E anche sapere quando e dove si è svolta la cerimonia.»

«Solo a Las Vegas può essere tanto facile sposarsi da ubriachi, e tanto difficile divorziare da sobri,» borbotto; gli occhiali dalle lenti rosa che avevo indossato sul volo di andata ormai sono in frantumi. Las Vegas, parrebbe, non è il mio luogo felice.

«Sì. Ecco perché ho anticipato il mio volo stasera.» Stringe l'occhio sano, e il tono diventa gelido. «Domani ho appuntamento con il mio avvocato.»

Mi si serra lo stomaco. Non invidio il suo avvocato.

Meglio così, però. Se ne va, almeno. Guardo la folla lungo la Strip, oltre la balaustra. Forse dopo la sua partenza riuscirò a godermi il poco tempo rimasto di questa piccola vacanza all inclusive.

Ma più guardo, più i dettagli si sfumano. Mi irrita che debba spostare il volo nel weekend delle nozze di suo fratello. Non fa che sottolineare quanto sia impaziente di sciogliere il nostro matrimonio. Di disfarsi di me.

Mi volto e, oltre la sua spalla, fisso le porte della terrazza del Lago. «E il ricevimento?»

Lui segue il mio sguardo. Dapprima limitata a una zona privata del ristorante, ora la festa si è diffusa in tutto il locale. Diversi ospiti dell'hotel stanno ballando con gli invitati; Bell e Chase sono felici di condividere la loro gioia con degli sconosciuti.

«Nessuno sentirà la mia mancanza.» Lo dice con il solito tono distaccato, ma giuro che qualcosa nella sua espressione lo tradisce. Quando mi sporgo in avanti, però, di quell'esitazione non c'è più traccia.

Dev'essere stato un effetto dei neon sull'occhio ferito.

Il cellulare mi vibra in mano.

Kayla: ne ripalriamo quadno sei acasa.

La cover scricchiola nella mia morsa.

La sonora risata di Leslie attira la mia attenzione. È in compagnia della signora Moore e di Liz, e sembra molto più a suo agio a parlare con la matriarca miliardaria in abito blu attillato di quanto io sia mai stata.

E così mi chiedo: *cosa farebbe Leslie?*

Spaccherebbe culi, ecco cosa. A partire da quello dell'uomo che pensa che voglia così tanto un po' del suo patrimonio da ritenermi capace di organizzare un arguto matrimonio lampo, nell'improbabile caso in cui entrambi ci ritrovassimo non solo ubriachi fradici, ma anche che lui miracolosamente mi aspettasse nella *mia* camera d'albergo dopo suddetta bevuta.

Penso per un istante al mio conto in banca, poi mi dico che quei soldi sono miei. Che li ho messi da parte. E che i risparmi servono a essere usati in caso di necessità.

Inoltre, prima tornerò a casa e prima potrò "parlare" con Kayla.

E in pieno stile Leslie, con *parlare* intendo *mandarla al diavolo.*

Chiudo la notifica dei messaggi di Kayla e apro il browser. «Qual è il numero del tuo volo? Voglio vedere se ci sono altri posti disponibili.» Forse mi darà un passaggio dall'aeroporto, visto che andremo nella stessa direzione. Un altro ambito in cui risparmiare.

«Vuoi andartene?» La sua incredulità, per quanto inconsueta, è fastidiosa.

«Senti, *signor Moore.*» Quando le sue sopracciglia guizzano in su, provo un moto di soddisfazione che non dipende da un senso di superiorità. «Non importa cosa tu possa pensare, io non voglio essere sposata con te. Non l'ho mai voluto. Quindi, se tornare a casa in anticipo per incontrare il tuo avvocato può aiutare ad accelerare l'annullamento, allora ci sto.» Scaccio la nota di senso di colpa per la mia partenza anticipata; so che, quando spiegherò la situazione a Bell, Leslie e gli altri, capiranno.

«Non serve acquistare un biglietto.» Scrolla le spalle per togliersi la giacca.

Lo guardo male. «E perché?» Se mi propinerà qualche battuta spocchiosa sul fatto che una persona del mio rango stia tra i piedi mentre lui e il suo pomposo avvocato decidono del mio futuro senza di me, gli faccio nero anche l'altro occhio, giuro.

«Ho acquistato il posto di fianco al mio.» Una volta tolta la giacca, la scrolla, e riesce ad apparire supponente anche con l'occhio nero e lo smoking blu. Quindi mi posa la giacca sulle spalle. «Chiederò alla compagnia aerea di modificare il nome con il tuo.»

La mia domanda evapora. I capezzoli si ergono.

Abbasso lo sguardo per assicurarmi che non sbuchino dalla stoffa.

Vedo solo seta.

«Grazie a Dio per i copricapezzoli,» mormoro.

———

Thomas

«Come, scusa?» Difficile a dirsi, alla luce soffusa della terrazza, ma ho la sensazione che sia arrossita, a livello delle guance e del petto ampiamente scoperto.

«Ehm, volevo solo sapere il prezzo.» Alice non mi guarda negli occhi.

«La tariffa aerea è gratuita.»

Questo le fa sollevare lo sguardo di scatto. «Cosa intendi? Posso...»

«Ho delle miglia del programma fedeltà che scadranno se non le uso.» Vero. Ne ho sempre, di miglia in scadenza. Ma questa volta non le avevo usate, perché avevo utilizzato la carta di credito di Chase. Una ripicca per aver messo sul mio conto l'open bar di ieri sera.

Infantile, sì, ma non quanto acquistare il posto di fianco al mio per assicurarmi di non dover patire qualche ora di chiacchiere inutili con uno sconosciuto loquace.

Ma non occorre che Alice lo sappia.

Si sta mordicchiando il labbro inferiore. Quelle labbra sono state attorno al mio uccello ieri sera. Digrigno i denti alla reazione fisica causata da quel ricordo, e questo dannato smoking ricamato non lascia molto all'immaginazione. La giacca decorata era già abbastanza brutta, ma Chase ha fatto realizzare anche dei pantaloni abbinati. E non parliamo delle scarpe.

Avrei dovuto prenotare un aereo privato, con la sua carta di credito.

«In effetti ne ho avuto abbastanza per una vita intera, di Las Vegas.» Guarda, al di là della mia spalla, la festa in corso, e io mi chiedo se la sua valutazione di Sin City includa la nostra notte insieme. «E poi ho finito con i miei doveri da damigella...»

Riprende a mordicchiarsi il labbro dopo essersi interrotta, e io non riesco a controllare la reazione della metà inferiore del mio corpo.

Le volto le spalle, fingendo di osservare i festeggiamenti. «Se vuoi venire con me, vai a fare i bagagli.» Le mie parole suonano come un ordine marziale. Sono di nuovo frustrato e arrabbiato, ma con me stesso.

Perché, per quanto mi impegni ad allontanarmi da questo dannato posto, so che non riprenderò il controllo finché non mi allontanerò anche da Alice Truman. Ma in segreto voglio che dica di sì. Voglio passare altre cinque ore con lei, anche se saremo a diecimila metri di altitudine, a respirare aria viziata e mangiare cibo riscaldato malamente.

Mettere i desideri personali davanti alle responsabilità come in questo caso è qualcosa che farebbe mio padre. Così come andare a letto con una dipendente e fare su di lei pensieri meno che professionali.

Eppure, eccomi qui.

«Il volo notturno parte tra tre ore.»

«Oh.» Un fruscio di stoffa, e lei mi supera in fretta. «Allora farò bene a sbrigarmi.» Prosegue verso le porte, quelle a sinistra, accanto alla pista da ballo, e non quelle d'uscita.

«Non farlo.»

Si blocca, ruota su un sottile tacco di sandalo e mi fissa accigliata.

So che vuole salutare Bell, Chase e tutti gli altri. Scusarsi per la partenza inattesa, trovare qualche giustificazione. Lo so perché è una brava persona, educata.

Io non sono nessuna delle due cose.

«Se dici loro che stai andando, vorranno sapere perché, e rischi che cerchino di convincerti a restare. E conoscendoli, non demorderanno finché non lo farai, e io non intendo aspettare.»

Riprende a stringere il labbro tra i denti, e mi chiedo se questo nuovo tic sia nato perché le mani, che di solito si torce e agita quando è incerta o pensierosa, sono occupate dalla borsetta. «Io...»

Qualunque cosa stesse per dire svanisce quando l'intero gruppo allargato di festaioli erompe in un'ovazione: una versione R&B di Elvis pompa dalle casse.

Mi chiedo se il Re sarebbe lieto che la sua musica sia ancora così popolare, o disgustato per le pacchiane libertà a cui viene sottoposta a beneficio degli ascoltatori moderni.

Non sono certo se dipenda dalla mia spiegazione logica o

dal caos che dovrebbe causare per fare la brava persona e salutare, ma Alice abbassa le spalle. «Hai ragione.»

«Ovvio.»

Inarca di scatto le sopracciglia, e per qualche motivo sembra stia resistendo a una risata.

Mi passo la mano sulla camicia, temendo possa essere stropicciata dalla giacca troppo attillata e dal caos del matrimonio di oggi. «Ci vediamo nella lobby tra mezz'ora.»

«Sissignore.» Mi fa il saluto militare con un sorriso, poi cammina rapida attraverso le porte sulla destra, con la mia giacca che le svolazza dietro come un mantello mentre punta verso l'ascensore.

Rimango lì pur sapendo di dovermi muovere, in attesa di recuperare il controllo sul mio corpo.

Ci metto più di quanto vorrei.

Mi appunto mentalmente di scrivere alle risorse umane di mandare ad Alice un promemoria di non chiamarmi *mai più* "signore".

Capitolo Dodici

Alice

La maggior parte dell'ultima ora è nebbia. L'unica cosa degna di nota è che, nonostante i postumi e il traffico del sabato sera di Las Vegas, sono riuscita a non vomitare mentre l'autista di Thomas ci portava in aeroporto, mettendoci meno di mezz'ora, dopo che abbiamo fatto le valigie a tempo di record.

Nonostante il precedente disgusto di George alla vista del mio bagaglio essenziale, il minimalismo si è rivelato utile visto che ho avuto solo pochi minuti per riporre tutto e lasciare la stanza. E qualsiasi preoccupazione o rimpianto per quella partenza frettolosa è evaporato trasformandosi in sollievo quando mi sono accomodata al mio posto imbottito, con le pantofole, la coperta e il cuscino da prima classe per aiutarmi a dormire durante il volo notturno.

Cioè, sollievo mescolato a un'altra emozione ben meno utile.

Mi agito sul sedile cercando di mettermi comoda, e mi chiedo come farò a superare le prossime cinque ore in quella nuova, improvvisa e fisicamente stressante situazione.

Thomas mi scruta quando curvo le spalle sotto la coperta, nel tentativo di scostarmi la maglia dal petto. «Qualcosa non va?»

«Niente.» Vorrei davvero che non avesse insistito per lasciarmi il posto verso il corridoio. Proprio come con la giacca, prima, continua a confondermi con quel suo oscillare tra stronzo e gentiluomo. E oltre che confondermi, quelle tendenze galanti mi imbarazzano più del necessario. Perché, se potessi voltarmi verso il finestrino, sarebbe tutto molto più facile.

In effetti, se non ci fosse il maledetto carrello delle bevande tra i piedi, potrei andare in bagno e sistemare la faccenda.

«Dimmelo.»

Senza guardarlo, quasi fossi una bambina convinta di essere invisibile se non fissa le persone, mi infilo la mano sotto la maglietta. «Davvero, non è nulla.» E forse mi avrebbe creduto, se non avessi trattenuto brusca il fiato per essermi strappata l'adesivo dal capezzolo.

Attraverso un velo di lacrime, Thomas solleva una mano per premere il pulsante di chiamata.

«No!» Faccio scattare la mano per afferrargli il braccio, ma il brusco movimento rende lo strofinio ancora peggiore, e mi scappa una rara imprecazione.

L'occhio buono si stringe fino ad assomigliare a quello contuso. «Dimmelo.» Il tono è brusco come quando mi ha detto di fare i bagagli per la partenza.

Fisso lo schienale davanti a me. Odio che uno dei nostri ultimi ricordi come marito e moglie, per quanto accidentali, sarà questa situazione imbarazzante in cui mi sono cacciata. Chiudo gli occhi alla luce cruda delle lampade sopra di noi. «I copricapezzoli,» sussurro dall'angolo della bocca.

«Copricapezzoli?» Non si scomoda neanche ad abbassare la voce.

«Shhh!» Spalanco gli occhi e li faccio saettare verso la

signora all'altro lato del corridoio, che è intenta a leggere. La mano si blocca a metà del gesto per girare la pagina.

Con un sospiro mi sporgo verso Thomas e continuo il mio futile tentativo di placare il dolore alle tette. «Quando mi sono levata il vestito ero di corsa, così non li ho tolti. Ma ora fanno male e non so cosa fare.»

Ormai ho la faccia così in fiamme da poterci accendere un cerino.

«Vieni.» E come al matrimonio, mi prende il gomito sotto la coperta e mi fa alzare, spingendomi lungo il corridoio.

L'assistente di volo che manovra il carrello apre la bocca, forse per chiederci di tornare a sedere mentre è in corso il servizio delle bevande, ma Thomas la zittisce con una delle sue occhiate. Una di quelle per cui di solito lo rimprovererei, ma di cui sono grata quanto aggiunge: «Non si sente bene.»

Non ha torto. Tra l'alcol di ieri sera, il nervosismo durante la cerimonia, la partenza affrettata e i copricapezzoli, sono davvero poco in forma.

Vedendo la mia espressione e quella di Thomas, la hostess annuisce e si affretta a sbloccare i freni del carrello.

Un istante dopo la via per il bagno è sgombra.

Thomas mi spinge rapido oltre la porta a soffietto.

Quindi mi segue dentro.

«Aspetta, cosa...»

«Fammi vedere.» Mi fa voltare verso di lui e mi fa *quello sguardo*.

Non mi turba come prima di Las Vegas, né lo apprezzo come pochi istanti fa, quando lo ha rivolto alla hostess, quindi esito a obbedirgli.

Sono molto sobria, e la Alice sobria sa benissimo che non è proprio il caso di mostrare i capezzoli al capo. Ma a ben vedere siamo sposati.

La mia lotta interiore mi fa esitare così a lungo che la sua espressione muta; con mio stupore, non si indurisce, anzi diventa più dolce.

Come la sua voce. «Lascia che ti aiuti.»

Questo mi fa sentire più a mio agio, ma ciò che davvero mi spinge a dargli retta è lo spazio angusto. Prima classe o no, il bagno è più piccolo di un armadio in un appartamento in centro a New York. Non ci separa che un paio di centimetri, e vista la differenza d'altezza, il mio petto è in corrispondenza del suo addome, quindi penso che non vedrà comunque molto.

Qualcosa che Thomas scopre e corregge quando, mentre sollevo in fretta l'orlo della maglietta sopra il seno, mi cinge la vita con un braccio e mi solleva fino a farmi mettere in piedi sul coperchio del water.

Stupita dal movimento improvviso, mi blocco, con le mani che ancora sorreggono la maglietta e i due adesivi in bella mostra, a un soffio dalla sua faccia. L'unica cosa che mi sconvolge ancor più delle circostanze è che non mi sono sciolta in una pozza di imbarazzo.

Le narici di Thomas fremono quando mi guarda, e io valuto se premere lo sciacquone nella speranza di una fuga in stile Harry Potter che entra al Ministero della Magia.

Mi limito però a distogliere lo sguardo, e nel piccolo specchio sopra l'ancor più piccolo lavello guardo la mano di Thomas muoversi verso i miei seni, piccoli, arrossati, con quei piccoli adesivi rosa a fiori sui capezzoli.

Appena prima che il suo dito indice entri a contatto, chiudo gli occhi. Non so se sia per l'attesa del piacere o del dolore.

E comunque non serve.

L'altra mano si unisce alla prima: una tiene tesa la pelle di un seno dolorante, e con la punta dell'indice dell'altra scosta con delicatezza il bordo incollato.

Non fa male come pensavo, anche se forse è perché sto avendo un'esperienza extracorporea.

Con gesti lenti e metodici, l'adesivo si solleva, e il dolore viene rimpiazzato dalla pelle d'oca. Il tocco freddo di Thomas sulla mia pelle irritata ha un effetto che mai pensavo possibile.

Ma no, non è davvero così. Lui ha avuto quell'effetto, proprio ieri sera. Ma immagino che l'alcol intensifichi i ricordi, e che ciò che oggi mi ha spinto a imprecare ed evitarlo sia stato ingigantito dall'ebbrezza.

Thomas stacca del tutto il copricapezzolo, e io devo reprimere un gemito.

No, nessuna esagerazione nei ricordi, a ben vedere.

«Ecco.» Lo guardo tra le ciglia mentre butta via il primo adesivo, quindi dedica lo stesso trattamento al seno sinistro.

I miei polmoni gridano per il bisogno di aria, ma mi rifiuto di cedere, perché non voglio che il mio petto in bella mostra riveli tra respiri affannati quell'impeto di lussuria. Tendo le gambe; vorrei agitarmi, ma mi trattengo stringendo le cosce.

Quando il secondo petalo cade, sono a un soffio dal perdere i sensi, con lucine che mi danzano dietro le palpebre.

Spero lui pensi sia per il sollievo di essere libera dall'agonia, quindi mi concedo un profondo respiro e mi affloscio in avanti, afferrandogli le spalle.

La maglietta dovrebbe abbassarsi a coprire la pelle esposta, ma non lo fa. Ricade invece sulla testa bruna di Thomas, intrappolandolo a millimetri dai miei capezzoli.

Terra, inghiottimi.

Ma invece che sparire in una crepa del pavimento, Thomas mi bacia il seno come farebbe con il ginocchio sbucciato di una bimba.

Con il respiro successivo mi sfugge un mugolio.

Le sue labbra mi percorrono il petto, si spostano da un capezzolo all'altro, a cui riserva lo stesso trattamento.

Calore umido mi sboccia sulla pelle quando aggiunge la lingua.

Il piccolo suono che ho emesso si trasforma in un autentico gemito. Gli afferro la camicia sulle spalle e mi spingo contro la sua bocca. Lui mi infila le mani sotto il retro della maglietta e mi preme a sé.

Ancora non mi basta.

A ben vedere, l'alcol di ieri ha attenuato solo l'intensità. Cosa che mi spaventerebbe, se non fossi così eccitata.

Quando tira un capezzolo con le labbra e lo succhia, sollevo una gamba e gliela infilo sotto il braccio, agganciandogliela dietro la schiena.

E questa volta tocca a lui gemere.

La pulsazione tra le mie cosce diventa più intensa e bollente.

«Thomas...» Un'implorazione, ma non so cosa gli sto chiedendo. Mi sono detta che quello di ieri sera è stata una svista. Una fantasia. Una deviazione dalla mia consueta, noiosa vita quotidiana.

E invece adesso sembra tutto molto reale e follemente stupendo.

In risposta, Thomas mordicchia, e la nota di dolore intensifica il piacere.

«Ah...»

Toc. Toc.

Sussulto, e Thomas si stacca di scatto da me con uno schiocco doloroso. Io sbatto la testa contro il muro quando la hostess ci informa, attraverso la porta, di una turbolenza e del fatto che i segnali delle cinture sono stati accesi.

Vedo le stelle, abbasso la gamba e mi affloscio in avanti; l'altro piede scivola dal water.

Ho la vista annebbiata e sono consapevole solo dei suoni: lo scrocio dello sciacquone, uno schianto seguito da diverse grida, e la nausea, che ho tenuto a bada per tutto il giorno, affiora di nuovo.

Quando torno a vederci, sono stesa sopra Thomas nel piccolo spazio tra la cabina di pilotaggio e la prima classe. La sua testa è ancora sotto la mia maglietta, e il mio ginocchio tra le sue cosce.

Sbatto le palpebre alla faccia severa della hostess. «Si sente meglio?»

«No.» E vomito.

———

C'è qualcosa che non va in te.

Il mio riflesso nello specchio del bagno del ritiro bagagli all'aeroporto JFK non ribatte. I capelli, un tempo perfettamente acconciati in uno chignon elegante, ora sono per metà porcospino, per metà dreadlock. Inoltre, ho chiazze umide sui jeans, che ho cercato di ripulire dal vomito.

Per fortuna sono riuscita a cambiarmi la maglietta. Purtroppo, però, l'affermazione di George riguardo al non aver messo abbastanza cambi in valigia si è rivelata corretta, quando Thomas mi ha dovuto offrire una delle sue magliette di scorta visto che non ne avevo più di pulite.

Thomas. I miei capezzoli, nudi e ipersensibili sotto il cotone bianco, si inturgidiscono. Dopo aver vomitato, mi sono cambiata e ho finto di dormire per il resto del viaggio. All'atterraggio, mi sono mossa come in una trance da mancanza di sonno, quando in realtà ero paralizzata dall'acuto imbarazzo e dalla confusione.

Con uno sbuffo esasperato, scosto una ciocca ancora rigida di lacca dal viso e infilo il davanti della maglietta di Thomas nei jeans. Una donna al telefono accanto a me mi ricorda che devo ancora riaccendere il mio dopo l'atterraggio.

Avrò anche detto a Thomas che sarei andata direttamente con lui nell'ufficio dell'avvocato, ma se riesco a chiamare Kayla e a organizzare un incontro subito dopo, posso sperare di concludere la lista di Cose che Leslie Farebbe in una giornata.

Solo che, appena accendo il cellulare, si illumina come il cielo del quattro luglio. Messaggi, chiamate perse e note vocali.

I messaggi sono di Kayla.

Kayla: ho bisognodi te. M si èfatta male. Chiama. In ospedale.

Quando apro la segreteria telefonica mi tremano le mani, ma il messaggio non è di Kayla.

«Sono l'avvocata minorile Lorain Hendrix, chiamo dall'Allenton Hospital. La contatto per informarla che oggi la signora Kayla Rogers ha richiesto il ricovero di sua figlia, Mary Rogers, per una lacerazione alla tempia. Dal ricovero di Mary ieri sera non siamo più stati in grado di reperire la signora Rogers. Lei è indicata come il contatto d'emergenza di Mary, quindi se potesse richiamarci...»

Mary.

Afferro il borsone, me lo getto in spalla e corro fuori dalla porta. Frenetica, giro da una parte all'altra, perché il panico mi impedisce di ricordare quale sia la via per raggiungere i taxi.

«Alice?» mi chiama Thomas da una certa distanza, in piedi di fianco al suo trolley.

Mi chiedo se sia stato lì per tutto il tempo, invece che al ritiro bagagli dove ha detto che avrebbe aspettato il suo autista, ma non ho tempo di porre la domanda.

«Scusami, devo andare.»

Mi raggiunge e mi mette le mani sulle spalle, come se sapesse che sto per scappare. «Dove?»

«In ospedale. Subito.»

Capitolo Tredici

Thomas

«Qual è la stanza di Mary Rogers?» chiede un'Alice sconvolta e paonazza all'infermiera alla reception.

La donna guarda me e il mio occhio nero, poi il computer.

«Numero ventuno.» E indica il corridoio. «Prenda l'ascensore fino al quarto piano. Il reparto pediatria è sulla destra.»

Non mi è stato chiesto di entrare in ospedale quando il mio autista si è fermato davanti all'ingresso e Alice è saltata giù. Eppure eccomi qui, a tenere il passo con lei che quasi corre verso l'ascensore. Mi ci sono trovato, in questa situazione, proprio come in quella dei copricapezzoli.

Sono ancora scosso dalle mie azioni in aereo.

Dopo essermi ripulito dal vomito, ho passato il resto del volo informandomi sulle alterazioni dello stato di coscienza causate dall'altitudine, mentre Alice fingeva di dormire sotto la coperta. Apparentemente, il malessere colpisce solo chi respira aria con scarso contenuto d'ossigeno, e non quella riciclata e ben ossigenata dell'aereo.

E visto che non ero più a Las Vegas o sotto l'influenza dell'alcol o del Tylenol extra forte, mi resta una sola spiegazione per le mie continue azioni insensate: Alice.

Nel silenzio dell'ascensore, si torce le mani, cosa che rivela il suo stato d'animo.

Appena le porte si aprono, imbocca il corridoio verso il reparto di pediatria e la porta aperta della camera numero ventuno.

«Mary!» Alice corre verso una bambina dai capelli scuri, con una fasciatura vistosa attorno alla testa; è seduta nel letto e sta colorando con una donna in divisa ospedaliera.

La bimba ha un secondo per fare un gran sorriso ad Alice prima di ritrovarsi in un abbraccio.

«Tesoro, stai bene?» Alice si scosta e la scruta dalla testa ai piedi, chiaramente tesa per la ferita vicino all'attaccatura dei capelli della piccola.

«Sto bene.» Il sorriso della bambina è ancora lì, ma quando sposta lo sguardo verso la donna al suo fianco, si irrigidisce.

Alice le bacia forte la guancia destra, poi, con maggior delicatezza, il lato sinistro della fronte. «Ero tanto preoccupata.» Dopo un altro abbraccio si calma un po', come un palloncino che si sgonfia, e si siede sul letto vicino alla piccola paziente.

La donna in divisa sembra stupita nel vedermi seguire Alice.

Mi volto per nascondere l'occhio ferito.

La sconosciuta si riscuote e si alza dalla sedia. «Salve. Sono Rachel Clatch.» Tende la mano. «Sono un'avvocata minorile, e lavoro qui ad Allenton.»

Alice stringe la mano che lei le porge ma non risponde, né lascia la presa sul braccio di Mary.

La signora Clatch annuisce, come se si aspettasse una reazione così nervosa. «Qualche ora fa, la signora Kayla Rogers è venuta per far ricoverare Mary,» e la indica con un cenno del capo, «poi se n'è andata.»

Le dita di Alice fremono attorno al braccio della bambina.

Abbassando lo sguardo sulla piccola, l'espressione seria della signora Clatch si trasforma in un sorriso. «Ma Mary è stata tanto coraggiosa.» Le parole sono più allegre e, secondo me, suonano false.

A giudicare dalle sopracciglia inarcate di Mary, lei la pensa allo stesso modo.

Bambina sveglia.

«Non ha mai pianto, neanche quando il dottore le ha messo i punti,» prosegue la donna, la voce ancora vivace che maschera un gran numero di sottotesti.

I ricordi di quando stavo immobile e fingevo indifferenza davanti ai comportamenti caustici di mio padre quando mi ero rotto il braccio a dieci anni tornano alla superficie.

Li reprimo.

Come per dar corda alla donna, Alice imita il suo tono troppo brillante. «Davvero?» Scosta una ciocca dal viso di Mary. «Così si fa, piccola.»

Mary non reagisce alle lodi, si limita a voltarsi verso Alice. «Posso tornare a casa con te, vero, *zia Alice?*» Spalanca gli occhi come se stesse cercando di veicolare un messaggio senza parole, ma l'espressione è troppo smaccata per non essere notata.

Prendo nota di quella parola, *zia*. Alice non ha beneficiari, o almeno non ne ha indicati nel suo file personale, che ho incidentalmente letto qualche mese fa. Un'altra decisione non da me che ho preso da quando sono venuto a conoscenza dell'esistenza di Alice.

Lei chiude gli occhi per un istante, poi stringe di nuovo Mary a sé. «Ma certo.»

La signora Clatch fa una smorfia, e l'aria da cheerleader svanisce. «Vado a chiamare la dottoressa.»

A giudicare dall'espressione di Alice, so che quella risposta non le piace. Ma tace finché non siamo soli.

«Cos'è successo, tesoro?» Fa voltare Mary verso di sé. «Come ti sei fatta male?»

«Sono scivolata e ho battuto la testa.»

«A casa?»

«Al rifugio.»

Segue una lunga pausa, e anche se non scorgo il viso di Alice, quasi sento gli ingranaggi del suo cervello mettersi in moto per elaborare ciò che ha appena sentito. Mary approfitta del momento per tornare a colorare.

«Rifugio?» La voce di Alice è più acuta.

«Già.» Mary colora un cuore di blu. «Ci siamo andate ieri.»

Resisto all'istinto di indicare il pastello azzurro di fianco all'album da colorare.

«Capisco.» Alice trae un respiro, indifferente ai colori. «E come hai fatto a scivolare?»

«La mamma ha rovesciato il bicchiere.» Scrolla le spalle esili. «Sono scivolata sull'acqua quando mi sono alzata per andare il bagno.»

«Oh, beh.» Alice le bacia la testa. «Sono cose che capitano. Mi fa piacere che tu stia bene.»

Mary mi fissa da sopra l'abbraccio di Alice. «Tu chi sei?»

Se tutti i bambini fossero chiari e diretti come questa, sarebbe molto più semplice averci a che fare. «Thomas Moore,» rispondo, e le tendo la mano.

Le due ragazze la fissano accigliate, e io ricordo che, per quanto questa nello specifico sia dotata di un'ottima proprietà di linguaggio, mio fratello ha ragione: non ci so fare con i bambini.

Quando sto per abbassare il braccio, Mary si sporge in avanti e mi stringe la mano. «Mary Rogers.»

«Piacere di conoscerti.» Faccio su e giù con la sua manina un paio di volte, grato che sia ferita alla testa e non al braccio, visto che le faccio sussultare tutto il torso.

Lei ridacchia.

Alice sposta seria lo sguardo tra noi.

«Vuoi colorare?» Mary mi porge un pastello.

Prima che possa rispondere o ritrattare i miei pensieri sulla maturità della bambina, la signora Clatch torna con una donna in camice bianco, che regge una cartellina. «Questa è la dottoressa Frost. Era di turno quando Mary è arrivata, stamattina presto.»

«Buongiorno.» La dottoressa si rivolge ad Alice e a me prima di guardare Mary. «Come va la testa?»

Nonostante l'atteggiamento amichevole della donna, Mary si rannicchia tra le braccia di Alice. «Bene.»

«Ottimo.» Di nuovo, ci fissa. «Possiamo parlare in corridoio?»

«Certo.» Alice scende dal letto. «Torno subito.» Dà un ultimo, rapido bacio alla testolina di Mary, quindi segue la dottoressa fuori dalla porta.

Faccio un cenno con il capo alla bambina, poi raggiungo le due, chiudendomi la porta alle spalle.

Non è affar mio parlare con un medico di una ragazzina che non conosco, ma preferisco ascoltare una diagnosi che colorare con suddetta ragazzina. Soprattutto perché pare piuttosto caotica con i colori.

La dottoressa Frost stringe la cartellina al petto. «Come le avranno detto, questa mattina presto Mary è arrivata con la madre; mostrava una lacerazione sulla tempia sinistra.»

Alice guarda la porta chiusa. «Mi ha detto che è caduta e ha battuto la testa.»

«Sì, pare sia così, una piccola ferita causata dall'impatto con l'angolo di un mobile.» La dottoressa controlla la cartellina. «Abbiamo anestetizzato l'area con una piccola iniezione di lidocaina, poi abbiamo pulito e suturato la ferita. Probabilmente sarebbero bastati tra i cinque e gli otto punti, viste le dimensioni,» e fa spallucce, «ma ne ho messi dodici, visto che si trova in un punto visibile, in modo che rimanga una cicatrice più sottile.»

Alice si morde il labbro; dev'essersi resa conto solo ora che Mary rimarrà segnata a vita. «Grazie.»

La dottoressa si agita, quasi non sapesse come dire qualcosa.

Alice se ne accorge e si torce le mani.

«Abbiamo notato che le calze indossate da Mary al suo arrivo odoravano di alcol.» La dottoressa Frost si schiarisce la gola. «Così come sua madre.»

Alice lascia cadere le mani lungo i fianchi.

Tanti saluti alla storia del bicchiere d'acqua rovesciato.

«Per questo motivo,» prosegue la donna, «e a causa della sparizione della signora Rogers, abbiamo fatto una segnalazione alla polizia.»

Alice vacilla. Le appoggio una mano tra le spalle per sorreggerla.

«Sono certa che la contatteranno presto, visto che lei è sua sorella.»

Alice emette un suono strozzato.

«La buona notizia però è che Mary sta bene.» La voce della dottoressa torna confortante. «Anche se, visto che ha battuto la testa in circostanze poco chiare, preferirei prescrivere una TAC.» Solleva le mani come a prevenire ogni preoccupazione. «Solo per sicurezza, poi potrà tornare a casa.»

Alice annuisce pensierosa.

«Sono di turno fino a mezzogiorno.» La dottoressa si infila la cartellina sotto il braccio. «Mi assicurerò di tornare con i risultati della TAC entro allora.»

Quando Alice non dice nulla, intervengo. «Grazie, dottoressa.» Poi, sempre tenendole le mani sulle spalle, riporto Alice in camera, dove Mary sta colorando di rosa delle nuvole.

Dopo un'occhiata alla zia, la bambina mi guarda. «Adesso possiamo colorare?»

«Eh?» La domanda strappa Alice dal suo rimuginare. Mi lancia un'occhiata, come se si fosse appena ricordata della mai presenza. «Oh, no.» Fa un passo avanti, sottraendosi al mio contatto. «Abbiamo già disturbato abbastanza il signor Moore.»

L'espressione di Mary diventa mesta, e il suo broncio mi pungola la coscienza. Di contro, le nuvole rosa e il cuore blu mi causano un tic all'occhio buono.

Ma non confuto le parole di Alice. Pur non volendo sotto-pormi all'anarchia cromatica, sono turbato. Dall'occhio pesto, dall'anello da quattro soldi al dito, dalla mia situazione attuale. Tutte cose che mi legano ad Alice. Una donna che non ha fatto altro che portare caos nella mia vita precisa e prevedibile.

Faccio un cenno di commiato con il capo, poi mi sposto verso la porta.

«Grazie.» La voce di Alice mi fa bloccare, e io mi volto da oltre la soglia.

È pallida, e sembra ancor più minuta, con quella mia maglietta bianca che quasi le scivola dalla spalla. La sua espres-sione trasuda stanchezza e una tristezza venata di speranza, la stessa mostrata dalla bambina bruna nel letto, con il suo piccolo camice a scacchi bianchi e azzurri.

Mi trattengo dall'offrire il mio aiuto. Dal prendere il controllo della situazione. Devo mettere dei paletti.

Sono il suo capo. Alice è la mia dipendente. La bambina una sua parente, non mia.

Non solo non c'è bisogno che io sia qui, non dovrei proprio stare accanto ad Alice Truman, a meno che si tratti di una situa-zione strettamente lavorativa. Tenendolo bene a mente, annuisco ed esco, prendendo il cellulare per avvisare il mio costoso avvocato del mio arrivo imminente.

————

Alice

«Dovremmo svegliarla?»

«Io lo farei, è arrivata la polizia.»

Apro di scatto gli occhi e mi alzo dal divano come un vampiro dalla bara: con la schiena rigida e gli occhi, sospetto, iniettati di sangue.

Mary, la guancia morbida posata sul cuscino, dorme ancora dopo aver ricevuto il via libera della TAC, prima.

Strizzo gli occhi per trattenere la lacrimazione. Devo essermi assopita dopo la telefonata con i servizi sociali. Li riapro e mi concentro sulle due donne sulla soglia. Una è quella che ho incontrato prima, l'altra una sconosciuta con un blazer rosso.

Dietro di loro c'è un agente di polizia.

In questo momento, la mia vescica decide di dichiararsi piena e pronta a scoppiare. Quindi prima di iniziare la battaglia per portare Mary a casa con me, opto per ricompormi e andare rapida in bagno, mormorando: «Torno subito.»

Solo quando la vescica è vuota, il viso sciacquato e i denti lavati con il necessario preso dal mio beauty il panico si fa sentire.

Sono una donna single che vive in un monolocale in un quartiere discutibile. Una scelta che consideravo strategica, per risparmiare i soldi per occuparmi di Kayla e Mary, ma ora è un grosso problema se voglio evitare che la bambina finisca in affidamento.

L'ironia della situazione mi devasta.

Potrei cercare una casa migliore, ma non so cosa sarebbe di Mary nel frattempo.

È come se fossi tornata indietro nel tempo, a quando non potevo fare altro che aspettare, impotente e spaventata, che qualcuno decidesse del mio destino. Servizi sociali, giudizi, polizia. E questa volta, anche se sono più adulta, è ancora peggio. Perché c'è in ballo la vita di Mary.

Ricaccio in fretta le lacrime di sfinimento e paura, mi sistemo alla meglio i capelli e applico il deodorante. Non mi fa sentire sicura di me come avevo sperato, ma è meglio di niente.

Come previsto, le due donne e l'agente sono ancora sulla soglia quando emergo dal bagno. Raggiungo il letto e faccio loro cenno di uscire in corridoio. «Preferirei lasciarla riposare.»

La signora Clatch fa un altro dei suoi sorrisi forzati. «Ma certo.»

So di essere nei guai quando provo una fitta di nostalgia per Thomas. Se lui fosse qui, al mio fianco, con la sua aria di superiorità, ne trarrei un po' di coraggio extra.

La donna in giacca rossa mi tende la mano. «Sono Silvia al Abbas, del servizio di protezione minori.»

La stringo, e vorrei che la mia non fosse tanto più floscia della sua. «Alice Truman, la zia di Mary.»

Anche se sono certa che lei sappia che non è tutta la verità, si limita a lasciare il posto all'agente.

«Sono l'agente Doan. In quanto contatto di una persona scomparsa, sono qui per informarla che è stato emesso un mandato di arresto per la signora Kayla Roger. Se l'ha vista o le viene in mente qualcuno che possa sapere dove sia, per favore me lo comunichi.»

Me lo aspettavo. Ma aspettarselo e sentire dire chiaro e tondo che la tua un tempo sorella è una fuggitiva sono due cose molto diverse.

L'agente Doan continua a fissarmi mentre metabolizzo ciò che mi ha detto. Solo quando inizia ad agitarsi impaziente sulle suole dei suoi stivali neri capisco che si aspetta che gli fornisca subito quelle informazioni.

Il mio respiro accelera. «Ecco, vediamo.» Elenco il suo ultimo posto di lavoro e il nome del suo ex, anche se non ho direttamente quei contatti. «L'ultima volta che ho sentito Kayla è stato venerdì sera.» Mi acciglio al ricordo: ora, dopo aver sentito il suo ex padrone di casa, so che è stato il giorno dello sfratto.

«Capisco.» Mi porge un biglietto da visita. «Se dovesse ricontattarla, o se qualcuno accenna ad averla vista, chiami questo numero.»

Non provo sollievo quando se ne va, solo ulteriore trepidazione quando la signora al Abbas si schiarisce la gola. «Signora Truman.»

Non posso che irrigidirmi. «Sì?»

Il suo profondo sospiro la dice lunga. Gli occhi si spostano sulla destra, le mani si giungono. Ho visto mille volte questa posa negli assistenti sociali. Quando mi hanno detto che la coppia che aveva mostrato interesse nella mia adozione aveva deciso di non proseguire. Quando mi hanno informata che la famiglia affidataria a cui iniziavo ad affezionarmi era solo temporanea e che dovevo, di nuovo, trasferirmi. Quando mi hanno fornito la mia tessera sanitaria momentanea il giorno del mio diciottesimo compleanno, augurandomi buona fortuna ma senza aspettarsi molto.

Sta per dirmi che hanno valutato la mia abitazione. Che i servizi sociali l'hanno ritenuta inadatta all'affidamento. Che dovrò restare a guardare impotente mentre Mary viene portata in una casa d'accoglienza.

Le lacrime di frustrazione che mi sono tanto impegnata a scacciare si riaffacciano, e mi volto per nasconderle.

Se solo avessi una casa migliore, più soldi, un background più rispettabile. Sono queste le cose importanti in situazioni simili. Non quanto bene voglia a Mary, non quanto stare con me sarebbe infinitamente meglio che saltellare da una casa all'altra piena di sconosciuti, per quanto bene intenzionati. Io sono la sua famiglia. È di me che ha bisogno.

Dopo un profondo respiro, riesco a darmi un contegno.

E per qualche motivo, quando la mia vista si schiarisce, Thomas Moore sta camminando verso di me.

Si è fatto una doccia, si è rasato e indossa un completo in tre pezzi; sembrerebbe uscito da una copertina di *GQ* se non fosse per l'occhio nero. Ma anche così, emana un'aura di potere e ricchezza.

Potere. Ricchezza.

Un'orribile idea egoista si mischia al panico crescente. Ma prima che possa riprendere fiato e pensarci bene, la signora al Abbas inizia con il suo discorso deprimente.

«Vede, signora Truman, crediamo che...»

«Moore, in realtà.» La mia voce incrinata risuona nel corridoio. Con la coda dell'occhio vedo Thomas bloccarsi a metà passo.

La signora al Abbas si corruccia. «Come, scusi?»

Cerco di fare una risatina, ma faccio una smorfia per quanto suona fragile. «Sa, è stata una mattina così confusa che mi sono scordata di essermi appena sposata.»

Thomas riprende a camminare. Più in fretta.

L'espressione dell'assistente sociale si trasforma in stupore. «Si è sposata?»

Quando Thomas è a portata, gli afferro la manica e lo attiro a me. «Sì, questo fine settimana.»

Gli occhi della donna si spalancano ulteriormente alla vista di Thomas, poi si abbassano sulla morsa della mia mano serrata sul suo braccio.

«Mio... marito e io stavamo tornando dalla nostra fuga d'amore quando ho ricevuto la chiamata dell'ospedale.» Mi volto per celare il viso alla donna, e fisso Thomas. «Non è così, caro?» Lo fisso intenta, sperando che i miei occhi sbarrati veicolino il messaggio: *ti prego, ti prego, stai al gioco, farò qualsiasi cosa.*

Come al solito, il suo bel viso resta impassibile.

«*Lei.*»

Stupita da quel tono veemente, guardo la signora Clatch.

Lei mi squadra incredula. La prima espressione sincera che le veda da quando l'ho conosciuta. «Lei avrebbe sposato *Thomas Moore*?»

Capitolo Quattordici

Thomas

«Ci conosciamo?» Osservo la donna, e rimpiango di non essere così stronzo come tutti pensano.

Perché se lo fossi non sarei qui. Avrei dato al mio avvocato i recapiti di Alice e avrei lasciato che fosse lui a chiamarla per qualsiasi necessità legata all'annullamento, anche se lei è al momento presa da problemi familiari.

Guardo la donna fin troppo familiare davanti a me diventare rossa come il blazer di quella che le sta accanto. «Ci siamo incontrati in precedenza.» Mi tende la mano. «Sono Rachel.»

Ricordo il sorriso falso, ma anche che non mi aveva detto come si chiamasse. «Certo.» Continuo a fissarla finché quel suo atteggiamento troppo amichevole non si attenua.

«E io, ecco...» Ritrae la mano e la usa per lisciarsi i capelli. «Mi sono ricordata di aver visto di recente una sua foto sui giornali.»

La donna con la giacca si riscuote. «Lei è Thomas Moore, uno dei Moore di New York?»

Reprimo l'istinto di reagire. Potrò anche avere potere e influenza a New York, ma questo non significa che di solito venga riconosciuto in pubblico. Non sono una celebrità. Non sono mio fratello, con tutti i suoi articoli sul giornale. Ma sono parte di una famiglia che fa tanta beneficenza, e molti degli enti che supportiamo si dedicano ai giovani. Motivo per cui probabilmente Giacca Rossa conosce il mio nome.

Rachel, d'altro canto, sembra più un'appassionata di giornalacci di gossip. Ovvero, la foto a cui si riferisce probabilmente è comparsa su uno dei molti articoli sui recenti drammi familiari della famiglia Moore con protagonista mio padre.

Il che significa anche che la sfacciata affermazione di Alice di essere mia moglie davanti a quelle due donne non è tollerabile.

Ignoro l'interesse e le domande delle due e prendo il braccio di Alice. «Scusateci.»

Non aspetto che mi rispondano. Entro dalla stanza d'ospedale e chiudo la porta davanti alle loro espressioni stupite, poi mi volto verso Alice. «Ma cosa...»

«Shhh!» Alice solleva la mano e mi posa due dita sulle labbra. Stavolta manca l'occhio pesto, ma sussulto comunque al contatto. Ricordi della nostra notte insieme affiorano alla superficie.

Ignara dei miei pensieri, Alice osserva la bambina nel letto. «Fammi controllare che dorma ancora.» Va in punta di piedi al suo capezzale.

Mi formicolano le labbra nel vedere Alice chinarsi sulla bimba, che giace sul fianco e mi dà le spalle. Gli occhi di Alice si fanno teneri, il viso passa dall'ansia a un misto di preoccupazione e amore.

E sono... invidioso?

Mi passo il dorso della mano sulle nocche.

«Sì, è addormentata,» sussurra tornando da me.

Scaccio qualsiasi emozione incontrollata che ancora mi si aggrappa addosso e mi concentro di nuovo sul problema sottomano. «Ma che diavolo?»

Lei sussulta al mio brusco mormorio.

«Hai detto *più volte* che non avresti detto a nessuno del matrimonio.»

«Mi dispiace.» Solleva le mani con aria colpevole. «Avrebbero mandato Mary in una casa famiglia.»

«Perché? Sei sua zia.»

«Non una vera zia.» Guarda la porta dietro di me. «Non di sangue, almeno.»

Continuo a fissarla finché non si agita sui piedi.

«E visto che non sono sua parente, mi sono dovuta offrire volontaria per il suo affidamento, ma quando ti danno dei bambini in affidamento devi rispettare certi parametri e...»

«Il matrimonio è un parametro?» La mia incredulità rieccheggia nella stanza.

«Shhh!» Guarda Mary in cerca di segni di risveglio. «No, uno dei parametri è una casa abbastanza grande per ospitarla.»

Mi acciglio, e l'occhio ha una fitta. «Cos'ha il tuo appartamento che non va?»

«È un monolocale in High Bridge.» Si passa una mano tremante sul viso. «E per l'affido dovrei avere una stanza tutta per lei.»

«Perché vivi in High Bridge?» Non sarà il peggio, ma non è neanche un posto molto sicuro in cui abitare, soprattutto per una donna single.

Ignora la mia domanda e prosegue. «Se usassi il *mio* indirizzo, Mary finirebbe in affido d'emergenza. E anche se trovassi un appartamento adatto, non sono sicura che me la ridarebbero se l'avessero già sistemata da qualche altra parte. Ma...» Alice fa una smorfia. «Se invece usassi il *tuo*, quello di mio *marito*, non mi direbbero mai di no.»

Non era ciò che avevo in mente quando pensavo che avrebbe usato il mio nome e il mio denaro, ma avevo comunque ragione.

«Ti prego, Thomas. Solo finché Kayla non torna a occuparsi di Mary.»

Non sono certo quanto lei che la madre di Mary tornerà. Ma non è un problema mio. Il mio problema è qualcosa che l'avvocato mi ha detto un'ora fa. «La base dell'annullamento è che al momento delle nozze non eravamo in grado di intendere e di volere.»

Lei solleva di nuovo le dita verso le mie labbra, e questa volta lancia una rapida occhiata oltre la mia spalla, dove si trovano ancora l'agente e le assistenti sociali.

Riluttante, abbasso la voce ma mantengo la distanza. «Se il nostro matrimonio è registrato su documenti legali e tu riporti di vivere al mio indirizzo, le nostre ragioni per l'annullamento non apparirebbero ragionevoli. Dovremmo divorziare.»

«Va bene.» Un'altra occhiata alla porta. «Non ha importanza.»

Mi costringo a rilassare le spalle. «Forse non ne ha per te, ma per me sì.»

Si morde il labbro inferiore in un disperato tentativo di mantenere il controllo. «Se vuoi farmi firmare un accordo post-matrimoniale, questo è ciò che ti chiedo.»

Il ghiaccio mi corre per le vene. «Davvero?» Suono minaccioso anche alle mie stesse orecchie.

Alice deglutisce ma non si ritrae. «Sì.»

«Pensi davvero di poter vincere contro di me in tribunale?»

Scrolla le spalle per liquidare la faccenda, ma le tremano le mani.

So che è disperata, ma non mi piace essere messo all'angolo, soprattutto da qualcuno che aveva promesso di non farlo.

La sua sfacciataggine non dura a lungo. «Ti prego.» Mi prende la mano. «Farò qualsiasi cosa.»

Forse sono stronzo come gli altri pensano, perché solo uno stronzo potrebbe avere un'idea così crudele e lasciarla radicare nella mente. Solo uno stronzo imporrebbe a una donna disperata un prezzo così ingiusto.

Se dovessi dire di no al suo piccolo stratagemma e proseguire con l'annullamento come da programma, smetteremmo di essere legalmente uniti, che firmi un accordo post-matrimoniale o meno. Con le mie risorse legali e il fatto che eravamo entrambi troppo sbronzi per ricordare di esserci sposati, l'annullamento è quasi un atto dovuto. Le risorse della famiglia Moore sarebbero al sicuro, e potrei minimizzare qualsiasi effetto mediatico grazie all'intervento del mio avvocato e di un team di pubbliche relazioni.

Comunque, per via della promessa fatta a Bell sull'assicurare un lavoro ad Alice, non posso licenziarla. Anche con l'annullamento, dovrei comunque vederla al lavoro.

«Se lo faccio, tu sei in debito con me. Tutto ciò che dico andrà aggiunto all'accordo di riservatezza e a quello post-matrimoniale scritto dal mio avvocato.»

Annuisce così in fretta che mi chiedo se mi stia ascoltando.

«E va bene.» Mi arrendo all'idea di essere uno stronzo, che usa il suo momento di debolezza per riprendere il controllo. «Farò redigere l'atto dall'avvocato.»

Alice mi abbraccia, facendomi barcollare indietro verso la porta con un tonfo. D'istinto, le cingo la vita con le braccia e la stringo a me.

Solo perché non cada, sia chiaro.

Un istante dopo, la porta si apre e mi colpisce la schiena.

«Tutto bene qui dentro?» L'assistente sociale fa un gran sorriso quando entra nella stanza. «Ho preparato i documenti che dovete firmare entrambi.»

———

Alice

«Arriveremo tra pochi minuti, signor Moore.»

L'autista di Thomas sembra aver superato lo shock di incontrare il suo capo all'ingresso dell'ospedale con due donne e una bambina di sei anni.

Io no. Cioè, non ho superato lo shock, intendo. Quello legato a Thomas, Kayla, il mio lavoro.

Inclino il capo verso Mary, che è appoggiata al finestrino e abbraccia il gatto di peluche che le ho preso al negozio in ospedale prima di andarcene. È un triste tentativo di farla sentire meglio dopo la mancata ricomparsa di sua madre, ma sembra piacerle.

Dopo l'accordo con Thomas, abbiamo firmato i documenti con cui Mary viene ufficialmente dichiarata nostra responsabilità.

Al contrario di quanto avrei detto, Mary non ha mostrato particolari reazioni alla menzione del matrimonio. L'ha presa molto meglio di me.

In realtà, e forse per via del recente soggiorno al rifugio, i suoi occhi si sono illuminati quando Thomas le ha detto che avrebbe avuto una stanza tutta per sé. Quegli occhi ora hanno le palpebre a mezz'asta; il sonnellino in ospedale non ha risolto la carenza di sonno della notte trascorsa.

La capisco. Mi sento gli occhi asciutti, prudono, ma il mormorio dell'ansia mi mantiene sveglia.

Appena l'inchiostro si è asciugato, la signora al Abbas ha insistito per accompagnarci da Thomas per "toglierci il pensiero di questa fastidiosa ispezione domestica". Così mi ritrovo incastrata tra Mary e Thomas, con la gamba premuta contro quella di lui, mentre l'assistente sociale è seduta davanti al posto del passeggero.

Il traffico della domenica newyorkese è lento, e i minuti sembrano ore.

«Giuro,» sussurro dall'angolo della bocca rivolta a Thomas, «appena Kayla ritorna e Mary è al sicuro, ce ne andremo.»

Con gli occhi fissi davanti a sé, vedo la pelle dell'orbita tendersi quando inarca il sopracciglio. «*Se* ritorna.»

«Come sarebbe a dire *se?*» Come al solito, quando si tratta di Kayla e Mary vado subito sulla difensiva, ma stavolta, sebbene il mio tono si faccia più tagliente, non risulto dura come vorrei.

La signora al Abbas si volta al suono della mia voce, che deve aver udito dal sedile anteriore.

Fingo di essere interessata al traffico e abbraccio Mary.

Dopo qualche istante di silenzio, gli occhi della bambina si chiudono, e la signora al Abbas continua la sua conversazione con Brian, l'autista, sull'irritante caos di New York.

«La soluzione è solo temporanea,» sussurro di nuovo, scostando i capelli dal viso di Mary. «Kayla a volte si comporta in modo avventato, ma tornerà presto in sé.»

Non so se sto cercando di convincere lui o me stessa, a questo punto.

«Eccoci, signore.» Brian si ferma davanti al marciapiede, di fronte a un'enorme casa intonacata di bianco. Ho passeggiato spesso per Central Park, uno dei pochi intrattenimenti gratuiti in una città tanto costosa, e mi sono sempre chiesta chi potesse essere tanto fortunato da abitare in case con così tanto verde sul retro nel bel mezzo di Manhattan.

Non mi stupisce che uno di questi fortunati sia Thomas.

Solo che il verde non è sul retro, ma davanti; la casa e il parco sono separati da un lindo marciapiede alberato e da una strada a due corsie.

«Grazie, Brian.» Thomas apre la portiera per me mentre Brian fa lo stesso per la signora al Abbas.

Non riesco a portarla in braccio, così scuoto Mary per svegliarla. Una volta scesa dall'auto solleva il viso e si stropiccia gli occhi con la mano non occupata dal peluche. «Qual è la tua finestra?»

Thomas e io seguiamo il suo sguardo verso i numerosi piani a cinque finestre della casa. Tutto nell'architettura grida ricchezza di famiglia, con il contrasto della porta blu acceso e dell'inatteso batacchio di ottone.

Una casa che rispecchia il suo proprietario.

«Tutte.» Il tono di Thomas è secco come sempre.

Gli occhioni di Mary si allargano ancor di più. «E allora qual è la *mia* finestra?»

«La tua si affaccia sul cortile sul retro.»

«C'è un cortile sul retro?» Lei lo fissa, e l'entusiasmo cancella dal visetto ogni traccia di sonnolenza. «Quanto è grande?»

Thomas indica a Brian di aprire il bagagliaio. «Non molto.»

«C'è un'altalena?»

«No.»

Il petto magro si sgonfia per la delusione, ma poi dà una pacca consolatoria al braccio di Thomas. «Va bene lo stesso.»

La sua aria impassibile si incrina, quasi offeso che qualcuno trovi difetti nella sua casa.

Mi frappongo tra i due per impedire che la sua spocchia ferisca la bambina.

La signora al Abbas sorride, cosa che trasforma il mio divertimento in ansia e senso di colpa.

Thomas si schiarisce la gola e indica oltre il tettuccio dell'auto, attirando l'attenzione di Mary dall'altra parte della strada. «Penso però che ce ne sia una in quel parco.»

Mary gli strattona la manica. «Mi ci porti?»

Thomas la fissa, e il cipiglio fa apparire l'occhio pesto più minaccioso che mai. «Dove?»

Mary, apparentemente poco colpita, indica il parco come aveva fatto lui.

E Thomas, ancora accigliato, sposta lo sguardo dal parco a lei. «Al parco?»

Lei annuisce con aria carica di aspettativa.

Per fortuna, Brian ci raggiunge con il mio borsone e mi faccio avanti per prenderlo, risparmiando a Thomas di dover deludere Mary in pubblico. «Grazie, Brian.» Tendo il braccio. «Ci penso io.»

L'autista si tiene la borsa al fianco, ma sorride come a ringraziarmi del pensiero. «Non si preoccupi, signora Moore. Glielo porto volentieri.»

Ci metto un attimo per capire che sta parlando con me, e quando lo faccio, mi si mozza il fiato.

«Ma che meraviglia.» L'assistente sociale, quasi dimentica del suo principale interesse, ovvero la bambina, è rapita dalla casa davanti a lei. «Scommetto che l'interno è ancora più impressionante.»

L'occhio di Thomas ha uno spasmo. Mi piace pensare che sia colpa della contusione, ma scommetto che è uno dei rari segnali che indica che ha raggiunto il limite.

Ma forse mi sbaglio, perché accoglie il complimento con un cenno del capo e indica alla donna di precederlo, per poi seguirla quando attraversa il marciapiede e quasi saltella su per i gradini.

Cingo Mary con il braccio e andiamo con loro.

«Wow.» La voce della signora al Abbas riecheggia quanto quella di Mary nel grande atrio.

Mary, altrettanto colpita dagli alti soffitti, dal lampadario a tre livelli di ottone e dal parquet d'epoca, sbatte le palpebre e si guarda intorno. «Questa è ancora meglio della biblioteca.»

I miei occhi si bloccano su uno specchio sopra un tavolino.

I miei capelli, un tempo lisciati dalla lacca per il matrimonio, sono tutti arruffati, anche se in ospedale ho cercato di pettinarli. Le occhiaie scure risaltano alla luce del lampadario, in netto contrasto con la pelle chiara. E anche se forse costa più di qualsiasi altro mio capo di vestiario, la maglietta di Thomas è stropicciata e umida per tutto il sudore nervoso; è anche troppo grande, cosa che mi fa apparire malnutrita e afflitta.

Mi ricordo di un gioco che facevo da bambina, cioè trovare l'elemento fuori posto. Se ci giocassi adesso, dovrei indicare me stessa.

La storia della mia vita.

«Ha un animale domestico?» Per la prima volta da quando il nome dei Moore è stato menzionato, l'assistente sociale sembra meno che compiaciuta.

Tutti gli occhi si spostano su Mary, seduta sul tappeto persiano dell'atrio, che squittisce deliziata quando nientemeno che Mike Hunt le lecca la guancia.

———

Thomas

«Quello non è un animale domestico. È il braccio destro di Satana.»

Quattro paia di occhi si voltano verso di me. I più giudicanti sono quelli felini.

Mi guardo intorno in cerca del suo proprietario. Perché, se la bestia è qui, allora dev'esserci anche mio fratello. Il che complicherà le cose ancor più del felino che lecca il naso di una bambina ridacchiante sul mio pavimento.

La signora al Abbas, il cui sguardo d'ammirazione è sparito

alla vista del sacco d'ossa animato, fa un passo indietro da Mike come se fosse un serpente a sonagli. «Non mi era stato detto che ci fosse un animale in casa.»

Mentre tutti fissano l'oscena creatura, mi sposto di lato. «Posso assicurarle che non vive qui.» Se solo potessi raggiungere Chase prima che veda Mary e l'assistente sociale, potrei ricattarlo per fargli tenere la bocca chiusa. Ho *anni* di materiale a mia disposizione, cose che di certo Chase preferirebbe che Bell non...

«Ehilà, buongiorno.»

Mi blocco a metà del passo quando la voce educata e musicale risuona in cima alle scale.

Cazzo.

Con la rassegnazione di un uomo dal lato sbagliato di un plotone di esecuzione, giro sui tacchi e guardo mia madre scendere dalla scalinata come una dama di epoca Regency.

«Wow.» Mary spalanca la bocca alla vista di mia madre, vestita da capo a piedi di cashmere e diamanti.

Solo Emily Elizabeth Moore può avere il coraggio di indossare un completo di cashmere color crema a New York.

Mi pinzo la base del naso tra pollice e indice. Fa un male cane, ma accolgo il dolore. «Cosa ci fai qui, mamma?» Con un profondo respiro, la guardo negli occhi innocenti. «Pensavo dovessi partire in crociera, dopo Las Vegas.»

Per nulla turbata dalla mia palese irritazione, mia madre mi ignora e posa la mano sulla spalla di Alice, salutandola con due baci. «Alice, cara. Che bello rivederti così presto.»

La mia mente corre in cerca di una scusa, una spiegazione razionale utile per cacciare via mia madre prima che quello che considero un piano ben congegnato per sfrattare Alice dalla mia vita si trasformi in ulteriore caos.

Gli occhi di mia madre si posano su Mary, poi sull'assistente sociale, la cui espressione è tornata reverente.

«Signora Moore.» La signora al Abbas mi si piazza davanti dopo aver quasi sfrecciato attraverso l'atrio, la mano tesa. «Che onore incontrarla.»

Mia madre prima le fissa la mano, poi me. Quindi un lento sorriso stende le sue labbra rosa pallido, e io capisco due cose: uno, ecco da chi Chase ha preso il suo lato malizioso, e due, sono fottuto.

«Piacere mio.» Lei accetta la mano in una stretta che mette in mostra diamanti che hanno poco a che fare con la ricchezza derivata dal matrimonio, e tutto con quella della sua famiglia di origine.

La maggior parte delle persone pensa che io abbia imparato l'arte degli affari da mio padre. Ma guardando mia madre godersi il disagio come farebbe Chase, e sentirla evocare, con una sola parola e un guizzo di sopracciglio, interi milioni di dollari, mi dico che abbiamo dato fin troppo credito a nostro padre per ciò che io e mio fratello siamo diventati.

Gli occhi spalancati di Alice incontrano i miei, e provo una briciola di conforto nello scoprire che neanche lei era preparata a questa svolta negli eventi.

Ma soprattutto provo risentimento, perché è stata lei a cacciarmi in questa situazione complicata. Me. Il Moore più temuto quando si tratta di affari. Quello che chiamano *iceberg* e tanti altri appellativi altrettanto gelidi. Tutti veri.

In qualche modo, con quegli occhi innocenti, l'improbabile taglio di capelli e le sue macchinazioni, Alice è riuscita laddove il Titanic ha fallito: mi sta facendo affondare.

«L'ho sentita parlare in occasione di un evento di beneficenza per il progetto educativo di New York,» prosegue l'assistente sociale. «Le sue donazioni e l'impegno per i bambini della città sono ammirevoli.»

Mary e Mike sbattono le palpebre per lo scintillio dei gioielli di mia madre alla luce del lampadario, ignari dei vari sottotesti che li circondano. «Sei una principessa?» chiede Mary.

Mamma spalanca gli occhi e ride, ma si interrompe di colpo, quasi stupita dalla sua stessa ilarità. Sfila la mano dalla presa della signora al Abbas e raggiunge Mary.

Mike fissa la sua collana luccicante.

«Oh, no, cara.» La donna che si è diplomata a non una, ma due scuole per debuttanti, si accuccia davanti a Mary. «Non sono una principessa.»

Solo mia madre sa accucciarsi in modo signorile.

Privata del tocco di quella donna che tanto ammira, l'assistente sociale giunge le mani davanti a sé, neanche fosse Babbo Natale che elargisce doni alle masse. «Questa è la tua nuova nonna!»

L'ultima parola riecheggia nello spazio enorme dell'atrio.

L'unica reazione visibile da parte di mia madre è una leggera pausa nel gesto con cui sistema una ciocca dietro l'orecchio di Mary.

Probabilmente solo grazie all'educazione rigida e formale riesce a non incenerire sul posto quella donna.

«Non sembri una nonna.» Mary si acciglia, studiando il viso liscio di mia madre, gli impeccabili capelli neri e il fisico snello, il tutto continuando ad accarezzare distratta il gatto.

E per accarezzare, intendo spostare da una parte all'altra quella pelle grinzosa sopra alle ossa.

Mia madre annuisce, e l'espressione imperiosa si addolcisce per il genuino complimento della piccola. «Grazie.»

Segue il silenzio.

Bene. Di solito alla gente non piace il silenzio nelle situazioni sociali.

E io posso usarlo per spronare l'assistente sociale a portare avanti la sua ispezione mentre spingo mia madre fuori dalla porta e...

«Mary è mia nipote.» Alice fa un passo verso il gruppo a terra, sciogliendo l'imbarazzo del momento.

«Bado a lei finché sua madre, ecco...» Lancia uno sguardo all'assistente sociale. «Finché sua madre non torna.»

«E questo è il marito della zia Alice.» Mary mi indica. «Li ho visti abbracciarsi in ospedale.»

Di nuovo, mi pinzo il naso. Forte.

Mia madre schiocca le labbra come a spalmare meglio il rossetto rosa chiaro, poi si alza senza cigolii o mugugni. Spazzola via della polvere inesistente dai pantaloni di cashmere, e la regina dell'alta società newyorkese sorride. «Ma certo, cara. Ecco perché sono qui.» Si rivolge a me, e il sorriso diventa un po' più malizioso. «Per darti il benvenuto, e...» Indica il demoniaco sacco di pelle in braccio a Mary, «per portarti l'*altra* responsabilità di cui dovrai occuparti.»

Come se aspettasse il segnale, Mike si lecca le palle.

Sono fottuto.

Capitolo Quindici

Thomas

Alice si affaccia all'angolo del mio salotto privato mentre leggo il giornale.

«Thomas?» Si fa avanti, i capelli umidi che gocciolano sulle spalle di un'altra mia maglietta. «Possiamo parlare?»

Da quando ho riattaccato dopo la telefonata con il mio avvocato, sono stato qui a contemplare la mia vita. Non l'ho mai fatto prima. Non ne ho mai avuto bisogno.

Alcuni mesi fa ho ammesso con me stesso che troppo a lungo avevo finto di non vedere le cattive decisioni di mio padre, e che intendevo porvi rimedio, ma è stata l'unica riflessione che ho fatto. Tutto il resto della mia vita era come doveva essere. Come avevo scelto che fosse.

Fino ad Alice.

Abbasso il quotidiano che stavo cercando invano di leggere. «Sì.»

Alcune cose non possono attendere fino al mattino. La telefona con l'avvocato non è andata bene né per lui né per me.

Dopo averlo informato che intendo posticipare l'annullamento o forse cambiare la pratica in divorzio, ho sfruttato il suo silenzio sconvolto per spiegargli ulteriormente che Alice e io abbiamo una bambina in affidamento a casa mia o, meglio, casa *nostra,* e che questo indirizzo è indicato sui documenti legali inviati dai servizi sociali.

Visto l'ulteriore silenzio, ho pensato che volesse piantarmi in asso.

E quando è riuscito a parlare, ho pensato di licenziarlo.

Abbiamo appena finito di stabilizzare le risorse di Moore's dopo il disastro causato da suo padre, e adesso lei presenta un'altra minaccia?

Ha salvato il lavoro solo perché, per quanto non richiesta, concordo con la sua opinione.

È colpa mia. Per mio padre. Per Alice. Per tutto. Ci ho messo troppo ad agire e ad allontanare mio padre. Non commetterò di nuovo lo stesso errore. Prima allontanerò Alice mantenendo la mia parte di accordo, e meglio sarà.

«Oh, bene.» Alice sospira di sollievo e avanza. «Non sapevo cosa...»

«Cosa...» I miei occhi scivolano verso l'orlo della mia maglietta, che le sfiora le cosce nude. «... cosa indossi?»

Lei si blocca e avvampa. «Ah, sì, ecco. Dopo cena tua madre ha consigliato a me e a Mary di usare le tue magliette come pigiami.» Abbassa l'orlo, un gesto ben poco utile, poi si avvolge un braccio intorno al petto e uno intorno alla vita. «Deve aver portato a lavare il resto dei miei vestiti, perché quando sono uscita dalla doccia non c'erano più. Anche quelli nel borsone.»

«Mh.» Scrollo il quotidiano; mi serve un attimo per maledire internamente mia madre e imbrigliare le emozioni sconvenienti che minacciano di emergere.

Questo pomeriggio ho passato troppo tempo a guardare la signora al Abbas sdilinquirsi con mia madre, mentre quest'ultima faceva altrettanto con la sua "nipotina". E se la presenza di mia madre ha contribuito ad attenuare i momenti imbarazzanti, come quando l'assistente sociale ha notato la totale mancanza dei vestiti di Alice e dei suoi articoli da bagno (*«Ovvio che non siano qui. Non penserà mica che abbia passato qui la notte prima delle nozze, vero?»*), per poi prendere come oro colato la spiegazione di mia madre neanche fosse la sua fan numero uno, avrei preferito non trovarmi con la mia genitrice invischiata nella complessa trama che sto tessendo.

Ancora più sconvolgente è stato vedere come si teneva vicina Mary, anche durante la cena che ha fatto portare dal suo chef personale, impedendomi di chiederle perché non fosse turbata o neanche stupita dal mio matrimonio.

«Wow.» Alice scruta la stanza come se avesse notato solo adesso il caminetto di marmo e la boiserie in legno *umbila* africano originali degli anni Venti.

L'interior designer che ho assunto quando ho acquistato la casa voleva dipingerla di grigio piccione. L'ho informato che se si fosse anche solo avvicinato a quel legno esotico con un pennello, si sarebbe ritrovato con un sacco di tempo per dare da mangiare a dei veri piccioni, perché sarebbe rimasto disoccupato.

Alice abbassa il viso dopo aver osservato il soffitto a cassettoni e mi guarda, seduto sulla mia poltrona dall'alto schiena, come se fossi parte di un dipinto. «Se non fosse per i tuoi vestiti, sembreresti uscito da un film tratto da un'opera di Jane Austen, seduto lì.» Sbuffa una risata, e quella battuta con poco mordente non basta a placare le mie emozioni turbolente.

I miei occhi scattano alle sue cosce. «Edith Wharton.»

«Chi?»

Mi costringo a spostare lo sguardo verso il suo viso lavato di fresco. Alice porta poco o niente trucco. Ha le ciglia lunghe e scure dopo la doccia come alle luci intense di Moore's in orario lavorativo.

Detesto averlo notato.

Deglutisco e studio il motivo decorativo della boiserie. «Sarebbe più accurato dire che sembro uscito da un romanzo di Edith Wharton, visto che questa casa è stata costruita durante l'Epoca d'Oro, alla fine dei Diciannovesimo secolo, quando lei ha scritto *L'età dell'innocenza*.»

«Oh.» Alice fa scivolare un piede scalzo sopra l'altro, e io torno a fissarle le gambe. «Non l'ho letto.»

Al ricordo che lei legge eccome, piego a metà il giornale, poi di nuovo a metà, quindi me lo depongo in grembo. «Ma pensa.»

Le si coprono le braccia di pelle d'oca, e due punte spiccano da sotto il cotone della mia maglietta Mack Weldon. Perché mia madre doveva proprio dargliene una *bianca*?

Nel silenzio, il sorriso forzato di Alice si spegne. «Tua madre...» I picchi sotto la maglietta si alzano e abbassano al suo sospiro. «Speravo potessimo dirle cos'è davvero successo una volta messa a letto Mary, ma se n'è andata prima che potessi parlarle.» Frustrata, getta in aria le mani, e l'orlo della mia t-shirt si solleva pericolosamente quando si passa le dita tra i capelli scuri.

Mi alzo in fretta e abbandono il mio quotidiano-scudo per raggiungerla. «Non preoccuparti.» Le prendo i polsi e glieli abbasso, e con essi la maglietta. «Non ho in programma di dire a mia madre niente che non sia necessario che sappia.»

Il suo sguardo sconvolto si sposta dalle mie mani strette attorno ai suoi polsi al mio viso. «Vuoi continuare a mentire a tua *madre*?»

L'enfasi sull'ultima parola non mi è chiara, ma sospetto sia convinta che il sotterfugio matriarcale sia al pari di omicidio e furto come gravità.

«Non abbiamo mentito. Siamo sposati.»

«Sì, ma non per i motivi che pensa lei.»

Faccio spallucce. «Mi scoccia che mia madre lo sappia, ma visto quanto ha preso bene la notizia,» e questo è piuttosto sospetto, «probabilmente è meglio stare al gioco.»

Si morde il labbro. «Non rimarrà turbata quando scoprirà la verità?»

Le lascio i polsi e faccio un passo indietro, per non cedere alla tentazione di stringerla a me. «E Mary non lo sarà?» Distogliendo il viso dalle sue lacrime e dalle sue gambe, mi infilo una mano nella tasca posteriore ed estraggo il fazzoletto che porto sempre con me; glielo porgo.

Le dita tremanti di Alice sfiorano le mie quando me lo prende di mano. «Sì. Ma il punto è che non volevo che dovesse mentire davanti all'assistente sociale.» Di nuovo si mordicchia il labbro, quasi pentendosi della sua decisione. «Non volevo che si sentisse sotto pressione o in ansia al pensiero di dire qualcosa che mettesse in pericolo la sua possibilità di stare con me.»

Mi sento in colpa a essermi preoccupato tanto di come le mie azioni avrebbero influenzato la mia immagine, e non dell'effetto che avrebbero avuto quelle bugie su mia madre. Ma non abbastanza da pensare di aver sbagliato. A volte bisogna prendere decisioni difficili.

Cosa in cui sono abile.

«Credimi, è meglio così.» Per me o mia madre, non ne sono così sicuro. Ma Alice, dopo essersi asciugata le lacrime, annuisce. Mi consolo pensando che mia madre partirà domani per una crociera per single. Anche con il suo entusiasmo eccessivo e la pronta accettazione della mia nuova moglie e della bambina, mamma non avrà il tempo di affezionarsi troppo.

E se le cose andranno come dico io, non lo avranno neanche Alice e Mary.

Domani il mio legale avrà pronti i documenti. Alice li firmerà. La madre errante tornerà e tutto sarà risolto prima che un qualsiasi membro della mia famiglia torni dai rispettivi viaggi.

«Non preoccuparti, Kayla tornerà presto.» Alice, come se mi leggesse nella mente, finisce di tamponarsi gli occhi. «E quando l'avrà fatto, Mary sarà così felice di riavere sua madre che dimenticherà tutto questo.» Si appoggia la mano al petto, gli occhi fissi nei miei. «E se tua madre rimarrà turbata, me ne assumerò la piena responsabilità. Le dirò che è stata tutta una mia idea e che tu sei stato solo così gentile da aiutarmi.»

Il calore della sua pelle filtra oltre il mio buon senso; le asciugo con il dito una lacrima lasciata indietro dal fazzoletto.

Ho bisogno di dirle che non sono gentile come crede. Che non sarà lei a dire alcunché a mia madre, perché sarà ben lontana da Moore's quando tutto questo sarà finito. Ma le tracce delle sue lacrime sulle guance mi convincono ad aspettare fino a domani. Che sarà più delicato concederle una notte di riposo prima di rivelarle il prezzo di avermi reso suo complice.

Deve interpretare il mio silenzio come qualcosa in più che gentilezza, perché di nuovo solleva le braccia, ma stavolta per abbracciarmi.

Sono più sconvolto di quando mi ha percosso la faccia con un cazzo viola.

———

Alice

Questo è l'abbraccio più goffo della storia degli abbracci.

E calcolando che sono cresciuta rimbalzando tra vari genitori affidatari bene intenzionati, è tutto dire.

Thomas è così immobile, così rigido, che non so neanche se sta respirando.

È tenero. Quasi.

È palese che non sia uno da abbracci.

O che non ha mai avuto abbastanza occasioni per imparare come si abbraccia. Entrambe le ipotesi pizzicano le corde già tese del mio cuore, e la mia stretta su di lui si rafforza. Un attimo dopo, sto per scostarmi, ma le sue spalle si rilassano e le sue braccia mi avvolgono, attirandomi così vicina da potergli appoggiare la guancia al petto.

Il mio corpo si alza e abbassa al suo profondo respiro.

Nonostante l'effetto dell'ottovolante emotivo di oggi, di solito non sono una che piange. Magari mi commuovo durante un film triste o sospiro a fondo per un capitolo intenso di un romanzo, ma sono cresciuta conscia che piangere non risolve nulla, quindi non l'ho mai fatto davvero.

Ma oggi ho ceduto. Qualche volta. Sempre davanti a quest'uomo. Un uomo che ho ricattato ma che, e lo sappiamo entrambi, avrebbe potuto rifiutare le mie preghiere e andarsene relativamente indenne.

Quando sento di poter parlare senza piangere di nuovo, inclino il capo in su per ringraziarlo. Nell'incontrare i suoi occhi, però, esito.

La sua espressione è stoica e riservata come prima, ma brilla di una calda intensità che era assente qualche momento fa.

Abbassa lentamente la testa verso di me, gli occhi si fanno cupi, come se attraversati da un'ombra. Le iridi castane diventano quasi nere, la pelle livida attorno all'orbita un mosaico di sfumature di viola.

Oppure ha sempre avuto gli occhi così scuri, e me n'ero dimenticata?

Proprio quando sto per abbassare le palpebre e accogliere quello che sarà un altro round del miglior sesso della mia vita, capace di cancellare per qualche beato istante il melodramma della giornata, lui si ritrae.

Sbatto le palpebre. «Thomas?»

Si schiarisce la gola, lascia ricadere le braccia e fa un passo indietro. Il suo atteggiamento muta in modo così drastico che pare vi sia calato un sipario. Sembra entrato in modalità affari.

«Non possiamo farlo.» Con le mani giunte dietro la schiena, si allontana ancor di più, e la distanza tra noi sembra maggiore del metro di tappeto persiano che ci divide. Lui raccoglie il quotidiano da terra.

«Zia Alice?»

La vocina di mia nipote mi fa sussultare. Mi asciugo le guance, poi mi volto verso di lei. «Mary, cosa ci fai alzata?»

Lei stringe il gatto di peluche tra le braccia. «Puoi dormire con me?»

Mi si stringe di nuovo il cuore, e mi chiedo quanto altro io possa sopportare stasera. «Sì, tesoro. Certo. Proprio come una volta.»

Il visetto di Mary si illumina, e mi chiedo come sia possibile amare così tanto una persona.

Faccio due passi, poi Mary libera la mano dalla mia e, scalza, raggiunge Thomas, che è tornato a nascondersi dietro il quotidiano. «Buonanotte, signor Thomas.» Gli tende la manina.

C'è una pausa, e il mio cuore si serra. Chissà come le risponderà. Ma poi lui ripiega il giornale in orizzontale e guarda mia nipote.

«Buonanotte, Mary.» Quando le stringe la mano, con molta cautela, rilascio un respiro che non mi ero accorta di trattenere.

Con un sorriso, Mary torna da me.

Solo quando siamo in corridoio mi rendo conto che forse l'ho sentito augurare la buonanotte anche a me.

Capitolo Sedici

Thomas

«Buongiorno!» Mary mi sorride, un po' sdentata, da sopra l'esplosione di pastella per pancake che inonda l'intero bancone dell'isola in cucina.

Abbasso la bottiglia d'acqua che mi stavo portando alla bocca e guardo l'orologio. Le sei e mezza.

Come ogni mattina, mi sono alzato alle quattro e mezza, nonostante le ultime notti di sonno altalenante.

Tra la sveglia interna che ha ripreso a funzionare e la strana energia nervosa che mi invade, l'ho preso come segno che era necessario un allenamento massacrante.

Uso l'esercizio fisico per esorcizzare i miei demoni da quando sono stato abbastanza grande per correre. Famiglia. Lavoro. Fallimenti. Emozioni. Tutti i problemi che mi hanno afflitto nel corso della vita li ho espulsi con il sudore come tossine, fino ad avere il corpo esausto e la mente sgombra.

Questa mattina ho tentato di affrontare il mio più grande demone: Alice Truman.

A quanto pare non ha funzionato, visto che la messaggera del caos in persona esce dalla mia dispensa con in mano un enorme sacchetto di gocce di cioccolato che non sapevo nemmeno di possedere, e l'espressione del suo viso quando mi vede mi distrugge.

«Oh. Sei sveglio.» Mi squadra, dal cuoio capelluto sudato ai pantaloncini da lacrosse che ho fin dai tempi della scuola e che mi piace indossare perché, primo, sono comodi e, secondo, mi dà un senso di orgoglio il fatto che il mio corpo di quarantenne abbia lo stesso girovita di quello di ventiduenne.

«Sei sveglio eccome.» Per un attimo il suo sguardo si illumina di interesse, ma quel guizzo sparisce in un batter d'occhio.

Il che è un problema perché, anche se ha trovato dei pantaloni da indossare, il mio interesse non si placa così facilmente, e mi chiedo come ho fatto a trovare la forza di volontà di allontanarmi da lei ieri sera.

I capelli sono raccolti in una crocchia disordinata che pende di lato sulla testa, la maglietta oversize e i suoi leggings, che probabilmente una volta erano neri ma ora sono di un antracite sbiadito, si combinano in qualche modo con la macchia di pastella sulla guancia a creare un'immagine molto seducente. E nonostante le due lunghe ore di pesi, cardio e pliometria, i sottili strati di tessuto a rete non fanno nulla per nascondere la mia reazione.

Mi avvicino al bancone. «Mi sono allenato.»

Alice esce dalla dispensa e si concentra sulle mie braccia, lasciate esposte dalla maglietta senza maniche che indosso. «Sì, lo vedo.»

Poi, come se non avesse voluto dirlo ad alta voce, diventa rosso fuoco e tira i lati della confezione per aprirla.

«Spero che non ti dispiaccia.» Quando strattona troppo forte, alcune gocce di cioccolato si rovesciano sul bancone accanto a un cartone di uova aperto, a una ciotola di pastella e a un involucro di burro vuoto, con il lato unto rivolto verso il basso. «Ho pensato di fare i pancake per colazione.»

Mary, con le guance più colorite di ieri, si raddrizza al suo posto su uno degli sgabelli al bancone dell'isola.

«Va bene. Se hai bisogno di qualcosa scrivilo sul blocco note vicino al frigorifero e la mia governante lo prenderà.»

Senza incrociare il mio sguardo, Alice versa della pastella in una grande padella: «Ne vuoi un po'?»

«No.» Mi affianco a lei e prendo il frullatore dall'armadietto lì accanto a lei. «No, grazie.»

Mentre Alice usa un misurino che non ho mai visto prima ma che si sposa perfettamente con l'arredamento della cucina, io preparo il mio solito frullato proteico mattutino.

I piedi nudi di Mary battono un ritmo di tip-tap sui pannelli inferiori dell'isola. «Siediti qui.» Dà un colpetto allo sgabello accanto a lei, un invito fastidioso visto che avevo intenzione di ritirarmi nel mio studio.

«Mh.» Rimango immobile, chiedendomi se posso ignorare il suo invito come farei se a porgerlo fosse un adulto.

La bambina guarda Alice, impegnata a girare i pancake, poi fa scivolare una goccia di cioccolato nella mia direzione.

Si spalma sul marmo bianco.

«Psst.» Il suo ditino tocca il piano di lavoro vicino al cioccolato, nel caso non l'avessi vista.

Non avendo scelta, la raccolgo.

Quando lei accarezza di nuovo lo sgabello, mi siedo.

Il sorriso di Mary è cospiratorio mentre mi guarda masticare il cioccolato rubato.

Pochi minuti e altre cinque sbavature sul mio bancone dopo, Alice ci porta due piatti di pancake. «Ecco qui.» Ne depone uno davanti a Mary, l'altro in corrispondenza del posto di fronte sull'isola.

«Evviva!» Mary solleva esultante il pugno. «I pancake di zia Alice sono i migliori.»

Fisso i tre pancake alti un centimetro; sono più gocce di cioccolato che pastella.

«Sciroppo?» Alice offre alla bambina una bottiglietta di puro sciroppo d'acero originale importato che un cliente canadese mi ha regalato e che la mia governante deve aver conservato nella rara possibilità che mi faccia fare i pancake.

Mary fa colare lo sciroppo sulla pila in una spirale perfetta. Con molto più controllo di quanto pensavo fosse capace. Ma proprio mentre completa l'ultima rotazione, la sua mano scivola, rovesciando un appiccicoso tsunami canadese.

«Ops.» Mary posa la bottiglia con aria tutt'altro che sorpresa. «Questo è quello che si chiama un felice incidente, vero, zia Alice?»

La bocca di Alice, dopo essersi aperta all'inizio dell'onda anomala, si chiude di scatto; si morde il labbro come per trattenere una risata. «Eh già.» Versa un bicchiere di succo d'arancia e lo fa scivolare alla portata di Mary.

Come se altri zuccheri fossero la risposta a questa colazione da diabete.

Mary si ferma, con una forchetta piena di pancake gocciolanti a metà strada verso la bocca, e mi guarda accigliata. «Tu non li vuoi?»

Alice risponde prima che io possa farlo. «Lui ha già fatto colazione.»

Mary guarda il liquido verde nel mio bicchiere e scuote la testa come se fossi io il bambino che fa scelte alimentari sbagliate di prima mattina. «Non ha un bell'aspetto.» Avvicina la forchetta alla bocca, poi si ferma di nuovo. «Ecco.» Me la porge. «Puoi prendere un po' dei miei.»

Tre gocce di sciroppo cadono sul bancone prima che io reagisca. «No, grazie.»

Imperterrita, si avvicina e mi tocca le labbra con la forchetta. «Credimi, sono buonissimi.» Sopra la testa di Mary vedo gli occhi di Alice spalancarsi insieme alla sua bocca.

Un boccone di zucchero e carboidrati mi viene somministrato a forza e ci vuole tutta la mia concentrazione per non soffocare.

«Vedi?» Con l'aria soddisfatta, Mary mangia un boccone dal piatto. «Te l'avevo detto.»

Il viso di Alice è quasi viola per l'ilarità trattenuta.

Riesco a mandar giù il boccone con un sorso d'acqua. «Grazie.»

Mary mi fa un sorriso pieno di pancake.

Mi alzo in piedi. «Ora, se volete scusarmi...»

Il divertimento di Alice si riduce a un'espressione accigliata e io lo prendo, in ritardo, come un segnale per ritirarmi nel corridoio con il mio frullato proteico in mano.

Qualche minuto dopo, sistemato sulla mia poltrona, riesco ancora a sentirle. Chiacchierano della loro giornata, dei pancake e delle lagne di Mary sul fatto che la Disney non ha ancora creato una principessa astronauta, perché: «anche le principesse possono essere astronaute.»

E... non mi dà fastidio.

La mia solita tranquilla mattinata di solitudine è esplosa con un'abbondanza di rumori e zucchero, eppure mi ritrovo ad annuire quando dovrei leggere il giornale o controllare la mia e-mail prima di andare al lavoro in un giorno che ho già segnato come vacanza, pensando che dovrebbero davvero creare una principessa astronauta.

———

C'è silenzio.

Brian è venuto a prendermi pochi minuti fa, e ho notato l'assenza di suoni non appena mi sono accomodato sul sedile posteriore e lui ha chiuso la portiera.

Il mio ginocchio rimbalza. Probabilmente è una reazione ai livelli di insulina che si sono alzati dopo un solo boccone di sciroppo con contorno di pancake.

Ripenso alla conversazione tra Mary e Alice che non ho potuto fare a meno di ascoltare. Oltre alle principesse astronaute, avevano discusso di prendere la metropolitana per recuperare le cose di Alice dal suo appartamento.

Ci vorranno tre cambi di metropolitana per arrivare a High Bridge. Alice avrà anche con sé alcuni vestiti del viaggio a Las Vegas, ma il pigiama di Mary ha delle macchie di sangue e le uniche calzature che aveva in ospedale erano delle pantofole consumate.

Questo mi preoccupa. Probabilmente perché, almeno sulla carta, Alice è mia moglie e Mary mia nipote. O pupilla. O figlia adottiva. Beh, qualunque cosa sia, sono responsabile di lei e del suo benessere. Che figura ci farei se una bambina sotto la supervisione di un Moore venisse mandata fuori con un pigiama macchiato e delle pantofole logore?

«Brian?»

Il mio autista di lunga data mi guarda nello specchietto retrovisore. «Signore?»

«Quando mi lasci, torna a casa.»

«A casa?»

«Sì, credo che Ali...» volgo lo sguardo verso il finestrino, «... che mia moglie avrà bisogno di un'auto oggi.» Brian è una delle poche persone a conoscere il segreto, e speriamo che rimanga tale, visto che ha firmato un NDA al momento dell'assunzione. Ho bisogno che Alice firmi, immediatamente. C'è una pausa mentre gira sulla Quinta. «Sì, signore.»

Dal finestrino vedo molti uomini e donne in abito da lavoro, ognuno con in mano una tazza di caffè. Alice usava sempre la macchina per caffè espresso di George, che richiedeva molta manutenzione. Non mi ha accennato alla mancanza di una macchina del caffè in casa, ma probabilmente è proprio come tutti questi lavoratori, dipendente dalla caffeina.

«Un'altra cosa.»

«Sì, signore?» Si ferma davanti a Moore's, e la corsia di carico e scarico, di solito affollata, è quasi vuota, visto che è molto presto.

Prendo la mia valigetta dal sedile accanto a me. «Aspetta nel reparto parcheggiatori. Ti farò portare un caffè macchiato da asporto.»

«Signore?» Guarda il suo thermos appoggiato nel porta bicchieri.

«Per Alice.»

La pelle intorno agli occhi si increspa.

Chiudo la portiera dell'auto un po' più forte del necessario.

Brian abbassa il finestrino. «E magari una cioccolata calda?»

Ricordo le macchie di cioccolato che Alice stava pulendo dal bancone quando sono uscito per andare al lavoro. «Sì, va bene.» Dovrebbe davvero cercare di limitare il consumo di zucchero di Mary, ma visto che la bambina è già imbottita di saccarosio, un po' di più non può farle male. «Una cioccolata calda piccola.»

Solo quando mi rifletto nella doppia porta d'ingresso di Moore's, mi accorgo che anche i miei, di occhi, sono increspati da un sorriso. Raymond, tenendo la porta aperta, si strozza con le parole. Non so se sia l'occhio nero o il sorriso.

In ogni caso, non mi piace il fatto che il mio stoico e affidabile responsabile di piano si sia improvvisamente impappinato per due cose che, ancora una volta, sono interamente colpa di Alice Truman.

Ricompongo l'espressione con giusto una lieve fitta di dolore e inarco un sopracciglio. «Raymond.»

L'attempato gentiluomo si riprende dallo shock. «Sì, signor Moore?»

«Prenda un latte medio senza grassi con una dose di vaniglia e una cioccolata calda piccola...» faccio una pausa, ricordandomi del gatto demoniaco, «... senza panna montata, e faccia recapitare tutto al mio autista, per favore.»

Si riprende in fretta; non c'è traccia di curiosità nella sua espressione o nel suo tono mentre inclina la testa. «Sì, signore.»

Tiro fuori il telefono mentre salgo nel mio ufficio, dove chiamo un numero che avrei dovuto contattare prima.

«Qui Mason, di Mason Investigations.»

«Signor Mason, sono Thomas Moore.»

«Ah, signor Moore. Ha deciso di scoprire dove vive sua sorella?»

Faccio una pausa, a bocca aperta.

Dovrei indagare su Liz. È evidente che darle tempo non sta funzionando. Si sarà anche presentata al matrimonio, ma ha comunque eluso i miei sforzi per parlarle. «Sì.» Annuisco tra me. «Sì, su mia sorella, ma al momento ho una questione più urgente da discutere.» Ignorando gli sguardi e le occhiate dei miei dipendenti ai vari sportelli, mi dirigo verso gli ascensori. «Ho bisogno che trovi una certa Kayla Rogers.» Passo davanti a un pilastro a specchio, mentre una luce proietta un'ombra sul lato non ferito del mio viso, facendomi apparire disordinato e irriconoscibile ai miei stessi occhi. «E ho bisogno che la trovi *subito*.»

Alice

Mike Hunt si prova i costumi come un vero campione.

«Caro signore, stai benissimo.» La voce di Mary proviene dalla stanza del gatto al piano inferiore, dove sta infilando diversi costumi al gatto di Chase. Io sono al terzo piano, nell'armadio di Thomas.

Fisso i miei vestiti appesi accanto alle decine di migliaia di dollari di completi eleganti, scarpe e orologi che gli appartengono. Anche se probabilmente non è necessario, appendo i pochi capi che mi ero portata a Las Vegas e che stamattina ho trovato in lavanderia, nel caso che ci sia una visita a sorpresa da parte della signora al Abbas. Non sono riuscita a fare altro, dopo aver passato un'ora a chiamare ogni locale e persona che pensavo potesse avere la minima idea di dove si trovasse Kayla.

Stravaccata sulla chaise longue posizionata sotto la finestra nella cabina armadio di Thomas (perché ovviamente la sua cabina armadio deve avere entrambi gli optional), cerco di racimolare abbastanza energie per iniziare il lungo viaggio verso il mio appartamento. Non è così lontano, ma i cambi di metropolitana mi faranno perdere molto tempo. E ho anche bisogno di caffè.

Che razza di uomo non ha una macchina del caffè in casa? Ha quindici orologi diversi, perché li ho contati tutti nell'espositore in vetro, ma neanche una caffettiera? Ho fatto per dirglielo, stamattina, ma poi ho pensato che fosse meglio limitare le occasioni di conversazione.

In primo luogo perché Thomas passa da un atteggiamento caldo a uno freddo neanche fosse il deserto dell'Arizona di notte. E poi, dopo ieri sera i miei piani sono di farmi il più piccola e discreta possibile.

Vorrei solo che la mia neorisvegliata libido stesse al passo con il programma.

Da quel che ricordo, cioè il sesso, non le nozze, la notte a Las Vegas mi ha cambiato la vita. O almeno quella sessuale.

Il mattino dopo... non proprio. Con l'aggiunta della confusa ma eccitante avventura in aereo, adesso so con certezza che la passione che ci ha uniti non è stata causata dall'alcol.

Il che è irrilevante.

Lui è il mio capo. Io la sua impiegata. Vivo qui solo per il suo buon cuore e per il ricatto che gli ho fatto per proteggere mia nipote. Qualsiasi coinvolgimento sessuale, per quanto sicuramente fantastico e delirante, sarebbe poco saggio.

Ma le altre parti di me, cioè tutto dal collo in giù, vuole prendere a calci nelle palle la logica, con quei suoi attillati e risicati calzoncini sportivi.

Perché stamattina doveva essere così bello, seduto a fare colazione con mia nipote?

«Il viola ti dona proprio.» Mary sta ancora giocando; sembra essersi ripresa dagli eventi traumatici di ieri. «E il viola è il colore dei reali.» Ridacchia, forse per qualcosa che Mike ha fatto.

Chi mai avrebbe pensato che un gatto calvo potesse essere un eccellente animale da terapia?

«Sveglia, boccioli di rosa, sveglia!» Una raffinata voce da soprano riverbera dai recessi della casa.

Salto su dalla poltrona.

Sembra tanto quella della signora Moore. Ma è impossibile, perché la madre di Thomas è in crociera, a sorseggiare cocktail e fare cose da miliardaria molto lontano da qui.

«Sono sveglia!» grida Mary, seguita dal suono dei suoi passi di corsa.

Io stessa sfreccio verso le scale, maledicendo le ville a più piani per tutti quei gradini. Sono senza fiato dopo aver percorso due rampe.

Dovrei fare più cardio. Ma la parola cardio mi fa pensare a Thomas con quei calzoncini, stamattina, ed è meglio non soffermarcisi.

Quando raggiungo l'atrio, il pavimento di parquet è così coperto di sacchetti che lo si vede a malapena.

«Un vestito da principessa!» Mary salta su e giù davanti alla signora Moore, che le sta mostrando un abito da ballo color lavanda formato bambina.

Mike scivola tra i sacchetti e vi si struscia. Sono tutti neri, lucidi e ornati dal logo verde e oro di Moore's.

«Signora Moore?»

«Emily, cara.» Porge l'abito a Mary, che se lo stringe al petto. «Chiamami Emily.» Si china ed estrae da un sacchetto un paio di scarpette viola abbinate, e Mary squittisce esaltata. «Non ti ho forse già detto di chiamarmi così?»

«Oh.» Pensavo valesse solo per il matrimonio. «Sì, giusto. Scusa, Emily.» Mi fermo sul penultimo scalino, troppo stanca per farmi strada tra i sacchetti. «Pensavo che oggi partissi per la crociera.»

La signora Moore, Emily, si ferma mentre fruga tra le borse. «Partire?» Ride. «Perché dovrei andarmene, quando ho una principessa da viziare?» Recupera una tiara e la mostra con uno svolazzo.

Mary fissa la coroncina argentata e sembra sul punto di esplodere dalla gioia.

Spero tanto che quelle pietre siano finte.

«Per non parlare della mia nuora nuova di zecca.» Emily si accuccia e mi porge un grosso sacchetto pieno.

Accigliata, lo prendo da sotto e ci guardo dentro. «Per me?» C'è troppo tessuto per esserne sicura, ma sospetto che contenga una giacca di Chanel.

«Ma certo, cara.» Emily giunge le mani. «Ora, dov'è andato Brian?»

«Qui, signora.» L'autista apre la porta d'ingresso.

Mi soffermo sui due bicchieri di cartone che ha in mano, e

nonostante l'attimo di confusione, resisto all'impulso di lanciare via tutto e andare a scolarmi qualsiasi cosa contengano.

Emily inizia a radunare i sacchetti. «Ho dato la settimana libera al mio autista perché pensavo che sarei stata via, quindi sono stata fortunata ad arrivare insieme a te, Brian. Non penso che il tassista avesse voglia di fare il valletto.»

«Per me è un piacere, signora.» Brian aggira il caos di acquisti e mi porge il più grande dei due bicchieri. «Ecco a lei.»

«Grazie.» Lo prendo come se provenisse dalla fontana della gioventù e bevo un lungo sorso. Quando mi accorgo del sapore, mi corruccio. «Come facevi a sapere cosa ordino di solito?»

«Il signor Moore lo ha ordinato per lei, signora.»

«Il signor Moore,» ripeto lentamente. «Thomas?»

«Sì.» Brian sorride. «E mi ha detto di portare lei e la signorina Mary ovunque vogliate, oggi.»

«Beh, è già qualcosa.» Emily si acciglia e prende un altro sacchetto. «Non mi è piaciuto quando Brian mi ha detto che Thomas è andato al lavoro, oggi, quando aveva deciso di prendere il giorno libero.»

«Guarda, Alice, sono una principessa.» Mary, che ha indossato il vestito sopra il pigiama, tende le braccia e fa una piroetta; l'ampia gonna ruota con lei.

Mike Hunt tira zampate all'aria come se volesse aggredire il tessuto glitterato.

Mi sento ancora come se avessi preso un tir in piena faccia, ma cerco di sorridere. «Come sei carina.» Ed è così, perché il tessuto color lavanda fa risaltare i suoi capelli scuri.

«Ora tocca a te.» Emily mi indica di scendere le scale.

«Come?» Penso che al mio cervello serva altro carburante per funzionare, così mando giù il cappuccino, ignorando il bollore che mi fa lacrimare gli occhi.

«Cambiarti, cara.» La matriarca dei Moore inarca un sopracciglio in un gesto che mi ricorda ancora il figlio maggiore, e indica i miei leggings stinti e la maglietta troppo grande. «Non puoi andare in giro così.»

Capitolo Diciassette

Thomas

«Non ci credo che tu e Alice ve ne siate andati assieme per pura coincidenza.» Il sospiro esasperato di Chase vibra nel telefono del mio ufficio.

E sì che avevo cercato di filtrare le sue chiamate.

Ho silenziato la sua suoneria dopo aver lasciato il ricevimento di nozze per andare in aeroporto a Las Vegas. Ma la sostituta momentanea che ha preso il posto di George oggi pare intenzionata a non fare niente al di fuori del rispondere al telefono e recapitare messaggi, visto che mi ha passato la chiamata di Chase anche se le avevo chiesto di evitare.

Stringo la cornetta tra l'orecchio e la spalla, afferro il mouse e apro la casella di posta. «Le coincidenze esistono.» Niente da parte del mio avvocato o dal detective privato.

Chase sbuffa. «Cazzate.»

Mi agito sulla sedia nel tentativo di placare i muscoli indolenziti da stamattina. Sono passate solo poche ore, ma da quando ho dato mandato a Brian di mettersi al servizio di Alice e Mary mi sono sentito nervoso. Probabilmente sono gli strascichi dell'abuso di zuccheri.

«Davvero non me lo vuoi dire?» La voce di Chase si fa ferita.

Mi immagino il suo broncio infantile. «A ogni lagna e capriccio suoni sempre più un adolescente.»

«Scommetto che Liz lo sa,» brontola. «Solo lei non si è stupita quando ci siamo accorti che eravate spariti. E poi se n'è andata prima che potessi farle domande in merito, o su dove sia stata lei.»

Visto quanto poco abile è stata Alice a dissimulare con Liz il mattino dopo il nostro ebbro sposalizio, non posso neanche contraddirlo quando afferma che nostra sorella sospetta qualcosa. È un bene che abbia chiesto all'investigatore di tenere d'occhio anche lei. Meglio sapere le posizioni di tutti gli osservati speciali, in modo da poterne tenere traccia.

Chase prosegue. «E poi ti sei dimenticato di Mike.»

Dimenticato? Abbandonato? Stessa cosa.

«Per fortuna mamma ha deciso di passare da casa prima della crociera, altrimenti avrei dovuto ammazzarti.»

«Digli di salutarmi Alice!» La voce di Bell emerge dal telefono, chiara come quella di mio fratello.

Smetto di controllare lo status della spedizione delle luci per le nuove vetrine del negozio. «Mi hai messo in vivavoce?» Odio essere in vivavoce. E mio fratello lo sa benissimo.

Chase esita prima di rispondere. «Forse.»

«Come sta il mio piccolino?» chiede Bell.

«Ehi.» Mio fratello sembra offeso come lo era dalla mia riluttanza. «Sono io il tuo piccolino, non Mike Hunt.»

«Oh, sei geloso?» La voce acuta e scherzosa di Bell è seguita dal suono di baci.

Per essere così realizzata e intelligente, mi chiedo come Bell possa trovare attraente la tendenza petulante di mio fratello.

Mi pinzo la pelle tra gli occhi. Il dolore non è intenso come ieri, ma è sufficiente a distrarmi da quella ridicola dimostrazione d'affetto. «Devo per forza presenziare a questa conversazione?»

«Scusa, scusa.» La voce di Bell torna normale. «Davvero, però: come sta Mikey?»

Ricordo gli occhi porcini e giudicanti della bestia appollaiata sulle scale quando sono uscito stamattina. «Vivo.»

Chase ride, dimentico dell'offesa precedente. «Non cercare di farmi credere che ti scocci, Tommino.»

«Sta mangiando?» chiede Bell, ignorando l'allegria di mio fratello. «E come va il pancino? Sappiamo tutti che patisce gli spostamenti.»

Il mio silenzio la dice lunga.

Chase, ben sapendo che sarei capacissimo di mollare il "piccolino" in gattile, interviene. «Tesoro, non penso che...»

«Emily ti ha spiegato della lettiera?» continua imperterrita Bell. «Ho scritto tutto sul raccoglitore che ho fatto consegnare con i suoi giocattoli e la cuccia, ma gli sphynx hanno dei movimenti intestinali molto potenti, quindi è meglio...»

Sto per riattaccare quando un'altra voce risuona.

«Ma che diamine.» Non è Chase quello esasperato, stavolta, ma George.

Sospiro, altrettanto sconfitto. «In quanti siete a...»

«Perché tua madre ha comprato dei vestiti per bambini, stamattina?» quasi strilla George. «Non è che siete incinti?»

«Aspetta, cosa?» Chase sembra stupito quanto me. «No, ovviamente.» Una pausa. «Oppure sì?»

«Non sono incinta.» Il tono di Bell è deciso. «Non ancora, almeno.»

Una sensazione sgradevole mi cresce nello stomaco, forse per colpa dei pancake che ancora vi albergano insieme al mare di sciroppo. «Come fai a sapere che nostra madre ha acquistato vestiti per bambini?»

«C'è scritto sul gruppo Facebook dei dipendenti.» La voce

di George torna al suo tono normale, ora che il parto imminente di Bell è scongiurato. «Ci sono foto di vostra madre nel reparto bambini, ha comprato vestiti da principessa.»

«Impossibile.» Mi stringo più forte il naso, ma il dolore non scaccia il senso di disastro incombente.

«È tornata!» La tonalità di George si alza di nuovo. «Qualcuno ha scritto di aver visto la signora Moore nel reparto moda femminile con una donna e una bambina.» Fa una pausa. «Oooh, con tanto di foto.»

Quasi spacco il mouse da tanto lo stritolo.

«Chi è?» La voce di Chase si allontana, e me lo immagino scostare il telefono per guardare oltre la spalla di George.

«Allora, giuro di aver già visto quella brunetta con Emily, in passato,» prosegue George. «Non è...»

Riattacco il telefono con un clic sommesso. Premo il pulsante dell'interfono e chiedo alla segretaria pro tempore, in modo chiaro, diretto e un po' minaccioso, di non passarmi alcuna telefonata, se non proviene dal mio avvocato o dal detective.

Poi trascino il mouse cigolante sull'icona del browser e faccio qualcosa che pensavo non avrei mai fatto: mi iscrivo a Facebook.

———

Alice

Non ho mai visto l'oceano prima d'ora. Ma se mai ci andassi e avessi la sfortuna di finire catturata da un'onda anomala, credo che sarebbe più o meno come passare il pomeriggio con Emily Elizabeth Moore.

«Stamattina ho comprato solo due cosucce.» Emily mi parla

reggendo l'ennesimo capo di vestiario che costa più del mio smartphone, mentre io mi accuccio sempre di più dietro l'espositore di giacche di pelle. «Qualcosa di divertente per Mary. Sai, per giocare a travestirsi.» Scuote la testa per chissà quale difetto nell'abito che ha davanti, e lo riappende. «Quindi è ottimo che tu abbia detto di aver bisogno del portatile. Così possiamo fare qualche altro acquisto.»

Mentre Brian ci portava al mio appartamento, ho fatto l'errore di controllare la posta sul cellulare, lamentandomi di quanto avessi bisogno del computer. Non solo domani sarà il primo giorno di lavoro dei nuovi assunti nel reparto marketing, ma ho ricevuto l'e-mail di conferma per le luci che Thomas ha approvato, e verranno consegnate anche quelle.

Visto che non so se, avendo Mary con me, potrò andare in ufficio, ho pensato che portarmi avanti con il lavoro oggi potesse essere utile. Ciò che non è utile è l'insistenza di Emily di andare tutte e tre in negozio, visto che "siamo già in giro".

Controllo il cellulare per la milionesima volta, ma ancora nessuna risposta ai molti messaggi e chiamate che ho fatto a Thomas, sia per aggiornarlo che per chiedergli se sapesse come contenere Emily, una volta arrivati.

Mary saltella in giro, accompagnata dal ticchettio delle scarpette da principessa. È venuta da Moore's in pieno completo regale. Dopo aver indossato le "cose divertenti" che Emily ha portato da Thomas stamattina, non se le è più tolte. «C'è una libreria qui? Volevo leggere una storia a Principe.»

E con Principe intende Sua Altezza Reale Michael Hunt, che si porta in giro legato a un guinzaglio di velluto lilla, abbinato al suo miglior maglioncino di cashmere in tinta. Il cappuccio è ripiegato all'indietro per sembrare un mantello.

Mary e Mike stamattina stanno vivendo un sogno.

«Ma certo, cara!» Emily si illumina come se il pensiero di spendere altri soldi fosse una grande idea. «Perché non ci andiamo dopo che la tua zia mi permette finalmente di comprare qualcos'altro?»

Mary sorride. «Grazie, Reginetta!»

E con Reginetta, Mary intende la signora Moore. Dopo che Brian ci ha portati a casa mia, dove ho recuperato alcune cose da portare da Thomas, Mary ed Emily hanno discusso in auto su quali fossero le differenze tra principesse e regine. Per gran parte ho ignorato il discorso, perché ero troppo occupata a cercare invano una scusa per farle rimanere in auto mentre andavo a prendere il portatile.

Nonostante la recente dose di caffeina, la conversazione tra mia nipote e la madre del mio capo si è conclusa con Mary che chiamava la signora Moore Reginetta, e la signora Moore deliziata da quel nuovo nomignolo; il tutto mentre indicava a Brian di andare all'ingresso principale di Moore's, mentre io boccheggiavo come un pesce in preda della summenzionata onda anomala.

«Signora M... cioè, Emily, non serve comprare dei libri per Mary.» Ho accettato gli oggetti che ha portato a casa di Thomas perché in effetti a Mary servono dei vestiti. Ho solo una camicia da notte di scorta a casa, e visto che non sappiamo in quale rifugio sia stata con Kayla, non posso recuperare gli averi di Mary.

In effetti, non è che le servissero vestiti di marca, ma meglio concentrarsi sulle battaglie che ho qualche possibilità di vincere. Ovviamente quella di tornare da Thomas invece che andare da Moore's non rientra nel novero.

«Non si dice mai di no ai libri!» La signora Moore si fa strada tra le rastrelliere di vestiti verso i camerini, seguita da Mary e Mike. «Bisogna sempre incoraggiare i bambini a leggere.»

«Ma sì, certo.» Vado con loro, e quasi abbatto un manichino lungo il percorso. «Ma Mary ha la tessera della biblioteca. Posso portarcela questo fine settimana.» Mi scosto di lato e do le spalle alla cassa, nel superare una commessa al telefono.

Ci ha ronzato attorno chiedendo se poteva aiutarci da quando siamo uscite dall'ascensore. Si chiama Brynn. E anche se negli ultimi mesi abbiamo parlato più volte riguardo ai vari allestimenti nel reparto moda femminile, non mi ha riconosciuta. Non pensavo di essere così dimenticabile.

Sono tanto ferita quanto sollevata.

Prima avevo visto bene, comunque: la signora Moore mi ha davvero regalato un blazer Chanel.

E non dovrei, ma lo indosso. Accettare i doni di Emily stamattina è stato il prezzo da pagare per il suo silenzio sul matrimonio del primogenito.

Ho dovuto inventarmi scuse tipo: "Non volevo che i colleghi mi trattassero in modo diverso", oppure "Thomas e io volevamo dirlo di persona". Mi sono sentita la peggior nuora temporanea di sempre, a mentirle con addosso quel nuovo completo di lusso. Alla fin fine, però, ha accettato. Quindi immagino che la farsa valesse la pena, no?

Valere. Il pensiero del costo economico ed emotivo del mio blazer fa sì che mi sembri fatto di acrilico invece che di delicato tweed nelle tonalità del bianco, blu, lavanda e pesca, con inserti di bouclé e seta che lo rendono un capo iconico che mai nella vita mi sarei immaginata di indossare.

Oltre al blazer mi ha regalato dei morbidi jeans a sigaretta, delle ballerine Tori Burch, un body a manica lunga di cashmere Laguna Smith e una sessione di trucco e parrucco a opera della signora Emily Moore in persona.

Emily si ferma e si volta; gli orecchini di smeraldo splendono sotto le luci, un insolito ma perfetto complemento alla blusa di seta turchese che indossa sopra agli ampi pantaloni di lana color crema. «Perché non fare entrambe le cose?»

«Entrambe?» Sono così assorta nei miei pensieri che ci

metto un attimo a capire di cosa stia parlando. «Ah, giusto. I libri.»

«Sì. Gliene comprerò alcuni adesso per coprire i giorni che mancano al weekend. Dopotutto è solo lunedì.» Emily fa cenno a Brynn di avvicinarsi.

La commessa di affretta verso di noi; porta la giacca nera e la gonna attillata dell'uniforme di Moore's. «Sì, signora Moore?»

Emily mi indica. «È pronta a provare qualcosa.»

«Certo.» Brynn accende il suo sorriso da mille watt in stile *sto servendo la mamma del capo* e si rivolge a me.

«Ehi.» Faccio un passo indietro. «Signora Moore, non voglio provare niente.»

La matriarca mette il muso, una versione femminile del figlio minore.

«*Emily.*» Traggo un profondo respiro e cerco di ignorare l'interesse sul viso di Brynn. «Grazie per i regali di stamattina.» Mi accarezzo la manica della giacca. «Però adesso basta, okay? Siamo solo venute a prendere il mio portatile.»

Emily sospira e mi accarezza la guancia. Un gesto gentile e affettuoso, così materno da farmi pizzicare gli occhi. «Oh, Alice, vivi un po'.»

Con la coda dell'occhio noto il momento in cui Brynn fa due più due e risolve la surreale equazione di questa mattina. Il suo sorriso si raggela, gli occhi si spalancano quando finalmente guarda oltre la mia voluminosa acconciatura, il rossetto rosso e l'ombretto marrone che Emily ha insistito fosse perfetto da abbinare alla giacca Chanel.

Poi, come il burro che stamattina ho messo sul pancake di Mary, il sorriso si scioglie e scivola via. «*Alice?*»

Sollevo la mano e agito le dita. «Ciao, Brynn.»

Capitolo Diciotto

Thomas

Vedo rosso.

Sì, sono agitato. Un po' come un toro davanti al drappo del matador, le azioni imprevedibili di Alice continuano a farmi perdere il lume della ragione.

Ma è il fatto di vederci letteralmente rosso a mandarmi in crisi.

«Lo adoro.» Mia madre batte le mani con fare teatrale mentre Alice si gira da una parte all'altra, valutando il proprio riflesso nei tre grandi specchi davanti a lei e passandosi le mani lungo il corpo. Il tessuto rosso è così aderente da non fare grinze al suo tocco.

Sono paralizzato dallo shock alla cassa, a una dozzina di metri di distanza, e cerco di ricordare come si respira.

Dieci minuti dopo essermi iscritto alla mia prima piattaforma social, ho identificato il punto esatto in cui si sta svolgendo l'appuntamento di shopping tra mia madre e Alice, grazie al fatto che i miei impiegati usano i cellulari in orario d'ufficio.

Mi segnerei mentalmente di inviare una nota aziendale sull'uso dei device personali in orario lavorativo, ma alla buon'ora i polmoni riprendono a funzionare e mi ritrovo ad ansimare come un cane in calore, con il cervello incapace di formulare pensieri coerenti. Una situazione insopportabile ma frequente quando sono vicino ad Alice.

I miei occhi percorrono la distesa di lana vergine rossa.

Non è solo il vestito a colpirmi. Sono i capelli, il trucco, le curve snelle del suo corpo. Finora non mi ero accorto di quanto mi importasse essere l'unico a vederle.

Alice, ignara della mia presenza, si acciglia nello specchio, rivolta a mia madre. «Non penso sia adatto al lavoro.»

«Ma cosa dici?» Mamma si alza dal divanetto e le gira intorno. «Questo è un classico modello Victoria Beckham.» Indica il tessuto che quasi le è dipinto addosso. «Un semplice abito a t-shirt, a manica lunga. Arriva persino sotto il ginocchio. Non penso che nessuno ne metterebbe in dubbio l'appropriatezza.»

L'ascensore trilla, e un cliente ne emerge. Forse perché la piattaforma tra gli specchi è proprio davanti a lui, o forse dipende dalle luci che rendono impossibile non notare il tessuto appariscente avvolto attorno al corpo di Alice, ma l'uomo si blocca. Proprio come ho fatto io. Sconvolto e rapito.

Mi sposto sulla sinistra per bloccargli la visuale. «*Io* avrei qualcosa da dire sull'appropriatezza.»

Alice non si volta, ma nel riflesso il suo viso sbianca mentre mi avvicino, assicurandomi di rimanere tra lei e l'ascensore.

«Thomas caro.» Mamma mi sorride, per nulla stupita dalla mia interruzione. «Sono lieta che tu abbia deciso di benedirci con la tua presenza.» Torna a rivolgersi ad Alice, che è imbambolata sulla piattaforma. «Non è deliziosa con questo abito?»

Dallo specchio vedo il cliente dell'ascensore spostarsi verso quale che sia la sua destinazione, ma continua a girarsi verso Alice. «No.»

Alice trasalisce.

La commessa fa un educato colpo di tosse. «C'è anche in nero e verde Kelly.»

Il suo tentativo di rendersi utile viene ignorato da mia madre, che si gira verso di me, le mani piantate sui fianchi. «Chiedo scusa?»

Ora che il mio atto d'interferenza si è concluso, sento su di me il peso di tre sguardi femminili. Beh, due, visto che Alice non mi guarda.

Riesce a farmi sembrare meschina la mia rabbia. E io odio sentirmi meschino.

Mi raddrizzo, con una mano mi liscio la giacca e cerco di darmi un contegno, agganciandomi alla precedente conversazione. «Non è appropriato.»

Mia madre chiude gli occhi e sospira. «Non so come ho fatto a partorire un figlio tanto ammiccante e un altro così bigotto.»

«Non preoccuparti, Emily.» Alice distoglie lo sguardo dallo specchio e lo tiene basso. «Vado a cambiarmi.» Fa per scendere dalla predella, ma mia madre la ferma con un cenno.

Per quanto mi irriti tutto ciò che è successo dopo il mio allenamento mattutino, lo fa ancor di più che adesso Alice chiami mia madre per nome. Come se fossero amiche. Come se tutto questo fosse reale.

«Vorrei tanto che mi spiegassi in che modo sarebbe inappropriato questo vestito.» Mamma squadra Alice, che ora tiene le braccia avvolte intorno alla vita. «La copre dalle clavicole ai polsi, e alle ginocchia.»

I miei occhi si posano su ciascuna delle parti del corpo elencate. Quando riesco a spostare lo sguardo, l'esasperazione di mia madre si è trasformata in soddisfazione.

«La signora King ha comprato questo stesso vestito nella

versione verde, qualche settimana fa.» La commessa continua a essere poco utile. «Lo ha indossato per lavoro in negozio.»

Mamma sorride alla donna, come se le avesse fatto conseguire la vittoria in questa discussione.

Io squadro la commessa con un'espressione che ha fatto tremare diversi uomini adulti. «Ma è diverso.»

Alice scende dalla piattaforma. «Davvero, va bene così. Per favore, non...»

Mamma sbuffa. «E come sarebbe diverso?»

«Perché lo dico io.»

«E chi sei tu per dirlo?»

«Il suo capo.»

Alice e la commessa seguono il dibattito tra me e mia madre come se fosse una partita di ping-pong.

Rughe sottili si formano intorno agli occhi di mia madre quando li stringe. «Non vai in giro a dire alle altre dipendenti cosa possono o non possono comprare.»

«Ehm, signora Moore?» Alice indietreggia verso il camerino.

È scalza. Per qualche motivo, questo mi irrita ulteriormente. «Alice è diversa.»

Se fossi lucido mi porrei qualche domanda sull'improvviso luccichio negli occhi di mia madre, sulla malizia che le vela il sorriso. «Diversa come?»

«Ciao, signor Thomas.» Mary sbuca da dietro una rastrelliera; sembra un cupcake, con quel vaporoso vestito viola. Un cupcake lilla che pare convinto che gli adulti attorno a lei siano un po' lenti di comprendonio.

Non sono mai stato così grato che un bambino mi interrompesse. Inclino il capo. «Chiamami anche solo Thomas.»

Mi aspettavo che, in quanto bambina, Mary sarebbe stata grata di questa rara concessione, e invece si acciglia. «Che ne dici di zio Thomas, visto che sei sposato con zia Alice?»

La gratitudine evapora come acqua sotto la spinta della mia rabbia rovente. Il silenzio si spande lungo il piano di vendita.

Le dita della commessa le si contorcono vicino alla tasca, come se volesse tanto avere il cellulare in modo da poter lanciare la prima pietra che farà partire l'inevitabile valanga di pettegolezzi causati da quell'affermazione.

Ignara della bomba che ha appena sganciato, Mary si indica i piedi. «Guarda, Thomas. Mike Hunt è un principe!»

La commessa si strozza.

Il demoniaco felino emerge da sotto le crinoline, gli occhi socchiusi e l'aria afflitta; indossa un maglioncino viola con il cappuccio e al collare è agganciato un nastro viola, legato alla vita di Mary.

«Mary, tesoro.» Mia madre sistema una ciocca fuggiasca sotto la tiara della piccola, materna come non è mai stata con me, per colpa dell'interferenza di mio padre. «Ricordi il nuovo titolo di Mike?»

«Oh, giusto.» Mary si accuccia e solleva la mostruosità viola tenendolo da sotto le zampe anteriori. Le due posteriori e i gioielli di famiglia penzolano all'aria condizionata. «Ora è Principe Michael.»

Sono così frustrato e arrabbiato che la mia voce risuona più dura del previsto. «Questo è ridicolo.»

L'allegria svanisce dalla faccia di Mary. Quella di mia madre si indurisce per la delusione.

«Tu.» Alice mi guarda negli occhi con tale ferocia da potermi scavare un buco incandescente nel cranio. «Vieni con me.»

Senza aspettare una mia reazione, mi afferra per il braccio e mi trascina verso i camerini. Mi spinge nell'ultimo, il più grande, sbatte la porta e si pianta le mani sui fianchi.

Quei fianchi così ben definiti.

«Capisco che tu sia irritato.» Gli occhi, sottolineati dall'eyeliner, brillano di rabbia. «L'ho capito appena ti ho visto arrivare sul piede di guerra.»

Sposto lo sguardo allo specchio. La mia espressione è cupa come i lividi che mi sfumano l'orbita.

Lei mi pungola il petto con l'indice. «Ma non mi interessa quanto tu sia incazzato, non ti permetto di parlare così a mia nipote.»

La fitta di senso di colpa per Mary mi costringe a ribattere. «Cosa ci fai qui? Con Mary e mia madre, per giunta.»

Labbra rosse come l'abito si incurvano verso il basso.

«Senti, io non volevo neanche venirci, ma visto che tu,» e mi pungola di nuovo, «non volevi rivelare la verità a tua madre, non sapevo come dirle di no.»

Il livido attorno all'occhio pulsa come il punto del mio petto che continua a colpire. «Se le cose stanno così, almeno avresti dovuto chiamarmi e informarmi.»

Afferra la giacca di Chanel dalla sedia nel camerino e fruga nelle tasche. Si raddrizza e mi schiaffa il cellulare davanti alla faccia. «Oh, intendi le dodici chiamate e gli otto messaggi a cui non hai risposto?»

Accidenti. Stringo di scatto i denti, e il dolore allo zigomo peggiora. Ho lasciato il telefono con lo schermo verso il basso e la suoneria spenta sulla scrivania. Un tentativo fallito di ignorare i tentativi insistenti di contatto da parte di Chase.

Le narici di Alice si dilatano e mi rendo conto che non l'ho mai vista così arrabbiata. «Tutto andava bene finché non sei arrivato tu comportandoti come un toro infuriato. Se ci avessi ignorato, a quest'ora saremmo già andate via.»

«Quindi è colpa mia?» Torno a guardare Alice e le sue ciglia ispessite dal mascara. Il trucco mi turba ancor più del vestito. Non riesco a definirlo, e questo non fa che agitarmi ulteriormente. «Non è sufficiente che tu abbia promesso l'annullamento e poi mi abbia ricattato restare sposati. Ora stai venendo meno alla tua parola di non volere i miei soldi comprando un guardaroba tutto nuovo.» Avanzo di un passo, portandoci a un centimetro di distanza. «Dici una cosa e poi ne fai un'altra.»

Invece di indietreggiare, Alice si alza in punta di piedi per guardarmi negli occhi. «Senti chi parla. Prima ti comporti come non fossi all'altezza di venire a letto con me, poi ti metti a pomiciare con i miei capezzoli su un aereo.» Il suo petto, chiaramente definito sotto il tessuto attillato e sottile, si alza e si abbassa in rapida successione.

«Sì, beh, con te sto accumulando un sacco di rimpianti.»

C'è un silenzio attonito mentre le guance di Alice si riscaldano fino a raggiungere il colore del vestito. L'espressione sul suo viso è più dolorosa del pulsare del mio occhio.

«Io...» Le parole mi mancano mentre osservo i suoi occhi spalancati restringersi e le mani serrarsi intorno al bavero della mia giacca.

«Rimpianti, eh?» Si spinge contro di me, e il mio corpo assapora il suo tocco, assorbe il suo calore. «E allora cos'è mai uno in più?»

E proprio come l'araldo del caos che la ritengo essere, Alice abbatte le labbra sulle mie.

Anche se sono sorpreso dal bacio quasi violento, mi ci vuole solo un secondo per cedere all'abbraccio. Per ricordare i piccoli ansiti che le sfuggono quando inclino la testa per baciarla più a fondo. Il gemito sommesso quando le palpo il sedere con entrambe le mani e spingo il mio corpo contro di lei.

Non c'è alcuna traccia di mutandine. O indossa un perizoma o non porta nulla sotto questo brandello di tessuto chiamato vestito. Entrambe le ipotesi sono sufficienti a farmi appoggiare al muro e a strattonare il tessuto fino a quando non riesco a incastrare il ginocchio tra le sue cosce e a premere.

La corrente di rabbia nel nostro abbraccio si trasforma in

qualcos'altro quando le sue mani smettono di tirare la mia giacca verso di lei e iniziano a spingermela via dalle spalle.

Una volta tolta, il suo corpo è molto più vicino. Ma non abbastanza.

Continuando a premere la coscia contro il suo corpo, le sollevo il vestito fino a quando la vista del suo culo nudo nello specchio dietro di lei e della fica che cavalca i miei pantaloni di lana mi fa crollare in ginocchio.

Letteralmente.

Mi aggancio una sua gamba sopra le spalle, a un soffio dal ciuffo di peli scuri.

«Thomas, io... ah!»

La assaggio. La lecco. Divoro la sua capacità di pensare e di comportarsi razionalmente.

Con la lingua lambisco il clitoride, che ha un sapore più dolce di quello dei pancake da diabete. Questo è ciò che desidero. Questo è ciò contro cui ho lottato per tanto tempo.

Mi afferra i capelli e mi attira a sé. La gamba ancora appoggiata a terra trema, tutti i suoi muscoli si irrigidiscono insieme alle sue dita tra le mie ciocche. Il gemito che emette è la cosa più sexy che abbia mai sentito.

Prima che possa placarsi, prima ancora che possa aprire gli occhi, sono già in piedi; mi slaccio la cintura e sono pronto a spingere dentro di lei. A riempirla di tutta la mia agitazione, di tutto il caos e lo scompiglio che lei ha infuso nella mia vita. Voglio diventare l'uomo incontrollato che mi fa sentire.

Mi sposto, pronto a sollevarla per il sedere e...

«Signor Moore?»

Mi blocco con il cazzo in mano, e Alice spalanca gli occhi.

«Mi chiedevo se volesse che le portassi gli altri vestiti di cui le ho parlato.» La commessa continua a blaterare mentre una goccia di sudore mi scende lungo la tempia.

Lo sguardo di Alice passa dalla porta chiusa del camerino

alla mia mano avvolta intorno al mio uccello, che punta proprio tra le sue cosce.

Al di là della sua spalla, i miei occhi sono dilatati, i capelli selvaggi, le labbra gonfie e luccicanti del suo orgasmo.

Chiudo gli occhi di fronte all'evidenza del mio fallimento e prendo un respiro. Roteo le spalle all'indietro. Poi, lentamente, con precisione, mi infilo di nuovo l'uccello nei pantaloni, attutendo il tintinnio della cintura con la mano.

«Signor Moore?» Un colpo secco. «Alice?»

«No.» Con un colpo di tosse scaccio la passione dalla voce. «Abbiamo finito qui.»

Alice indietreggia come aveva fatto prima sulla piattaforma. È il momento di dirle il prezzo della mia deplorevole decisione di aiutarla. Consolidare il suo odio nei miei confronti. E infine renderle più facile andarsene quando tutto questo sarà finito.

Tuttavia, sono molto consapevole della commessa che origlia fuori dalla porta del camerino. Quindi, piuttosto che porre fine a questa situazione, sono costretto a prendere la giacca dal pavimento, ignorando l'espressione stupita e il corpo seminudo di Alice, e a indossarla.

Poi, senza dire una parola, apro la porta e me ne vado. Non bado alla commessa al telefono e a mia madre, il cui sorriso svanisce quando la supero, lasciandola seduta sul divano con Mary e Mike Hunt.

Sulla via verso l'ufficio, il mio avvocato mi chiama.

Capitolo Diciannove

Thomas

«Cosa significa che non siamo sposati?» Poso il telefono intasato di messaggi di mio fratello sulla scrivania. Messaggi che alternano domande sul mio matrimonio con Alice, che è l'argomento del giorno sul gruppo Facebook dei dipendenti di Moore's, e gif; l'ultima ritrae un gatto con gli occhi a cuore pulsante.

«Significa esattamente ciò che ho detto.» Henry Farrier, socio anziano dello studio legale Fielding&Church, si appoggia allo schienale della sedia davanti alla mia scrivania e sistema la caviglia al ginocchio. Sembra compiaciuto.

Potrebbe essere compiaciuto per l'accordo post-matrimoniale che mi ha consegnato per farlo firmare ad Alice, oppure per l'annuncio che ha appena fatto, ma scommetto che quel sorrisetto dipenda dalla sua "indisponibilità" fino alla chiusura dell'orario d'ufficio.

Visto che però stavo già facendo gli straordinari per un altro motivo, se quest'appuntamento tardivo è una meschina vendetta per averlo fatto lavorare di domenica, casca male.

«Lei e Alice Truman non siete sposati.» La lampada della mia scrivania fa splendere le sue faccette dentali.

Lascio penetrare quelle parole e fisso l'uomo più anziano. Sono abbastanza sicuro che abbia al massimo dieci anni più di me, ma ironicamente, pur con tutti gli interventi di medicina estetica che si è fatto, sembrano almeno venti.

Il trapianto di capelli non dona a nessuno.

Scaccio quei giudizi e gli faccio cenno di proseguire. «Spiegati.»

Ridacchia, e le rade ciocche sussultano sulla testa. «Pare che lei non abbia scoperto come funziona il matrimonio in Nevada, da quando è tornato domenica.»

Sì. Decisamente quello è un sorriso meschino.

Però ha ragione. Avrei dovuto documentarmi. Chiamare l'hotel, chiedere al concierge per vedere se a un certo punto avessi noleggiato un'auto, e in caso contrario, chiedere i filmati di sicurezza per scoprire in quale losca cappella saremmo andati.

Ma il tempo trascorso in ospedale nel bel mezzo del dramma familiare da soap opera di un'impiegata mi ha portato a cedere a un'espansiva assistente sociale e ad aprire la porta a un'orfana e a sua zia, neanche fossi Daddy Warbucks[1]. E oggi ho passato le ore di lavoro a cercare di gestire lo scivolone della mia versione reale della piccola Annie.

Almeno Annie nel vecchio fumetto aveva un fedele cagnolino. Io mi sono beccato solo un diabolico gatto pelato.

Invece che ammettere tutto questo, fisso il mio avvocato finché non smette di sorridere.

«Ecco, cioè, il punto è...» Scosta le gambe e si raddrizza. «Non è facile come la gente crede.» Si sporge in avanti e prende la valigetta dal pavimento. «Vede, oggigiorno non si può sempli-

____

1. Personaggio del fumetto americano *Little orphan Annie and Dick Tracy*. È uno stoico miliardario che nasconde un cuore d'oro.

cemente entrare in chiesa e sposarsi. Non legalmente, almeno.» Si appoggia la valigetta sulle ginocchia e ne estrae una busta. «Serve una licenza.»

Un vago ricordo di Chase e Bell che correvano a firmare dei documenti prima delle nozze mi torna alla mente.

«E le licenze matrimoniali sono documenti pubblici, in Nevada.» Rimette a terra la ventiquattrore, sfila un foglio dalla busta e lo fa scivolare sulla scrivania.

È un elenco di nomi che inizia con Molina e termina con Mount.

Indica quello sottolineato in giallo. «Ho trovato il nominativo del signor Chase Moore, ma nessuna indicazione di una licenza a nome suo...» Prende un secondo foglio, con una lista di nomi con la T, «... né della signora Alice Turner. Non nella contea di Clark, e nemmeno nell'intero Stato del Nevada.»

Guardo accigliato i documenti, cercando ancora una volta di evocare i dettagli della notte con Alice. Non ricordo di aver lasciato la camera. Di aver firmato alcunché. Del resto però neanche ricordo di aver comprato o di esserci scambiati gli anelli, e di quelli abbiamo la prova concreta. «Potrebbe esserci un ritardo nella compilazione?»

Henry scuote il capo. «Ormai è tutto digitale, e l'ufficio matrimoni della contea è aperto anche nei weekend.» Sbuffa una risata. «Scommetto che quelli del turno di notte vedono un sacco di gente interessante.»

Basta un'occhiataccia per farlo impallidire e tornare serio. «Ah. Scusi Non...» Si schiarisce la gola e si concentra sulla mia stilografica, allineata in perpendicolare alla tastiera. «Per farla breve, agli occhi della legge non è sposato, quindi lei e le risorse dell'azienda siete al sicuro.»

Fisso la sottolineatura gialla sulla carta fino a imprimermela nella retina. Se il mio nome non è indicato sotto quello di mio fratello, allora che diavolo è successo quella notte?

«Buone notizie, no?» Sorride, e la sua espressione si paralizza nell'attesa della mia approvazione.

«Sì... buone notizie.» Potrò anche non essere troppo convinto dell'avvocato che ho scelto a causa del suo atteggiamento, ma di fatto mi ha dato proprio ciò di cui avevo bisogno. Una via di fuga dal pasticcio che ho combinato. Un sentiero ben marcato per tornare alla mia vita pre-Las Vegas.

Quella senza Alice.

Allora perché non sono felice?

Tanto per cominciare, anche se ha ragione, dopo i fatti di questa mattina tutto il negozio pensa che io e Alice siamo sposati. Motivo per cui, alle otto in punto di domattina, quando gli impiegati arrivano e il negozio inizia le procedure di apertura, arriverà a tutti una e-mail con una versione aggiornata del manuale del dipendente, con tanto di sezione dedicata alla professionalità sui social media e regole ferree sull'uso dei cellulari personali in orario lavorativo.

Certo, non servirà a fermare i pettegolezzi, ma il nuovo manuale su cui ho lavorato per tutto il giorno e la e-mail in cui intimo a George di chiudere il gruppo Facebook dei dipendenti dovrebbero aiutare a mitigarli.

Henry mi porge un altro fascicolo. «L'unico punto spinoso riguarda i documenti che ha firmato per l'affido della nipote della signora Truman.»

Ah, giusto. Mary.

Solleva la prima pagina del plico, scorre il testo fino alla mia firma e fa una smorfia. «Poiché ha firmato un documento legale in cui la signora Truman ha indicato come proprio il suo indirizzo, e lei stessa ha firmato come Alice *Moore*, le cose si fanno... legalmente grigie.» Volta i documenti verso di me e tamburella sulla scrivania con le nocche.

Il mio occhio ha uno spasmo.

«Visto che ha permesso la registrazione dell'atto e che ha

in affido la signorina Mary Rogers, ha ammesso a livello legale di ritenersi sposato. Almeno in senso pratico.» Volta le mani con i palmi verso l'alto, quasi fosse la battuta finale. «Anche se non lo è, ogni volta che ammette la possibilità o si presenta come tale, continua a lasciare se stesso, e quindi l'azienda, in pericolo. La signora Truman potrebbe chiedere un risarcimento.»

Alice non lo farebbe mai. È questo il mio primo pensiero. Ma poi ricordo il suo completo Chanel mentre faceva shopping con mia madre stamattina, quindi tengo per me quella riflessione.

«Stai dicendo che, con tutto quello che ti pago, non riusciresti a vincere contro ciò che una donna che ha ben pochi mezzi *potrebbe* portare contro di me in tribunale?»

«Ah, no. Ovviamente no.» Si appoggia allo schienale, del tutto imperturbato. «Stavo solo pensando a tutto ciò che l'azienda ha dovuto affrontare con suo padre.»

«Capisco.» Stringo i pugni sotto la scrivania, e fisso il cassetto. Prima, ma ben dopo aver combinato quel casino con Alice nel camerino del reparto femminile, ho trovato un disegno nella mia valigetta. Mary deve avercelo infilato dopo i pancake e prima che scappassi in ufficio.

Rappresentava il gatto demoniaco, seduto sull'erba con una corona e circondato da cuori e nuvole. I cuori erano blu, non rosa o rossi, e le nuvole rosa. Mi chiedo davvero che razza di educazione Mary abbia ricevuto fino a questo momento, per renderla così sconsiderata nella scelta dei colori.

La calligrafia però era linda e ordinata: "Al signor Thomas" era scritto in cima, e ai piedi del foglio: "Da Mary". E sotto il dannato gatto giallo: "Principe Michael".

Nel guardare quel disegno dagli strani colori, la rabbia che provavo per Alice e me stesso è evaporata. E quando ho ricordato lo sguardo ferito di Mary quando ieri ho definito ridicolo il nomignolo per il gatto... non credo di essermi mai sentito tanto immaturo.

Ho infilato il disegno nel cassetto della scrivania, non sapendo cosa farne, e ho deciso di fare ammenda al meglio delle mie possibilità. Ovvero lavorando tutto il giorno con le risorse umane e usando il servizio di consegne privato di Moore's, visto che Brian era impegnato a portare le signore di famiglia nel loro giro di shopping.

Quindi ho finito i compiti della giornata con una e-mail in cui ho informato mio fratello del matrimonio e che al momento non avrei risposto ad alcuna domanda in merito. Potrei anche aver vagamente minacciato il suo gatto se avesse scelto di ignorare le mie richieste cercando di contattarmi. Ma non è questo il punto.

Perché, se ciò che Henry dice è corretto, Alice non è una Moore.

La solita maschera distaccata mi sta stretta. «Se scegliessi di revocare i documenti per l'affidamento, come credo vorresti che facessi, cosa sarebbe di Mary?»

Lui solleva le spalle, indifferente al destino di una bambina abbandonata. «Ci penseranno i servizi sociali.»

Henry Farrier è uno dei molti, eccezionalmente competenti avvocati dello studio. Il che, durante la battaglia legale con mio padre, era ciò che contava davvero. Adesso però potrei dover ridefinire i miei standard.

«Non è ciò che ho chiesto.»

Al mio tono si blocca; non sono impassibile come un attimo fa.

Assume un'aria compassionevole, che gli dona ancor meno dei finti capelli. «La bambina probabilmente resterà con la signora Alice Truman, purché questa trovi un alloggio adeguato e mantenga l'impiego.»

L'accordo era che saremmo rimasti sposati finché Mary fosse stata al sicuro dal rischio di affidamento a estranei. Se ammettessi adesso che non siamo sposati, oltre allo scandalo e al gossip, l'accordo sarebbe nullo. Che possa mantenere la custodia di Mary o meno, non avrebbe alcun incentivo a firmare il contratto, né avrei alcuna leva per rimuoverla dalla mia vita.

«Mh.» Giro la poltrona verso la vetrata alle mie spalle. Mi serve un attimo per pensare.

Per una volta, Henry ha il buon senso di stare zitto.

È difficile vedere dove finiscono le luci dei grattacieli e dove iniziano le stelle. E più guardo, più il panorama si sfoca, finché non concentro di nuovo lo sguardo sul mio riflesso. È diverso da quello nello specchio del camerino poche ore fa. Ho i capelli acconciati in modo impeccabile, la cravatta stretta e dritta. L'abito, sebbene lo indossi da tutto il giorno, è senza grinze. L'unico neo è l'occhio pesto, ma anche quello sta guarendo.

Questo è il riflesso che riconosco. A cui sono abituato. Quello a cui potrei tornare se...

«Farrier.»

Lo vedo agitarsi dietro di me nel riflesso. «Sì?»

«Occorre stilare un nuovo contratto.»

———

Alice

«Mi nascondo io!» Mary salta giù dallo sgabello al bancone della cucina e corre in corridoio appena Emily accenna al nascondino.

Vorrei abbracciare quella donna. Ringraziarla per essere così meravigliosa. Per dare a Mary l'amore e le attenzioni di cui ha tanto bisogno in un momento così traumatico. Per aver detto a Brynn di far inviare tutti gli acquisti a casa quando sono uscita dal camerino, dieci minuti dopo Thomas. Per aver intrattenuto Mary mentre cercavo di arginare l'ondata di chiamate da parte di Bell, Leslie e George quando la notizia del matrimonio è approdata sul gruppo Facebook; non ho risposto limitandomi a un: «Poi vi spiego.» Il che potrebbe essere una menzogna, visto l'accordo di riservatezza che ho detto a Thomas avrei firmato.

Ma visto che vorrei anche piangere sulla spalla di Emily e chiederle se suo figlio soffre di qualche disturbo della personalità, mi limito a porre la domanda che spero non riveli tutto ciò.

«Emily?» Aspetto che mi guardi. «Perché sei così gentile con me? Con Mary?»

Lei sembra divertita. «Non dovrei?»

«No, voglio dire... all'improvviso sono sposata con tuo figlio e gli ho portato in casa una bambina. Sono confusa, perché non ti turba?»

«All'improvviso, dici?» Emily fa spallucce, ancora sorridente. «Direi che era anche ora.»

Mi chiedo se sia una caratteristica comune ai Moore questa irritante tendenza a creare confusione.

Emily mi accarezza la mano appoggiata al bancone. «Non ho potuto essere la madre che avrei voluto per Thomas...» Fa una pausa e si acciglia. «No, non posso incolpare solo il mio ex marito. Non avrei dovuto cedere, mi sarei dovuta impuntare sul passare più tempo con Thomas.» Si riscuote dai ricordi, mi stringe la mano, poi la lascia e si aggiusta il bracciale di diamanti. «Ma questo non significa che non conosca mio figlio. So quanto è rigido, e peggio ancora, quanto sa essere cocciuto se pensa di avere ragione.» Mi strizza l'occhio. «Questo potrebbe averlo preso da me.»

Ridacchio al pensiero di tutti gli "acquisti indispensabili" che Emily ha fatto per me e Mary oggi.

«Quindi, laddove le altre mamme si preoccupano che i figli possano fare qualcosa di fuori dall'ordinario, io speravo che lo facesse. Pensavo che ci fosse qualcosa tra voi due. E come ho detto, adoro avere ragione.»

Segue un attimo di silenzio mentre cerco di digerire ciò che ha detto. «Ehm, perché pensi che ci fosse qualcosa tra di noi?»

Emily ride, neanche la risposta fosse ovvia. «Non ho bisogno del gruppo Facebook di George per sapere cosa accade in negozio.»

«Ma...» Mi corruccio e ripenso alle nostre passate interazioni. Tutte stringate e piene di tensione.

«Sono pronta!» grida Mary da qualche punto della casa.

«Oh! Mi sono dimenticata che dovevo contare!» La gran dama Moore mi scaccia dalla cucina. «Farai meglio a nasconderti bene.» Emily si copre gli occhi con le mani ingioiellate. «Sono piuttosto brava in questo gioco.»

Con la testa che mi gira, mi allontano, notando appena i sacchetti e le scatole vuote nell'atrio. Cerco di dare un senso a ciò che Emily ha detto. Ma con tutto ciò che è successo da venerdì, non credo di avere le capacità emotive o cerebrali per dare un senso ad alcunché, al momento.

In salotto cerco un nascondiglio. Ieri sera era arredato con la poltrona dall'alto schienale su cui Thomas leggeva il giornale, e un tavolino. Nonostante l'eccezionale boiserie, la stanza era spoglia, senza neanche una tenda dietro cui celarsi.

Ora è piena delle cose di Mike Hunt. Apparentemente, mentre mangiavamo, la governante di Thomas ha tolto gli averi del gatto dalla camera degli ospiti per prepararla alla permanenza di Emily. Rabbrividisco al pensiero di come Thomas reagirà.

«Dieci, undici, dodici...» conta ad alta voce Emily dalla cucina.

Corro lungo il corridoio e trovo una scalinata sul retro che non avevo ancora notato. A differenza di quella anteriore, conduce ai piani bassi.

Scendo, superando un pianerottolo. Da brava newyorkese, vado di rado nei seminterrati. Solo nel locale lavanderia del mio palazzo e nel magazzino di Moore. I seminterrati sono inquietanti, polverosi e pieni di mobili rotti e caldaie spaventose (tante grazie, *Mamma ho perso l'aereo*).

Così, quando supero l'ultimo gradino e trovo una palestra in piena regola, ci rimango un po' male.

«Pronti o meno, eccomi che arrivo!» La voce da soprano di Emily riecheggia dal piano superiore.

Una risatina emerge da dietro un'enorme palla da esercizi nell'angolo.

«Mary?»

La sua tiara sbuca oltre la sfera di gomma. «Nasconditi, presto!»

Sentendo avvicinarsi i passi di Emily, mi affretto verso l'armadio più vicino.

Ma non è un armadio.

Quando premo la porta non si apre, ma ruota. La luce sparisce, e di colpo tutto è rosso.

«Alla faccia di Batman,» mormoro, strizzando gli occhi alla lampadina rossa sopra di me. La stanza è grande come una di quelle superiori, ma laddove il salottino è tutto assi di legno e pochi mobili costosi, questo ambiente è pieno di fotografie appese a un filo teso tra le pareti, su cui si trovano scaffali mezzi montati che assomigliano stranamente a quelli del reparto scarpe di Moore's, ma modificati per essere più bassi.

Quelle mensole sbilenche sono già in netto contrasto con il resto della casa, ma sono le foto ad attirare la mia attenzione.

Immagini di grattacieli, strade gremite, cartelli. Sono circondata da New York, ma una New York che non conosco, pulita, nitida e artistica.

Mi avvicino alla fila di foto lì accanto e vado a sbattere contro una pila di cestini che ricordano quelli dei controlli di sicurezza in aeroporto.

Li sorreggo con una mano e tengo gli occhi su Mike Hunt o, meglio, su una sua foto: ha la testolina inclinata con fare godurioso mentre Chase gli gratta il mento. Si vedono solo mano e avambraccio, ma è chiaro che si tratti di Chase. Riconosco il divano come quello del loro ufficio. E sinceramente, quale altro uomo accarezzerebbe Mike con tanto affetto?

Vorrei dire che è merito del filtro monocromo se il gatto ha quell'aria dolce e delicata. Il bianco e nero richiama giorni di raffinata eleganza. Ma in realtà solo un fotografo talentuoso avrebbe potuto rendere così attraente lo sphynx.

L'immagine successiva rappresenta Bell, raggiante nel suo abito da sposa, gli occhi lucidi di commozione, che stringe le mani di Chase mentre ballano insieme. In primo piano c'è Leslie che ride. Anche se ricordo di essermi trovata al suo fianco durante il primo ballo degli sposi, non sono visibile, perché sono nascosta dalla spalla di Chase. Il che significa che la foto è stata scattata dal lato opposto della sala.

Mi si accende una lampadina in testa.

Le foto nell'ufficio di Thomas, quelle in casa sua. Ho sempre pensato che non lo ritraessero perché non gli piaceva farsi fotografare, o perché non era presente agli eventi di famiglia rappresentati. Ma no.

Le ha scattate lui. Sposto lo sguardo sul festone di fotografie. Lì c'è Raymond, alto e orgoglioso all'ingresso di Moore's. E poi Liz, che legge alla finestra.

E poi... mi si mozza il fiato.

Sento altre risatine da parte di Mary in palestra, ma non riesco a distogliere gli occhi dalla foto a metà della fila.

Sono io.

Cioè, sono io ma... sono diversa. La donna che sorride nel

riquadro colorato, con gli occhi che scintillano come se avessi appena finito di ridere, è molto più bella di me.

Non credo sia bassa autostima, solo sano realismo: non mi definirei mai bella. Ma nella foto lo sono.

Indosso il vestito azzurro da damigella, quindi c'è in mostra parecchia pelle. Ma invece che avere l'aspetto che mi sentivo, quello di una bimba magrolina che gioca a travestirsi, la donna sembra uscita dalle pagine di *Vogue*.

Mi accorgo appena della porta che si apre dietro di me.

«Wow.» Mary mi saltella accanto. «Sembri una principessa, zia Alice.»

Solo quando mi prende la mano riesco a distogliere il viso. «Grazie, Mary.»

«Sarà meschino da parte mia, ma...» Emily mi si mette dall'altro lato. «Almeno non sono l'ultima a scoprire dell'hobby di Thomas.»

Mary si acciglia. «Le ha fatte il signor Thomas?» Sembra confusa quanto me.

Non siamo tornati da molto da Las Vegas, ma ha già sviluppato le foto del weekend. Thomas non si allena solo, quando si alza all'alba.

Mary mi lascia la mano e si aggira per la stanza, studiando ogni immagine, per poi fermarsi davanti a un primo piano di Mike in costume da orsetto. «Ma perché fa le foto a Principe Michael se neanche gli piace?»

«Ottima domanda,» sussurro, avanzando per guardare un'altra sfilza di foto.

Sebbene non abbia creduto a Emily quando ha detto che Thomas provava qualcosa per me, un piccolo seme di dubbio mi germoglia dentro quando noto quante fotografie mi vedono protagonista.

Io al lavoro, che parlo con i colleghi del reparto calzature. Io che preparo un allestimento nel settore moda femminile. Persino una in cui sono concentrata sul tablet mentre bevo un caffè nel bar di Moore's.

Non sono in ghingheri e nemmeno truccata, ma in qualche modo Thomas riesce a farmi apparire raggiante, anche quando sono accanto alla sua vivace cognata o all'impeccabile Susan.

«Perché,» Emily inarca un sopracciglio, «nonostante ciò che insiste a dire, Thomas non disprezza Mike.»

Per la prima volta da quando si sono incontrate, Mary la fissa incredula. «Pensi che gli piaccia?»

Emily ride e le getta un braccio sulle spalle, stringendola forte prima di condurla di nuovo alla porta. «Che tu ci creda o no, Thomas scatta foto solo a ciò che gli piace.» Mi scocca un sorrisetto soddisfatto. «Delle *persone* che gli piacciono.»

Fatico a deglutire. Fisso di nuovo le foto. A parte quelle di scorci cittadini, tutte ritraggono membri della sua famiglia. Liz, Chase, la signora Moore, persino Raymond, Susan e George: dipendenti che lo conoscono praticamente da sempre.

E poi ci sono io.

«Torniamo di sopra.» Emily si scherma gli occhi dalla lampadina. «Questa luce rossa mi fa male agli occhi. E poi è arrivato qualcosa per entrambe voi.»

Le seguo riluttante su per le scale. Solo quando raggiungiamo l'atrio, Emily si ferma e prende uno dei numerosi sacchetti dal pavimento. È pieno. «L'ha appena portato Brian.» Lo porge a Mary, poi si volta verso di me. «Con il messaggio che Thomas non tornerà fino a stasera sul tardi.»

«Ah.» Non so se il fatto che lavori fino a tardi sia normale o se mi stia evitando. In tal caso, è per ciò che è successo oggi in camerino? O per qualche altra ragione?

Mary estrae un pacchetto rettangolare avvolto nella classica carta da pacchi verde e oro di Moore's. La strappa e, appena vede cosa contiene, si mette le mani sulle guance. «Non ci credo!»

Scosto la carta appallottolata con il piede. «Cos'è?»

«Il set dell'Allunaggio!» Solleva la scatola per mostrarmela. «Guarda!»

Qualcosa scivola fuori dal sacchetto rovesciato.

Mary sbircia oltre la scatola che ha in mano. «E quello?» Posa il set Lego e raccoglie quella che sembra una cintura viola dal pavimento. «Un collare.» Osserva corrucciata la medaglietta dorata a forma di cuore che ne penzola e legge l'incisione. «Principe Michael.» Il suo viso si illumina. «È per Mike!»

Corre via, probabilmente a cercare Mike per donargli ufficialmente quell'emblema regale.

Emily la osserva con un sospiro; di colpo sembra molto più vecchia del solito. «A causa dei molti sbagli di suo padre e di alcuni dei miei, Thomas non è molto abile nell'esprimere le emozioni.» Raccoglie un altro sacchetto. «Anche adesso, senza suo padre che gli alita sul collo o che lo tormenta se si interessa a qualcosa che non sia l'attività di famiglia, arranca ancora.»

Fatico a immaginarmi Thomas Moore che arranca.

«Lo adora!»

Emily e io alziamo il viso verso Mary, che si sbraccia dalla balaustra mentre Mike trotta giù per le scale con il nuovo collare.

Si ferma sull'ultimo gradino e tende una zampa, quasi a mettersi in posa.

Con un sorriso, Emily coglie il mio sguardo. «Gli animali domestici hanno bisogno di amore e affetto. Cose che Thomas conosce poco.» Si sporge e gratta Mike con le unghie perfettamente curate. «Ma presta attenzione alle cose e alle persone a cui tiene.»

Fisso i Lego e ricordo Mary parlare di astronauti e principesse stamattina a colazione. Lui deve aver sentito.

«Quindi, anche se brontola e lancia occhiatacce quando non sa come comportarsi attorno alle persone a cui tiene,» Emily mi dà il sacchetto che ha in mano con un sorriso allegro che le ridona giovinezza, «sento che lo aiuterai a capire come gestire le emozioni.»

Capitolo Venti

Thomas

Quando torno a casa, la gran parte delle luci è spenta. Le uniche accese sono quelle di un timer, che mi permettono di addentrarmi verso la mia stanza senza inciampare.

Alice e Mary probabilmente dormono.

Una vampata di delusione mi investe mentre salgo le scale e mi fa bloccare sul pianerottolo. La scrollo via e proseguo lungo il corridoio, fermandomi fuori dalla porta della camera di Mary per dare un'occhiata.

Giusto per assicurarmi che tutti siano dove devono essere. Che non ci siano altre sorprese.

Socchiudo la porta, e la luce soffusa del corridoio invade la stanza. Mary è al suo posto, a letto. È stesa sul fianco, rivolta verso la porta, con le coperte così rimboccate che le vedo solo naso e fronte. Rannicchiato accanto a lei c'è il demone felino, gli occhi che brillano gialli al buio.

Non vedo però Alice.

Se Mike è qui, allora lei deve trovarsi nell'altra stanza degli ospiti. Intrufolandomi nella mia stessa casa, apro la porta successiva. Ma invece che Alice e un sacco di cianfrusaglie da gatto, ci trovo mia madre. È stesa sulla schiena, ha una mascherina di seta sugli occhi e russa. Se solo le signore dell'alta società potessero vederla.

La quarta camera da letto è stata trasformata in ufficio, quindi ne resta solo una: la mia.

Ma il letto è vuoto.

Altra delusione. No, irritazione. Ecco cos'è. Come posso ritrovare il controllo se non so dove le persone che lo mettono alla prova si trovano?

Mi strattono la cravatta per scioglierla, vado verso la cabina armadio e accendo la luce. Poi la spengo subito.

Mi prendo qualche istante per adattare la vista al buio prima di avanzare ulteriormente. La luce che entra dalla finestra basta a definire la sagoma addormentata di Alice, accoccolata sulla chaise longue. Quella che, secondo l'interior designer, avrebbe dato all'ambiente un'aria elegante, anche se io la trovo poco funzionale.

Ricordo di aver pensato: «Ma a chi serve un posto dove stendersi nella cabina armadio?» E ora ho la risposta: Alice.

Indossa una vecchia maglietta. Non è mia, a giudicare dai forellini vicino alle cuciture sulle spalle. Oggi non devono aver comprato dei nuovi pigiami. Ma, guardandomi intorno, devono aver preso tutto il resto.

Il lato dedicato a una lei della cabina, fino a questo momento inutilizzato, è pieno di vestiti. Anche al buio, riconosco facilmente quelli vecchi e lisi provenienti dal suo guardaroba, ben distinti da quelli nuovi, che hanno ancora l'etichetta.

Indietreggio prendendo qualcosa con cui cambiarmi, poi chiudo la porta e faccio qualcosa che odio: lascio il mio completo Henry Poole sul bracciolo della poltrona in camera, invece che riappenderlo al suo posto, tra l'Huntsman pied de poule e il Tom Ford grigio scuro, poi vado in bagno.

Qualche minuto dopo, in piedi sotto il getto bollente della doccia, sono di nuovo infastidito. Perché neanche il calore riesce ad alleviare lo stress della giornata caotica. Sono troppo concentrato su Alice, che dorme nel mio guardaroba, con la spalla che sbuca dal collo della maglietta. Così vicina da impregnarmi i pensieri, ma non abbastanza da poter fare qualcosa per alleviare la reazione del mio corpo.

Andare a letto eccitato non porta a una buona notte di sonno.

———

Qualcuno mi sta guardando.

Sento lo sguardo su di me, dal lato del letto dove sono sdraiato e dove mi sto svegliando lentamente.

E vista la mia recente cattiva sorte, probabilmente è un ladro pronto a darmi una botta in testa. Spero almeno che non usi un dildo ma qualcosa di più adeguato, per porre fine alle mie sofferenze.

Apro l'occhio non ostruito dal cuscino.

Non è un ladro, ma qualcuno di altrettanto, anzi, di ancor più spaventoso.

Mike Hunt, che fluttua sul letto.

«Signor Thomas?»

Temendo di aver perso il senno a causa del cumulo di stress degli ultimi giorni e di avere allucinazioni a base di gatti volanti e parlanti, apro entrambi gli occhi e sollevo la testa dal cuscino. Il gatto demoniaco è ancora lì, ma ora vedo che è tenuto in braccio dalla nipote di Alice.

«Thomas.» La mia voce è ruvida come ghiaia.

Mary fa un passo indietro, e Mike soffia.

Non sono abituato a essere svegliato nel cuore della notte, tantomeno che mi si rivolga la parola a quest'ora, così resisto all'istinto di soffiare di rimando.

Invece mi schiarisco la gola e ci riprovo. «Thomas e basta. Puoi chiamarmi così.»

Mary, ancora cauta, annuisce. «Dov'è zia Alice?» Si alza in punta di piedi come per guardare oltre me, in cerca di Alice all'altro capo del letto.

Mi si spegne il cervello. Non mi viene in mente una scusa per l'assenza di Alice dal mio letto. Guardo il telefono in carica sul comodino e capisco perché sono così confuso. Sono le due di notte. L'ultima volta che ho controllato l'ora, dopo l'ultima occhiata alla porta del guardaroba, era mezzanotte.

«È in bagno?» Mary sposta lo sguardo verso la porta della toilette.

«Sì.» Mi aggrappo alla scusa. «Ecco dov'è.»

«Oh.» Stringendosi al petto quel grottesco gargoyle beige, si volta e punta verso il bagno.

Tossisco per impedirle di andare a cercare la zia. «Hai bisogno di qualcosa?»

«Ehm...» Nasconde il viso dietro la testa del gatto. «Ho fatto un brutto sogno.»

Forse per colpa della stanchezza, un ricordo d'infanzia che credevo dimenticato riemerge. Avrò avuto sette anni all'epoca.

Avevo guardato *E.T.* in TV prima di andare a letto. Ore dopo mi ero svegliato di soprassalto, coperto di sudore a causa di un incubo a base di luci accecanti e di un singolo, lungo dito che mi si avvicinava. Ero rimasto steso a letto, con il cuore in gola, mentre ogni ombra dipinta dalla luce lunare si trasformava in figure malevole create dalla mia immaginazione turbata e troppo vivida.

Ero così spaventato che, per una volta, neanche mi era

venuto in mente come avrebbe reagito mio padre: ero semplicemente corso in camera dai miei genitori.

All'epoca dormivano ancora nello stesso letto.

D'istinto, mi ero avvicinato al lato del letto di mia madre. «Ho fatto un brutto sogno.»

Senza una parola, lei aveva scostato le coperte, mi ci aveva fatto infilare e mi aveva abbracciato.

Mi ero sentito confortato e al sicuro, con il cuore che tornava al ritmo normale.

Poi mio padre si era svegliato.

Non fare il moccioso. I bambini grandi non piangono. Comportati da uomo.

Sentivo che mia madre cercava il coraggio di ribattere, ma non volevo causare l'ennesimo litigio tra di loro, così avevo finto coraggio e me n'ero andato.

Mary fa un passo verso il bagno, strappandomi dai ricordi.

«Vieni.» Scosto le coperte, grato di aver indossato il pigiama prima di chiudere Alice nel guardaroba. «Vuoi dormire qui?»

Un sorriso le illumina il volto, e ha uno strano effetto sul mio cuore. Forse lo spezza, forse lo incrina solo, non lo so, ma mi obbligo a guardare fisso il gatto di mio fratello finché quella strana sensazione non è sparita, rimpiazzata solo dalla scocciatura di avere il felino del demonio nel letto.

Valuto se cacciarlo fuori, ma poi Mary gli dà un bacio sulla testa quando le si acciambella sul petto dopo che si è messa sotto le coperte. Giuro, quel gatto mi fa un sorrisetto compiaciuto.

Dopo il secondo bacino, Mike chiude gli occhi e Mary sbadiglia. «Alice tornerà presto?»

Il mio cervello, finalmente attivo, si accorge della situazione. Sono un uomo adulto, con una bambina nel letto.

«Sì.» Scivolo via dal materasso, e al movimento Mike mi guarda male con un occhio. «Tu prova a dormire, vado a chiamarla.»

«Okay.» I suoi occhi si chiudono.

Aspetto che il suo respiro si faccia regolare prima di andare in punta di piedi verso la porta della cabina armadio. Non quella del bagno. Mike Hunt non mi perde di vista.

———

Alice

Oh, com'è comodo...

Lenzuola morbide, scaldate dal mio tepore corporeo, un soffice cuscino che mi culla il capo, dello spessore perfetto per incastrarsi tra spalla e testa...

Fantastico.

Mi giro sul fianco e porto le ginocchia al petto, sprofondando di nuovo nel sonno.

Qualcosa di duro e pesante mi si stende addosso.

Ci metto un attimo per capire che si tratta di un braccio, e il mio cervello va in allerta.

Prima, questa sera, quando Mary ha dichiarato che voleva dormire da sola, e con Emily che occupava l'altra stanza degli ospiti, non ho avuto scelta se non andare al quarto piano nella camera di Thomas. Quella che Emily si aspettava condividessi con il figlio. *Mio marito.*

E così ho imboccato le scale, dicendomi che avrei aspettato Thomas per la tanto necessaria conversazione su *tutto*.

Quando ho aperto il regalo che Thomas mi ha inviato insieme ai Lego per Mary e al collare di Mike, mi sono scoperta molto meno irritata con lui rispetto a prima del nascondino, ma anche molto più confusa.

Thomas mi ha preso *quelle* scarpe. Le Kate Spade per cui avevo quasi dato fondo ai miei risparmi. La semplice vista dei grossi fiocchi asimmetrici mi ha quasi fatto venire le lacrime agli occhi.

Perché, laddove Thomas può aver sentito Mary parlare di astronauti, e lei stessa gli ha rivelato il nuovo nome di Mike, io non ho mai menzionato quelle scarpe. Le ho solo fissate. Le ho sognate. Ma mai ho detto di volerle.

Eppure lui ha indovinato anche il colore: rosse.

Così sono andata a sedermi sulla poltrona nella sua camera, trovandomi fin troppo scomoda, perché le ore passavano mentre aspettavo il suo ritorno.

L'unico altro posto dove sedersi era il letto, una scelta rischiosa, così sono andata nella cabina armadio e mi sono rifugiata sulla chaise longue.

L'unico problema è che suddetta chaise longue è più confortevole del letto nel mio appartamento, e il libro che ho scelto per restare sveglia non ha funzionato. Thomas può anche aver detto che *Le relazioni pericolose* è un classico, ma ciò non significa che sia elettrizzante. Avrei dovuto optare per uno dei miei romance con i mutaforma.

Perché, chissà come, non sono più sulla chaise longue, e non so come sia finita qui. Il tutto senza neanche una goccia di alcol.

Lascio cadere la spalla sinistra e mi giro a fissare il petto di Thomas Moore.

Sono nel suo letto.

Qualcosa si agita ai miei piedi. Alzo di scatto la testa, stirandomi il collo.

Occhi gialli brillano nella penombra. Sbatto le palpebre fino a schiarirmi la vista abbastanza da riconoscere il corpo di Mike, acciambellato in fondo al letto sotto i piedi di Mary, che dorme al mio altro lato.

Ma cosa ci faccio qui?

Scivolo più vicina a Mary, pensando che sia meglio allontanarmi il più possibile da Thomas. Ma il suo braccio si stringe nel sonno e mi tira indietro, più a contatto di prima. Al punto che ho il culo premuto contro il suo inguine. Quando riprovo a muovermi, Mike alza il capo abbastanza a lungo da minacciarmi con un'occhiataccia prima di rimettersi giù.

Resto stesa, rigida e incerta, con il cuore che batte rapido e regolare. Passano minuti, anche se non so quanti. Il calore di Thomas mi filtra sotto la pelle mentre sprofondo di più nel morbido letto. Il respiro a bocca aperta di Mary e le fusa russanti di Mike creano un'interessante ninnananna.

Ho le palpebre pesanti, così le chiudo. Non so come faccio a essere così in ansia e così rilassata al tempo stesso.

———

«Buongiorno, signora Moore.» Raymond, l'immancabile manager, si inchina verso di me.

Mi volto, pensando di trovarmi Emily alle spalle, anche se so che è da Thomas ad ascoltare le istruzioni di Mary su come creare i migliori aeroplanini di carta.

Quando non la vedo, mi rendo conto che Raymond ce l'ha con me.

«Oh.» Rido a disagio. «Giusto. Ehm, buondì.»

«Congratulazioni per il recente matrimonio.» Raymond è l'unico uomo che conosca a essere più stoico di Thomas.

Alcuni dipendenti entrano dopo di me e mi fissano. Io trasalisco: pare che Raymond non sappia del mio cambio di cognome. Raddrizzo le spalle e sorrido. «Grazie, Raymond.»

Anche se non ho una vera famiglia, negli ultimi dieci anni mi sono ritenuta fortunata a trovarne una al lavoro. Anche adesso, sotto gli sguardi di tutti, lui mi sta dando il suo sigillo d'approvazione prima che chiunque possa commentare. E tutti sanno di non doversi inimicare Raymond.

Lui annuisce e io proseguo; le scarpe nuove ticchettano sul

marmo. Non per la prima volta da quando mi sono affrettata a vestirmi stamattina, dubito della mia scelta di indossarle.

Perché, se ieri sera sono andata a letto priva di rabbia, al risveglio ero di nuovo infastidita. Supero l'esposizione di borse Louis Vuitton e svolto a sinistra verso il reparto calzature, camminando un po' più in fretta.

Thomas è andato al lavoro senza di me.

Senza una spiegazione, un biglietto, un messaggio. Si è alzato e ha lasciato che fosse Mary a spiegarmi, tra un boccone di french toast e l'altro, che aveva avuto un incubo. Thomas deve avermi fatta spostare a letto perché era l'unica cosa sensata.

Sono irritata per due motivi. Uno: in quanto regina dell'evitare i conflitti, mi scoccia trovarmi dall'altra parte della barricata. E due: visto che tutti sanno del matrimonio, e George e Susan torneranno oggi in ufficio, sarebbe stato carino allineare le nostre storie.

Susan e George devono essere rientrati ieri da Las Vegas. Il che significa che è il loro primo giorno di ritorno al lavoro. Quindi io e Thomas dobbiamo fare una chiacchierata su cosa ciò comporta e come agire.

E poi c'è stata la telefonata che ho fatto alla centrale di polizia, chiedendo aggiornamenti su Kayla. *Niente da segnalare.*

Mi infilo tra due espositori e taglio l'angolo verso il reparto scarpe, quasi andando a sbattere contro uno scaffale di Dooney&Bourke con lo zaino, l'unica cosa che indossi a essere davvero mia. Il tablet e la fotocamera sono su in ufficio, ma i miei appunti sono ancora attaccati agli scaffali del magazzino delle scarpe.

Li recupererò e poi andrò in ufficio da Thomas. Guardo il telefono per controllare l'ora. Dovrei avere abbastanza tempo per un caffè in sala relax prima di...

«Ovvio che Alice sia stata promossa.»

Le mie suole nuove scivolano quando mi fermo dietro un pilastro.

«Non avrei mai pensato che fosse una da andare a letto con il capo,» prosegue la voce familiare.

Sbircio da dietro la colonna, e con mia somma delusione scopro che si tratta di Clarissa, la mia ex collega. Una donna con cui ho condiviso infinite pause pranzo.

Mi sarei dovuta aspettare i pettegolezzi. Ma sentirli dalla bocca di qualcuno che consideravo un'amica mi ricorda di quando ero in quinta elementare e avevo origliato il bambino della famiglia affidataria presso cui mi trovavo dire all'amichetto che tenevo la spazzatura in camera, anche se sapeva benissimo che il sacco nero era la mia valigia.

«Lo so, lo so.» La donna con cui Clarissa sta parlando e che non riconosco sbuffa. «Ho sempre pensato che Alice fosse gentile, ma doveva essere tutta una farsa.»

«E sai, non può essere una coincidenza che il gruppo sia stato chiuso dopo che tutti hanno iniziato a commentare il loro matrimonio.»

Non ci avevo dato peso, ma ora, con la voce tagliente di Clarissa all'orecchio, l'e-mail delle risorse umane che ho letto venendo qui assume un nuovo significato.

Opera di Thomas?

Il cellulare che stringo in mano trilla per una notifica. Le due donne si voltano verso di me e mi scoprono a portata d'orecchio. Le loro espressioni sarebbero buffe se fossi in vena di ridere.

Le ignoro, apro la notifica e vengo colta da un brivido di eccitazione. Poi controllo l'orologio. «Accidenti.»

Tanti saluti alla pausa caffè.

Capitolo Ventuno

Thomas

«Tutto ciò che sono riuscito a trovare è nell'e-mail, signor Moore.»

Scosto il telefono dall'orecchio quando la voce del detective Mason esplode dal ricevitore, riecheggiando nel silenzio dell'ufficio.

Dopo aver portato Alice a letto, ieri sera, piazzandola tra me e Mary, non sono rimasto a fissare il soffitto, insonne, come mi ero aspettato, ma mi sono addormentato sereno. Avrei anche potuto dormire fin dopo le cinque, se non fosse stato per quel dannato gatto che mi ha svegliato balzandomi sull'uccello.

Ma visto che lo ha fatto, sono riuscito ad allenarmi e a uscire prima che Alice o Mary si svegliassero.

Apro il messaggio di posta, scorro i documenti e mi stupisco per ciò che trovo.

«Alice è stata in diverse famiglie affidatarie?»

«Sì. Ecco dove lei e Kayla Rogers si sono incontrate. I genitori di Kayla l'hanno avuta in affidamento per sei mesi prima di morire in un incidente d'auto.»

Cristo.

«Pare che le due si siano perse di vista per un po' prima che Kayla si facesse viva, incinta e in cerca d'aiuto.» Fogli frusciano in sottofondo. «Sul certificato di nascita di Mary Ella Rogers non è indicato il nome del padre.»

«E nessun indizio su dove si trovi la madre?»

«No, ma ho in programma di chiamare i rifugi per senzatetto nel raggio di venti miglia dall'ospedale dove ha portato la figlia. Immagino che fosse ubriaca quando la piccola si è fatta male, quindi sarà andata nel rifugio più vicino.» Si schiarisce la gola. «Il vero problema è il suo ex fidanzato.»

Guardo il documento successivo. «Droga.» Tutto ciò che leggo non fa che aggravare la sgradevole sensazione che ho alla bocca dello stomaco.

«Niente di pesante,» spiega lui, probabilmente abituato a ben peggio. «Erba, pasticche. Un arresto, ma solo per possesso, non per spaccio.»

Taccio per un po', cercando di mettere insieme i pezzi del puzzle.

Osservo il disegno del cavallo blu sulla scrivania. La più recente opera d'arte che Mary mi ha infilato nella valigetta.

Se ci sono di mezzo le droghe, Kayla non potrà riavere Mary molto presto, o forse mai.

«La cosa migliore sarebbe trovarla prima che lo faccia la polizia.» Il detective Mason dà voce ai miei stessi pensieri. «E sperare di dover gestire solo un'accusa di abbandono, e nulla di legato a sostanze stupefacenti.»

«Allora facciamolo, signor Mason. Troviamola per primi.»

―――

Tap tap tap-tap. Tap tap tap-tap.

Nella sala conferenze c'è un silenzio sgradevole, interrotto solo dal mio tamburellare sul tavolo. Ben e Chris, i collaboratori di Bell, sembrano mezzi addormentati. Ho sempre saputo che nessuno dei due è un tipo mattiniero, ma non li ho mai visti arrivare in ritardo. Visto che ci tengo agli orari, lo apprezzo.

Di solito.

La lancetta lunga dell'orologio sopra la porta si scosta di un millimetro a destra, e il lieve scatto attira l'attenzione di tutti.

Manca un minuto alle nove.

Accanto a Ben e Chris, i tre nuovi assunti, Deborah, John e Amanda, sono seduti di fronte a me all'altro lato del tavolo. Manca solo Alice.

Controllo di nuovo il cellulare, per assicurarmi di non essermi perso un messaggio o una telefonata.

Niente.

La sua mancanza di puntualità mi sconcerta per diversi motivi. Il primo è che Brian mi ha avvisato con venti minuti d'anticipo di aver lasciato in sicurezza Alice in negozio, e ci vogliono solo cinque minuti ad andare dall'ingresso al piano amministrativo. Il secondo è che i nuovi dipendenti mi fissano come se fossi una tigre selvatica, e di solito la presenza di Alice ha un effetto calmante su tutti. Il terzo, infine, è che dopo la telefonata mattutina con Mason sono pieno di energia nervosa.

Tap tap tap-tap. Tap tap tap-tap.

Proprio quando la lancetta scatta sul dodici, la porta si spalanca.

Ma è George, non Alice.

Getta una busta sul tavolo, poi fa un passo indietro e rimane di fianco alla soglia come una sentinella capricciosa.

Stamattina è arrivato bramoso di scoprire tutti i dettagli sul mio matrimonio, solo per essere accolto da una lettera ufficiale delle risorse umane che gli intimava di chiudere il suo gruppo Facebook More Moore's, ritenuto colpevole di "favorire un ambiente lavorativo ostile".

Dire che George è stato muto in maniera inquietante e pieno di aperto risentimento al riguardo è un eufemismo.

La mia sedia scricchiola quando mi chino in avanti e apro la busta per consegnare a tutti l'agenda del giorno.

Chris, qualche sedia più in là, guarda accigliato l'orologio.

Prendo il telefono per scrivere ad Alice quando la porta si riapre, colpendo George sul sedere.

«Scusatemi!» Alice si affaccia e guarda a occhi spalancati il mio offeso assistente. «Tutto bene, George?»

Lui si liscia il bavero e risponde piatto: «Una favola.»

Ben cerca di trasformare la risata in un accesso di tosse.

Alice lancia un'ultima occhiata di scuse a George, poi si rivolge a tutti i presenti al tavolo. «Scusate il ritardo.»

Quando mi guarda negli occhi, il suo sorriso mi fa accelerare il cuore come neanche l'allenamento di stamattina è riuscito a fare.

È vestita come suo solito, con una giacca nera, una camicia bianca e una gonna scura attillata. L'unica differenza è che non si tratta della sua vecchia uniforme di Moore's: i capi sono nuovi, di marca, e probabilmente selezionati da mia madre durante lo shopping di ieri.

«Le luci a farfalla sono state consegnate al mio arrivo. Volevo assicurarmi che non fossero danneggiate prima di firmare la bolla.» Il suo sorriso si allarga. «Non lo erano, e staranno da Dio!»

«A proposito di stare da Dio...» Ben fa una parodia di sguardo d'ammirazione. «Las Vegas ti ha fatto bene!»

Chris gli tira una gomitata. «Ciao, Alice, è bello riaverti con noi.»

Alice rivolge il sorriso al resto della sala.

Non mi piace.

«Ciao a tutti, sono Alice, la responsabile del visual merchandise e coordinatrice dei social media.» Fa un saluto con la mano. «Sono felice che vi siate uniti alla squadra di marketing.»

I nuovi impiegati ricambiano il saluto e le strette di mano, poi lei si siede. E visto che l'unico posto libero è quello di fianco al mio, mi raggiunge.

I miei occhi vanno dritti ai fiocchi rossi sulle scarpe.

———

«Ecco il suo americano, signor Moore.» La barista di Moore's, la stessa che solo la settimana scorsa trasaliva anche solo a vedermi, mi sorride con calore nel porgermi il bicchiere da asporto.

Oggi ho bisogno di un raro ma necessario supplemento di caffeina.

Anche per essere un noto stacanovista, gli ultimi giorni e notti stanno presentando il conto.

«Grazie.» Poco abituato a un'accoglienza così calorosa, infilo venti dollari nel barattolo delle mance.

Il sorriso della ragazza diventa più intenso, e mi dà un secondo bicchiere. «E congratulazioni.»

Invece che reagire, fisso la bevanda che mi offre. «Non ho ordinato nient'altro.»

L'espressione allegra si incrina. «Oh. No, è per Alice.» Guarda la cassiera, che pare altrettanto a disagio. «Non è ancora passata, così abbiamo... sa, abbiamo pensato che volesse portarglielo lei, il caffè.»

Solo ora, quasi a mezzogiorno, ho osato avventurarmi lontano dal piano amministrativo. Mi sarei accontentato di lavorare dall'ufficio per tutto il giorno, se non avessi ritenuto poco saggio chiedere a George di prepararmi qualcosa con quell'abominio di macchina per il caffè che ha messo in sala relax.

Mi aspettavo occhiatacce, disgusto e commenti che mi paragonavano a mio padre in seguito alla notizia del matrimonio. E invece ho ricevuto sorrisi, congratulazioni e caffè gratis.

«Grazie.»

Il sorriso della barista torna a splendere. «Buona giornata, signor Moore.»

Le bizzarre interazioni continuano mentre proseguo attraverso il negozio. Tutti tranne una commessa nel reparto scarpe non si fanno problemi a incontrare il mio sguardo e a sorridermi, e qualcuno addirittura mi fa le congratulazioni.

Ho avuto interazioni più amichevoli con lo staff negli ultimi dieci minuti che in un anno intero.

Mi fermo davanti all'ascensore, incerto se portare il cappuccino extra in ufficio e delegarne la consegna a George, o se imboccare l'ascensore fino all'inventario, dove Alice ha portato Deborah dopo la riunione di stamattina, e darglielo io stesso.

Visto che George è ancora arrabbiato con me, decido di non chiedergli favori.

Guardo il cestino di ottone nell'angolo, ma non butto via il cappuccino. Per quanto poco usata, la coscienza mi dice chiaramente che non è bene gettare gli sforzi della barista e privare una dipendente della dose giornaliera di caffeina. Soprattutto se la dipendente ha passato metà notte rannicchiata su una chaise longue nella cabina armadio, e l'altra metà spiacciata tra il suo capo, una bambina e un gatto calvo.

Mettendo le due tazze in bilico una sopra l'altra, apro la porta riservata al personale e vado all'ascensore di servizio.

———

Alice

Ho sbadigliato tre volte negli ultimi cinque minuti.

Lego un pezzo di spago intorno a uno dei ganci che ho ricavato da una graffetta e lo stringo. Lo metto da parte, mi alzo in piedi e osservo i dodici ciondoli di cartoncino a forma di farfalla che ora sono pronti per essere appesi sopra il modellino dell'allestimento delle vetrine che Deborah e io abbiamo assemblato in uno spazio inutilizzato sul pavimento dell'inventario di Moore's.

Oltre alle farfalle fatte a mano che si abbinano alle luci di varie dimensioni che ci sono state consegnate, siamo riuscite a trovare e a sfruttare il numero corretto di manichini che corrispondono ai piani espositivi.

Deborah è dovuta andare a ritirare il computer e il telefono dal reparto IT, ma nelle ore successive alla riunione abbiamo fatto un bel po' di lavoro.

Soffoco un altro sbadiglio.

Ormai l'adrenalina del risveglio nel letto di Thomas e della corsa al lavoro è passata da un pezzo. L'eccitazione per le nuove luci è scemata. E l'energia accumulata dalla parte estroversa della mia personalità (per quanto piccola possa essere) durante la conoscenza dei nuovi colleghi si è esaurita.

Mi schiaffeggio piano le guance e cerco di dar fondo alle mie riserve di forze.

In questo momento mi servirebbe proprio la fantastica macchina per l'espresso di George. O una corsa al bar.

Ma visto che George non ha fatto che mandare segnali di fastidio a Thomas, e io non volevo che cercasse di estorcermi dettagli sul matrimonio, ho pensato che fosse meglio lasciargli un po' di spazio e rinunciare alla caffeina. Gli occhi mi lacrimano per l'ennesimo sbadiglio.

Forse mi sbagliavo.

Mi riscuoto, accantono i contro di oggi e mi concentro sui pro.

Da ragazzina, una famiglia affidataria presso cui stavo aveva l'abitudine di organizzare una serata film nei fine settimana. Sempre un film Disney. *Un maggiolino tutto matto*, *Pomi d'ottone e manici di scopa* e, una sera, *Il segreto di Pollyanna*. Forse perché la protagonista, Pollyanna, era una bambina orfana che veniva spedita a casa della zia ricca. Ma per qualche motivo quel film mi è rimasto impresso, perché la povera orfanella faceva il cosiddetto gioco della gioia. Nominava tutte le cose di cui era felice per distrarsi da tutte quelle per cui era triste.

Mentre trascino la scala davanti ai manichini, riprendo il gioco che pensavo di aver dimenticato. Sono felice che Thomas non sembri turbato dopo avermi vista per la prima volta dall'incidente di ieri nel camerino. Sono felice di aver notato le sue labbra sollevarsi in un minimo, ma significativo, sorriso quando ha notato le mie scarpe.

E poi ci sono i nuovi colleghi.

Sono contenta che prima di dirigersi verso il reparto IT, Deborah non abbia mostrato alcun segno di fastidio nel dover fare da ombra a qualcuno più giovane di lei. Sono lieta che Deborah, fresca di divorzio e con due figli che frequentano il liceo, abbia detto di sentirsi una donna nuova a quarant'anni, e che Bell abbia puntato su di lei. Sono felice che sia una cosa che abbiamo in comune.

Quando mi avvicino al piolo necessario per raggiungere il filo da pesca che avevo steso sui manichini, il gioco della gioia sembra aver fatto la sua magia sulla mia stanchezza.

Dovrei insegnarlo a Mary. Potrebbe averne bisogno, visto che non ci sono ancora notizie di Kayla. So che non si tratta di un rapimento, ma continuo a pensare a quello che ho sentito al telegiornale una volta, ovvero che le prime quarantotto ore dopo una scomparsa sono fondamentali. Se non trovano o non hanno notizie in quel lasso di tempo, le possibilità di trovarle la vittima si riducono notevolmente.

Le mie gambe iniziano a vacillare e mi rendo conto che avrei dovuto lasciare� e scarpe alla base della scala. Dovrei anche smettere di pensare a cose che contrastano con il gioco della gioia.

Così mi dico quanto sono contenta di essere qui, di fare un lavoro che amo e di realizzare un'esposizione di prova che ho progettato. Una vocina poco rassicurante mi ricorda che Pollyanna è caduta da un albero alla fine del film ed è rimasta paralizzata. Sto per scendere quando una voce mi spaventa.

«Non muoverti.» Il timbro distinto di Thomas risuona nel piccolo ambiente cavernoso.

Mentre un secondo prima mi sentivo abbastanza certa di poter scendere senza rischi, Thomas mi dice di non muovermi e improvvisamente mi sembra molto più difficile evitare che mi tremino le gambe.

«Cosa?» Troppo nervosa per girare la testa, mi rivolgo alla parete di fronte a me. «Cosa c'è che non va?»

«Cosa c'è che non va?» Le suole delle sue scarpe sbattono sul pavimento di cemento, più rumorose a ogni passo, fino a quando riesco a vedere la sua sagoma con la coda dell'occhio.

«C'è che sei in cima a una scala con i tacchi senza nessuno che ti aiuti.»

«Oh.» La tensione dei miei muscoli si allenta ora che so di non essere in pericolo imminente. Infastidita dalla sua interruzione, ancora di più perché aveva ragione e non avrei dovuto essere in cima alla scala, scatto. «Sei qui ora, quindi puoi tenere la scala?»

Senza aspettare, allungo le braccia in alto. Dal modo in cui la scala diventa improvvisamente stabile, so che Thomas ha fatto quello che gli ho chiesto. Mi alzo in punta di piedi, fisso il filo al gancio e abbasso le braccia. Piegandomi con cautela per afferrare la cima della scala e trovare l'equilibrio, inizio la mia lenta discesa, anche se rischio di cadere quando le mani di Thomas mi cingono la vita nel tentativo di aiutarmi a scendere.

Traggo un respiro profondo, poiché il suo tocco mi ha fatta agitare più dell'arrampicata sulla scala, e faccio perno su di lui. «Sto bene.»

Sta guardando la farfalla che oscilla allegra sopra di noi. «No che non stai bene.» Spinge verso di me una delle tazze di caffè che aveva in mano. «Eri sull'orlo di un incidente sul lavoro.»

Sebbene sia estremamente dubbiosa riguardo a ciò che Emily ha detto sul fatto che Thomas non gestisce bene i suoi sentimenti, faccio finta che sia vero e che sia preoccupato piuttosto che infastidito. «E questa cosa sarebbe?» Sollevo la tazza che ho in mano.

Le sue narici si dilatano, ma non dice altro sulla scala. «Cappuccino.»

Decido che è piuttosto carino quando finge che gli importi qualcosa. «Per me?» L'occhiata che mi rivolge mi fa socchiudere le labbra per evitare di sorridere. «Grazie.»

Mi risponde con un grugnito prima di bere un sorso dalla sua tazza.

Io lo imito subito, e chiudo gli occhi non appena il liquido mi tocca la lingua. Onestamente, sono più sorpresa dal caffè che dalle scarpe. Le scarpe erano le scuse senza parole di Thomas. Non so però cosa significhi il caffè.

Quando li riapro, Thomas mi sta fissando. «Dov'è Deborah?»

«Al reparto IT.»

«Mh.» Mi fissa di nuovo prima di bere altro caffè e guardare il mock-up.

«Pensavo che non bevessi caffè.» Osservo il suo pomo d'Adamo che si muove mentre deglutisce.

Ignorando la mia affermazione, fa un gesto verso le farfalle di carta di varie dimensioni. «Hai intenzione di appenderle?»

Distolgo lo sguardo dalla sua gola e torno a guardare l'unica farfalla galleggiante. «Sì.»

Il sopracciglio sopra il suo occhio buono si contrae.

Guardo i miei piedi. «Ma mi toglierò le scarpe la prossima volta che salirò sulla scala.»

Il sopracciglio raggiunge l'attaccatura dei capelli.

Non sapendo cosa possa far abbassare quel suo fastidioso sopracciglio, provo: «E aspettare che Deborah torni?»

Il suo sopracciglio si spiana, ma anche la sua bocca. «Deborah sarà in IT per il resto della giornata lavorativa.»

«Oh.» Mi dondolo sui talloni e bevo un altro sorso di caffè chiedendomi per quanto tempo ancora si tratterrà. Avevo programmato di concludere il lavoro oggi ed è ovvio che Thomas non me lo permetterà finché sarà qui.

«Continuerai ad appendere farfalle non appena me ne andrò, vero?»

Mi va di traverso il caffè, e mi chiedo se ho espresso il mio pensiero ad alta voce o se sono semplicemente prevedibile.

Con un sospiro, Thomas posa la tazza su una pila di scatole lì vicino. «Allora mettiamoci all'opera.»

Solo dopo che ha afferrato una delle farfalle da terra per il gancio, mi rendo conto delle sue azioni.

«Aspetta. Mi aiuterai?»

La sua espressione ricorda quella di Alicia Silverstone in *Clueless*, tra il sarcasmo e la perplessità.

Abbassando la testa, mi sposto in avanti e prendo la corda che pende dalla graffetta che ha in mano. «Almeno lasciami salire sulla scala.»

«No.» Mi guarda con attenzione i piedi. «Non puoi salire su una scala con i tacchi.»

Apro la bocca, ma lui mi interrompe.

«E non puoi toglierli perché il pavimento è sporco.» Si gira e inizia la sua scalata. «Ci penso io.»

Con le sue scarpe eleganti, anche se basse, che tintinnano contro il metallo, quasi non lo sento aggiungere: «Le scarpe rosse ti stanno bene.»

Ma lo sento eccome, invece.

Capitolo Ventidue

Alice

Se cinque giorni fa mi avessero detto che avrei aspettato che Thomas finisse di lavorare per andare via insieme, avrei detto che si trattava dell'effetto di una botta in testa da dildo di troppo.

Del resto, neanche avrei immaginato che Thomas avrebbe passato due ore a fare su e giù da una scala a pioli, ad appendere e sistemare farfalle di carta mentre io stavo in disparte e valutavo il risultato. Ma quattro giorni fa ha fatto proprio questo.

Da allora, tra di noi c'è una sorta di tregua.

Non sembra più arrabbiato per aver accettato di aiutarci, e io mi sono assicurata di stargli il più possibile fuori dai piedi, sia al lavoro che a casa.

Cosa facile, visto che si sveglia all'alba e torna tardi.

Thomas clicca qualche volta sul mouse. «Ho quasi finito.»

«Fai con calma.» Mi agito sulla sedia davanti alla sua scrivania. «Tua madre ha detto che non se ne andrà fino alle cinque.»

Ieri sera a cena Emily mi ha informata che ha un appuntamento. Visto che Thomas non c'era, come per tutte le cene durante la settimana, ha poi aggiunto che glielo avrebbe detto al telefono.

Questa mattina, mentre preparavo le lasagne, ha detto che Thomas oggi ha accettato di uscire presto dall'ufficio.

Non credo che gli faccia piacere che sua madre gli faccia accettare qualcosa, figurarsi chiudere in orario la giornata lavorativa perché lei ha un appuntamento con un giocatore di bowling professionista trentenne. Non ce n'era neanche bisogno, visto che sono perfettamente in grado di badare a Mary da sola, ma Emily sembra irritata dagli orari del figlio.

Per fortuna non ho assistito alla loro conversazione. Mi è stato solo detto di "recuperare" Thomas nel pomeriggio.

«La squadra di manutenzione e quella degli elettricisti hanno ricevuto le specifiche aggiornate. Dovrebbe essere tutto a posto entro venerdì.»

«Grandioso.» Respiro a fondo per placare l'entusiasmo. «Grazie.»

Non solo Thomas si è reso utile sulla scala, ma mi ha anche fatto notare che il bagliore fluorescente delle farfalle avrebbe avuto un effetto diverso non solo a seconda dell'altezza a cui le avremmo posizionate, cosa che avevo già valutato, ma anche della profondità del posizionamento.

Avrei voluto chiedergli se aveva acquisito l'esperienza sulle luci grazie alla fotografia, ma ho preferito non rischiare di rovinare la tregua.

«Un corriere ha appena portato questo.» George marcia nella stanza e lancia una grossa busta sulla scrivania.

Senza alzare lo sguardo dal computer, Thomas mugugna qualcosa.

«Ciao, George.» Gli faccio un piccolo gesto di saluto, come se non potesse vedermi da dove si trova.

Per un attimo, gli occhi di George si fanno più dolci. «Ciao, Alice.» Quindi gira sui tacchi dei mocassini e si allontana.

Se Chase fosse qui, avrebbe già risolto la disputa. Con un sospiro mi frugo nel cervello in cerca di un modo per portare un ramoscello d'ulivo tra i due, ma poi noto il mio nome sulla busta. «Cos'è?» La volto per guardarla.

Thomas solleva il viso, e si porta la mano alla bocca quando vede che stringo la busta.

Leggo il nome del mittente. «Studio legale Fielding&Church.»

Lui annuisce e sembra aver preso una decisione. Fa girare la poltrona per guardarmi. «Sono i documenti che ho chiesto al mio avvocato di redigere.»

«Oh.» Apro la busta e sfilo il contenuto. «L'accordo post-matrimoniale e di riservatezza di cui mi hai parlato?»

Thomas fissa i fogli. «Sì.» Sembra a disagio. Più del solito.

Confusa per la sua reazione, prendo la sua stilografica dalla scrivania. «Sai, sono lieta che siano arrivati.»

«Davvero?»

Stappo la penna e seguo le varie targhette gialle apposte all'angolo delle pagine, voltandole a una a una. «Sì. Perché, anche se non posso dire che non lo rifarei, mi dispiace davvero di averti trascinato in questa storia.» Mentre parlo, firmo dove richiesto.

Una volta finito, ripongo la penna e la sistemo perpendicolare alla carta assorbente sulla sua scrivania.

Lui si acciglia. «Non hai neanche letto cosa c'è scritto.»

Mi volto verso di lui e gli porgo il contratto. «Avrei dovuto?»

Socchiude gli occhi. «Dovresti sempre leggere i documenti legali, prima di firmarli.»

«Mi hai aiutata anche se ti ho ricattato. Tra i due, sono io quella poco affidabile.»

Thomas sbuffa.

«E se firmare qualcosa che mi assicura che non spenderò soldi che non ho mai avuto intenzione di sperperare, o di dire cose che non avrei mai detto, aiuta a renderti meno arrabbiato con me, allora firmo tutto.»

Continua a fissare i fogli, ma il cipiglio è diverso. Più pensieroso che adirato. «Non sono arrabbiato con te. Non lo sono da giorni.»

«Davvero?» Il peso sulle mie spalle si allevia. «Sai, dovresti dirle queste cose alla gente. Non ho fatto che angosciarmi al pensiero del ritorno di Kayla, di dovermi trasferire con Mary, e di quanto sarebbero state imbarazzanti le cose al lavoro, se fossi stato in collera con me.»

Di nuovo, la sua espressione muta, ma non saprei definire come.

L'orologio sulla parete scocca.

Mi alzo e, sempre sotto il suo sguardo fisso, tamburello sulla scrivania. «Torniamo a casa e festeggiamo il tuo non essere arrabbiato con me mangiando lasagne.»

———

Thomas

«Usiamo il mattoncino rosa.» Mary solleva un pezzo di Lego dal secchiello che mia madre le ha comprato al negozio di giocattoli.

Sono passati quattro giorni da quando casa mia è stata invasa da Alice, una dittatrice in miniatura e un giudicante felino calvo con l'aspetto da roditore. E se al lavoro da Moore's è stato piacevole scoprire quanto i dipendenti e i colleghi si siano rivelati felici alla notizia delle nozze, ho fatto gli straordinari ogni giorno per evitare il caos che mi aspettava in quella che prima era la mia casa bene ordinata.

Ma non stasera.

«Possiamo scambiarlo con quello.» Mary indica il manuale di istruzioni per la costruzione dello Shuttle che ho in mano.

Ripongo il libretto e prendo un sacchetto trasparente dalla confezione. «Hai una fisima per la scelta arbitraria dei colori.»

«Cos'è una fisima?»

Rovescio i mattoncini, assicurandomi di conservare il sacchetto numero uno per mantenere l'organizzazione dei pezzi. «Un'abitudine, una tendenza.»

Mary ci riflette un po' mentre io divido i mattoncini per colore. «E cosa vuol dire *albitaria?*»

Indico uno dei suoi numerosi disegni, tutto nuvole rosa, case blu e cavalli viola. «Che scegli i colori delle cose ignorando come sono fatte nella realtà.»

Lei mi sfila di mano il pezzetto bianco e mi dà invece quello rosa. «Sì. Proprio così.»

Fisso intensamente il mattoncino rosa, chiedendomi perché non mi sto opponendo a questa ribellione nell'allestimento dei Lego. E anche perché la stia aiutando.

Colpa di mia madre, che oggi mi ha chiamato in ufficio e mi ha accusato di lavorare troppo e di ignorare la mia famiglia. «Proprio come farebbe tuo padre.»

E per quanto volessi negare e ribattere: «Non sono la mia famiglia,» non ci sono riuscito. Quindi ho acconsentito a tornare a casa presto per evitare ulteriori paragoni con l'uomo che un tempo vedevo come un modello e che poi è stato arrestato, in modo che Alice non debba passare la serata da sola con Mary, mentre mia madre si godeva una serata da *cougar* con l'equivalente giovane e aitante del Grande Lebowski.

Cristo. Mi strofino la faccia con la mano libera.

Un sonoro rumore umido attira la mia attenzione e quella di Mary su Mike, stravaccato sul suo tiragraffi dietro la mia poltrona e intento a leccarsi con la zampa per aria.

Mary, in piena modalità tirannica, si pianta i pugni sui fianchi. «Principe Michael, sai che non si fa.» Gli agita un dito davanti. «I principi non fanno quei rumori.»

Con mia grande sorpresa, la prole del demonio ascolta, abbassa la zampa e si stiracchia.

Mary mi sorride trionfante. «Voglio farlo diventare benedu*gatto* con le lezioni che Reginella prendeva da piccola.»

Mi meraviglio della mia stessa risata, e mi chiedo cosa direbbe mio fratello di questa educazione alle buone maniere feline.

Mi schiarisco la gola, lascio cadere il mattoncino rosa nella pila e indico le istruzioni. «Prima, dobbiamo costruire gli astronauti.»

«Oh!» Mary salta su e corre verso un altro edificio di Lego, un castello. Pare che acquistare vestiti per Alice sia stata solo la punta dell'iceberg dello shopping che mia madre ha fatto per lei e per la bambina. Ma se prima la cosa mi scocciava... ora non più.

«Ecco.» Mary mi porge un pupazzetto in abito medievale. «Le possiamo mettere un casco spaziale.»

«Non è così che c'è scritto sulle istruzioni.» Frugo nella pila ed estraggo un paio di gambe bianche e un torso con piccole decorazioni blu e rosse. «Ecco, questo è un astronauta.» Indico gli adesivi che imitano le toppe della NASA. «Guarda.» Frugo con il dito fino a trovare una testolina cilindrica gialla.

«Ma ha un vestito così noioso!»

«Gli astronauti indossano questo nella realtà.»

Mary smonta la principessa, poi la riassembla. «Ecco.» Ha sostituito l'acconciatura a trecce con il casco, e il corpetto con la parte superiore dell'uniforme NASA, lasciando però la lunga gonna. «Una principessa astronauta.»

Le mie narici fremono per lo scontro tra il fastidio per essere stato circuito così e l'ilarità. «Mh.»

Vengo salvato da ulteriori disastri Lego dal trillo del timer del forno.

Alice ci chiama dalla cucina. «La cena è pronta!»

Mi alzo da terra con un gemito, ripromettendomi di fare più stretching tra gli allenamenti.

Almeno non sono impicciato dall'abito su misura. Mary mi ha lanciato un'occhiata prima di iniziare a giocare con le costruzioni, e ha dichiarato che avrei dovuto indossare dei "vestiti da gioco".

La piccola generalessa mi strattona il braccio. «Dai, Thomas, andiamo a mangiare.»

«Ho sentito.» Ho scoperto nel modo peggiore che calpestare i Lego a piedi nudi fa un male cane, quindi manovro cauto attraverso il mio un tempo ordinato e spazioso salottino, ora ingombro di giocattoli, sia dell'albatros felino che di Mary.

Quando entriamo in sala da pranzo, Alice sta sistemando le mie posate in modo che siano bene allineate al piatto, poi alza lo sguardo.

Nel corso della vita ho scattato tante fotografie. E nel farlo ho capito che la luce è essenziale per catturare la bellezza del momento, ancor più del soggetto o della composizione. È sempre la luce a fare la differenza.

In ogni caso, guardando Alice, anche lei in vestiti da gioco, con leggings lisi e maglietta oversize, in piedi sotto la luce del lampadario d'epoca di cristallo, vengo colto da un'epifania.

Non ho lavorato fino a tardi per evitare il caos domestico, ma per evitare di affrontare la verità. In tutte le foto che ho scattato ad Alice, non stavo cercando di catturare la luce, ma una *sensazione*.

Lei indica la teglia e la grande ciotola di insalata sul tavolo. «Pensavo che, visto che siamo solo noi, avremmo potuto fare una cena in stile famiglia.»

Deglutisco il nodo che ho in gola e mi siedo tra Mary e Alice.

Ed è *perfetto*.

———

Alice

«Thomas?»

Con le mani avvolte in guanti di gomma e tuffate nel lavandino pieno di acqua saponata, Thomas alza lo sguardo su di me. «Sì?»

Al suo fianco, intenta ad asciugare i piatti che lui sta lavando, all'improvviso ho un moto di insicurezza. «Ehm, grazie per l'aiuto con i piatti.»

Thomas sbuffa e torna a strofinare la teglia. «Se non l'avessi fatto, avresti solo aspettato che fossi assente per occupartene tu.»

Il senso di familiarità che si è creato tra noi, voluto o meno da Thomas, mi ha permesso di ripensare all'inizio della nostra relazione con uno sguardo più onesto, privo di pregiudizi e nervosismo.

Tutte le volte in cui mi ha rimproverata perché facevo qualcosa al di fuori della mia posizione lavorativa, lui si stava solo preoccupando per me. E quando indicava difetti nei miei allestimenti, o sgridava Chase durante la fase Codice Pene dell'organizzazione dell'addio al nubilato, stava aiutando, non criticando con sufficienza.

È incredibile quanto sia abile nel far credere alla gente di essere una persona fredda e asettica.

E io sono una sciocca.

Un uomo freddo non si sarebbe messo a disporre dildo

multicolore in una suite per l'addio al nubilato della sua futura cognata. Un uomo freddo non avrebbe percorso la navata in scarpe scamosciate azzurre, durante una cerimonia che coinvolgeva un gatto pelato che detesta e un Elvis grasso. E un uomo freddo non avrebbe accolto una donna e sua nipote, prolungando un matrimonio di cui non voleva saperne niente.

Le acque chete rovinano i ponti, dicono. E Thomas cheto lo è eccome.

Ironicamente, un'ondata di acqua e sapone si increspa sul lavandino dopo una strofinata vigorosa. Lui abbassa lo sguardo irritato sulla maglietta bagnata. «Sai, pago molto bene la governante perché si occupi dei piatti.»

Mi mordo il labbro per trattenere l'ilarità, ma mi sfugge una risatina. E quando lui mi guarda con quella sua aria sardonica, non resisto più e scoppio a ridere.

Invece che guardarmi male come avrei pensato, sorride, e sono così sconvolta da perdere ogni espressione.

Nel notare l'improvviso cambiamento, si acciglia. «Cosa succede?»

Torco lo strofinaccio tra le mani. «Mi sento in colpa a stare qui, a godermela, mentre Kayla...» Con un profondo respiro, appoggio lo strofinaccio sul bancone e ne liscio le grinze mentre tento di tenere sotto controllo le emozioni. «Pensavo che sarebbe tornata, ormai.» Ho chiamato la polizia ogni mattina dall'ospedale. Nulla.

Afferro il bordo del bancone. Non riesco a guardare Thomas, ora che ho iniziato a esprimere le mie preoccupazioni ad alta voce. Senza Bell o Leslie ad ascoltarmi, il senso di colpa e la vergogna mi sono cresciuti dentro, finché ho permesso alla speranza di rendermi cieca all'inevitabile risultato. Lo stesso che ho affrontato io da piccola. «Domani inizierò a cercare un appartamento.» Annuisco tra me. «Non si sa mai.»

Il silenzio si espande tra noi, finché Thomas sfila con meticolosa lentezza il braccio dall'acqua e si toglie i guanti, che depone sul bordo del lavandino, quasi a prepararsi a donarmi qualche devastante consiglio che darà al tutto una prospettiva migliore. «Smettila di preoccuparti.»

Scoppio a ridere, forte, per quanto in imbarazzo. «Sai, neanche il grande e spaventoso Thomas Moore può ordinare a qualcuno di smetterla di preoccuparsi.» La tensione dentro di me si placa a ogni risatina. «Non funziona proprio così.»

Le sue sopracciglia si contraggono, e la luce sopra al lavandino sottolinea il residuo di livido che ancora gli sfuma lo zigomo. «Dovrebbe.»

La sua costernazione mi fa ridere ancora di più. «Sì, sarebbe bello.» Mi asciugo qualche lacrima fuggiasca con il dorso della mano. Non so se siano di ilarità o di tristezza.

«Zia Alice?» Mary, in pigiama, si affaccia in cucina, con Mike in un completo simile al suo alle calcagna. «Stasera voglio dormire da sola, okay?»

———

Thomas

Ho mal di stomaco.

Fisso la porta del bagno, oltre la quale Alice probabilmente è mezza svestita, e mi strofino gli addominali. Invece della solita tartaruga, mi sembra di avere un pallone.

Anche con l'inatteso, per quanto delizioso, carico di carboidrati, non credo sia colpa dell'abbondante porzione di lasagne a pesarmi dentro.

Il ricordo di come lo spirito speranzoso di Alice si sia incrinato, prima, mi fa accigliare così tanto da far dolere l'occhio ormai quasi guarito. La sua personalità ottimista e fiduciosa una volta mi dava fastidio. Ora la minaccia che si spezzi, insieme al ricordo dei documenti che ha firmato, mi dà la nausea.

Mi annoto mentalmente di distruggere i documenti lunedì mattina. Poi chiamerò l'avvocato e gli dirò di cambiare strategia in modo che la sicurezza di Mary diventi la priorità. Tutte cose che avrei già dovuto fare.

Alice emerge dal bagno, avvolta da una nube di vapore. «Tocca a te.» Anche se sono stato io a offrirle un'altra delle mie magliette, dopo che si è sporcata la sua con il sugo, devo comunque deglutire alla vista.

Dopo aver messo a letto Mary, a cui ho persino letto una storia su un topo, una fragola e un grosso orso arrabbiato, Alice è andata nella stanza degli ospiti.

Gliel'ho impedito con la scusa che, se Mary avesse avuto un incubo e fosse venuta di sopra, sarebbe stato meglio che Alice fosse lì per lei. Inoltre, non avevo idea dell'ora a cui mia madre sarebbe rientrata dal suo appuntamento. Un figlio preferisce non sapere certe cose.

E così io e Alice siamo qui, e non ci guardiamo mentre lei mi passa accanto, quasi timorosi di toccarci, pur conoscendoci già a livello intimo. O forse proprio per questo.

«Grazie.» Fingo di non avere la voce ruvida e imbarazzata, e mi chiudo la porta del bagno alle spalle.

Scrollo via quelle strane emozioni e mi assicuro che l'acqua sia gelida prima di infilarmi sotto la doccia. Ci metto tre minuti prima che le parti del corpo più problematiche si raggrinziscano e io possa uscire di nuovo.

Ma il trattamento artico serve a poco quando torno in camera e trovo il letto vuoto. Mi volto in tempo per vedere la luce che filtra da sotto la porta del guardaroba spegnersi.

———

Mi rigiro tra le lenzuola per l'ennesima volta nell'ultima ora, da quando ci sono entrato, e allargo le membra sul materasso. Questa volta il mio comfort non è disturbato da una seienne, da un gatto che si lecca le palle o da una damigella un tempo armata di dildo.

Non mi piace.

Ma non so come fare a cambiare la situazione. Né se dovrei.

Il gentiluomo in me detesta il pensiero di una donna che dorme su una chaise longue mentre io sono nel letto. L'uomo in me, invece, lo detesta *tantissimo*.

Ma a livello logico è la cosa migliore. Tanto per cominciare, io non ci starei, su quel divanetto. Se lasciassi il letto ad Alice, dovrei andare in salotto, e preferirei che mia madre non mi trovasse a dormire sul divano in casa mia. O peggio, che *non* lo facesse perché è rimasta a dormire da un qualche giocatore di bowling.

La porta della cabina armadio si apre e io mi blocco, fingendo di dormire mentre Alice va in bagno in punta di piedi.

Mentre è lì, prendo una decisione e sistemo i cuscini.

«Dormi qui.» Appena esce dal bagno, le parole mi emergono dalle labbra. Indico lo spazio oltre la barriera di cuscini che ho costruito, come se fossi un bambino incapace di restare dal suo lato del letto. Cosa che sono.

«Oh, no, non preoccuparti.» Alice fa per tornare in guardaroba. «Sto bene...»

«Io no.» Torno a stendermi, deciso a ignorare ogni sua protesta. «Non riesco a dormire se so che sei in un armadio.»

Fisso il soffitto nel silenzio che segue.

«Ehm. Okay.» Si avvicina. «Se ne sei sicuro.» Il letto sussulta appena quando vi si adagia.

Il silenzio si protrae. Lei è immobile come una statua, mentre io continuo a rigirarmi, e non so perché. Non è più sulla chaise longue, e io non sto superando alcun limite, eppure non riesco a mettermi comodo.

«Thomas?»

«Sì?»

«Non devi crucciarti. Non intendo...» E si indica il ventre con le mani. «Sai cosa intendo.»

Il mio cervello non riesce a unire i puntini. «Non lo so, in realtà.»

«Se ti serve più spazio, togli pure i cuscini. Ti giuro che non supererò i paletti.»

Lei non lo farà?

«Oltre a scusarmi per il coinvolgimento con la vicenda di Mary e Kayla, dovrei farlo anche per le molestie sessuali.»

Quasi mi strozzo con il respiro. «Il cosa?»

Oltre i cuscini, il suo viso solenne è rivolto verso il soffitto, come se stesse pronunciando un giuramento. «Voglio solo che tu sappia che... ecco, non sono mai stata così sessualmente aggressiva, prima. E mi dispiace se le mie azioni ti sono risultate sgradite.»

«Alice.» Lancio via il cuscino più alto tra noi. «Non ho la minima idea di cosa cazzo tu stia dicendo.»

Si volta verso di me con gli occhi sbarrati.

Alla tenue luce che filtra dalle persiane, la vedo umettarsi le labbra.

«Hai appena detto una parolaccia?»

«Cosa intendi con sessualmente aggressiva?»

Afferra un secondo cuscino e ci si copre il viso. «La mano sul pacco, poi a Las Vegas ti sono saltata addosso... i copricapezzoli... e poi ti ho baciato.» Bofonchia tutto dietro il cuscino, ma capisco ugualmente.

«Alice.»

Scosta il cuscino abbastanza da parlare più chiaramente.

«Ma sappi che, oltre che dispiaciuta per tutto il resto, voglio assicurarmi che tu non abbia altri rimpianti.»

Rimpianti. Sentirle usare la stessa parola che le ho detto nel camerino è un pugno nello stomaco pieno di lasagne.

Le strappo il cuscino di mano e lo getto via. «Alice.»

Stringe gli occhi.

«Guardami.»

«Preferirei di no. Sono molto in imbarazzo al momento.»

Reprimo un sorriso, e non mi sarei mai aspettato di sorridere a letto con Alice, poi opto per un tono di scuse. «Non avrei dovuto dirti quelle cose in camerino. Ero arrabbiato.»

«Con me, lo so.»

«No, io...» Esasperato da me stesso, vorrei essere più abile con le parole. Ho detto quelle cose perché non sapevo come altro tenerla a distanza. Ma a ripensarci mi sento una schifezza, peggio di un gatto glabro. «Non essere in imbarazzo. Non mi sono mai sentito sessualmente molestato.» Dilato le narici per tenere a bada il sorriso. «Né ho pensato che fossi particolarmente aggressiva.»

Apre un occhio. «Davvero?»

«Davvero.»

Apre anche l'altro, e di colpo sono consapevole dello spazio tra noi, ormai privo di cuscini.

«Grazie per averlo detto.» Mi fa un lieve sorriso. «Sto meglio sapendo di non averti messo a disagio mentre io facevo il miglior sesso della mia vita.» Si raggela, come se si fosse appena reso conto di cos'ha detto.

Con mia sorpresa, Alice ride e si gira sulla schiena, le mani sul viso. «Non riesco proprio a mordermi la lingua quando siamo insieme, eh?»

Non provo più a non sorridere.

Alice è una strana combinazione di intelligenza e ingenuità. È incantevole e dolce. Troppo perfetta per me.

Quando non parlo, lei abbassa le mani e spalanca gli occhi nel vedermi avvicinarmi. Sempre di più.

«Thomas?»

Mi preparo alle solite recriminazioni interne. Per la rabbia. Rabbia verso me stesso per quell'incapacità di controllarmi. Verso Alice, che mi fa desiderare cose che non dovrei volere.

Ma non accade nulla.

Quando la bacio, non provo traccia di rimpianto.

C'è solo Alice.

———

Alice

Thomas si avvicina, le sue labbra sono salde sulle mie, la lingua le sfiora. E quando mi apro a lui, il precedente imbarazzo evapora al primo sentore di dentifricio alla menta e desiderio.

Il bacio si addolcisce prima che lui si scosti e mi guardi negli occhi. «Sono troppo sessualmente aggressivo?»

C'è un sorriso nella sua voce. Ma invece che avvampare o infastidirmi per il suo scimmiottarmi, le sue parole mi sciolgono dentro.

Thomas Moore non è una persona scherzosa. Lo è solo con me.

Piego le dita dei piedi sotto le coperte, cercando il coraggio che avevo sfoggiato dopo troppi drink a Las Vegas. «Non lo definirei aggressivo.»

Sorride, e anche se siamo al buio, l'intera stanza si illumina.

«Ah sì?» Un attimo prima siamo faccia a faccia, quello dopo sono sulla schiena, con le braccia tese sopra la testa, e lui che mi tiene ferma. «E adesso?» Un angolo della sua bocca si solleva.

Oltre a essere adorabile, il Thomas scherzoso è molto, molto sexy.

Con la mano libera mi solleva la maglietta. Ogni traccia di giocoso ammiccamento gli svanisce dagli occhi quando li posa sul mio seno. Mi divincolo un po', perché so di non essere prosperosa, ma lui mi tiene ferma.

«Stupenda.» E riecco il Thomas serioso.

Passa le dita tra i piccoli rigonfiamenti, poi sul mio ventre e sotto l'elastico delle mutandine.

Troppo rapita dal momento per essere a disagio, mi spingo contro il suo tocco leggero che passa dalla pelle morbida all'umidità tra le mie cosce. Chiudo gli occhi, e il suono delle sue dita che mi toccano riempie la stanza. Iniziano a tremarmi le gambe.

Lentamente, Thomas mi penetra con un dito. I miei gemiti riecheggiano. E quando piega il dito, andando a colpire un punto che solo io ero riuscita a trovare, mugolo.

«Alice.» Posa il pollice sul clitoride.

Mi si ribaltano gli occhi e la tensione mi cresce dentro. «Thomas.» Il suo nome è una preghiera; sollevo i fianchi e inseguo il piacere.

Mi bacia la gola, mordicchia piano, e le sensazioni mi gridano dentro la testa.

E non solo. Spasmi mi squassano il corpo. Quasi urlo quando mi strappa l'orgasmo, il palmo premuto contro il mio clitoride, le dita affondante dentro di me.

Quando il tremito si placa e torno lucida, non sono imbarazzata. E neanche stanca o sazia.

Ne voglio ancora.

La donna che ero a Las Vegas riappare, ma sobria, questa volta.

Con le mani ora libere gli afferro il viso e lo porto al mio, catturandogli le labbra.

Nonostante le mie intenzioni, lui si ritrae. «Non dobbiamo fare altro, va bene così. Io sto bene.»

Una parte di me sa che sta cercando di essere un galantuomo. Che mi sta dando la possibilità di non ricambiare, se non mi va. Quasi volesse dimostrare qualcosa.

Ma io sono dissoluta, e non voglio un galantuomo. «Beh, io no.»

Le sue sopracciglia sussultano quando gli tuffo le dita tra i capelli e lo attiro a me. Il mio bacio non è gentile, il tocco non è paziente.

Pianto i piedi sul materasso e mi inarco verso l'alto, rotolando su di lui e togliendomi la maglietta.

«Cristo.» Thomas mi fissa il seno, e di nuovo temo di essere stata troppo aggressiva.

Seminuda, mi blocco. «Troppo?»

In risposta, lui si solleva e mi succhia un capezzolo, pinzandomi l'altro con la mano.

Gli cullo la testa al petto e gemo mentre si dedica ai miei seni. Quando mi alzo in ginocchio, Thomas si cala i boxer, ed entrambi ci abbandoniamo a un ritmo passionale.

Il suo uccello mi rimbalza contro le natiche.

Non mi sfilo neanche le mutandine. Le scosto e afferro la sua erezione, puntandola contro di me.

Thomas mi afferra i fianchi e spinge, causandomi una scossa di piacere che mi fa inarcare la schiena.

Inizio a muovermi e ogni affondo mi porta più vicina all'orgasmo. Più vicina all'uomo che pensavo non fosse alla mia portata. Un uomo con una facciata burbera che nasconde una gentilezza incredibile.

Mi agguanta la vita, i bicipiti si gonfiano quando mi solleva per sbattere contro di me, facendomi quasi staccare le ginocchia dal materasso.

«Oddio, oddio!» Sussulto a ogni stoccata.

«Cazzo, cazzo, cazzo...» La cantilena di Thomas è sincronizzata alla mia.

Il ritmo diventa brutale, i nostri corpi prendono le redini, e il piacere si avvicina.

Thomas si riappoggia al materasso, si inarca e mi penetra a fondo, scatenandomi un'eruzione di lussuria che quasi mi fa urlare. Le sue dita si serrano sui miei fianchi, e il mio orgasmo scatena il suo.

Dopo quella che sembra un'eternità, crollo su di lui. Le mani di Thomas mi sfiorano la schiena.

«Che mi dici di questa aggressione?» La voce è roca, sfinita.

Sbuffo una risatina. Così come Thomas è scherzoso solo con me, io solo con lui sono dissoluta. «Hai vinto tu.»

Il rombo della sua risata mi culla verso il sonno.

Mi sveglio solo per un istante, quando Thomas insulta Mike Hunt.

Capitolo Ventitré

Thomas

Se mio fratello venisse a sapere che ho lasciato il letto e il caldo abbraccio di una donna per andare discutere se Cenerentola e il Principe Azzurro si amassero davvero insieme a una bambina di sei anni, mi farebbe una testa così.

Il povero topino Gus-Gus arranca su per le scale con una chiave. Io indico il televisore. «Ma come possono amarsi se non si sono mai parlati?»

Mary mi guarda male dal suo lato del divano. «Hanno parlato.»

«Quando?»

Fa spallucce. «Mentre ballavano.»

«E perché non li sentiamo allora?»

«Perché è una conversazione *privata*.» Spalanca gli occhi e scuote il capo sull'ultima parola, neanche fossi io quello che dice assurdità.

E forse ha ragione. Dopo essere stato svegliato da un gremlin color carne che mi è balzato sulle palle, Mary si è messa a spiegare che non sa accendere la TV; ho così lasciato Alice a letto e sono sceso al piano di sotto. Pur avendo indossato in fretta dei vestiti da allenamento, non ho proseguito verso la palestra nel seminterrato ma mi sono fermato in salotto con lei. Ho persino tollerato il suddetto attentatore testicolare stravaccato sullo schienale del divano tra noi.

Di solito al risveglio sono carico di energia nervosa, che sfogo in palestra. Ma stamattina mi sento... in pace.

A parte l'aggressione da parte del maledetto felino.

Le sorellastre si sforzano di infilare i piedoni nella scarpetta di cristallo, mentre il duca spocchioso le osserva. «Il principe non va neanche a cercarla di persona. Ha inviato il duca.»

«Era occupato.» Mary incrocia le braccia, e mi chiedo se per caso non stia esaurendo la pazienza con me.

Incapace di resistere, insisto: «A fare cosa?»

«Roba da principi.»

«Già.» Sembra di parlare con mio fratello.

Il televisore si scurisce quando Gus-Gus raggiunge lo scuro attico. Noto il mio riflesso nello schermo: sto sorridendo.

Un'ombra si sposta sulla sinistra dello schermo.

«Cosa combinate voi due?» Alice indossa ancora la mia maglietta, ma ci ha aggiunto i suoi leggings e un paio delle mie calze sportive. Entra esitante in salotto.

Ultimamente i suoi capelli sono più in ordine, forse per via della frangia che finalmente è cresciuta o dei prodotti che le ha fornito mia madre. Oggi però non è così.

La chioma è arruffata, con ciocche più corte che sbucano da tutte le parti sulla sinistra, mentre il lato destro è schiacciato dal cuscino.

Sono curiosamente soddisfatto, neanche lo stato dei suoi capelli sia una prova della mia prodezza sessuale.

E anche molto eccitato.

Momento sbagliato.

Mary mi lancia un sorriso vendicativo, poi si imbroncia rivolta ad Alice. «Thomas pensa che il Principe Azzurro sia un idiota.»

Alice spalanca gli occhi, e io sono stupito dai miei stessi inopportuni pensieri immaturi.

«Non ho mai detto la parola idiota.» Lancio a Mary un'occhiataccia capace di far tremare un uomo adulto. Lei reagisce con un sorrisetto impertinente.

Alice stringe le labbra per non ridere.

Ignorando le loro espressioni, tanto irritanti quanto facili da interpretare, incrocio le braccia e guardo la matrigna che ha appena causato la rottura della scarpetta. «Non penso che Cenerentola e il Principe abbiano avuto il tempo necessario per conoscersi.»

Mary sospira esasperata e mi dà una pacca sul braccio. «Sciocchino, è il vero amore.»

Alice si mette a tossire, e io inarco un sopracciglio.

Almeno si sforza di mascherare il divertimento. «Che ne dite se vado a preparare la colazione?»

Dopo un'occhiata alla mia pancia ancora provata dalle lasagne, mi alzo. Che il movimento dei cuscini porti il gatto a scivolare dal suo posticino in un coro di sibili e arti agitati è una lieta coincidenza.

———

«Colazione.» Metto un bicchiere davanti a entrambe, e mi sembra di aver ottenuto un successo, anche se stamattina non sono riuscito ad allenarmi.

Alice e Mary si scambiano un'occhiata.

«Vi fa bene.»

«Cos'è?» chiede Mary curiosa, laddove Alice sembra disgustata.

«Frutta.» Non è falso. Ho aggiunto una mela, e persino un paio di pezzi di ananas congelato per dare sapore. Non menziono spinaci, sedano e varie polveri proteiche.

Il sorriso di Alice è storto. «Grazie per la colazione, Thomas.»

Cogliendo il messaggio, Mary annuisce. «Sì, grazie, Thomas.»

I bicchieri rimangono intonsi.

Appoggiato agli stipetti all'altro lato dell'isola, sollevo il mio in un brindisi e bevo un lungo sorso. Ho fatto bene ad aggiungere l'ananas.

Più coraggiosa di Alice, Mary prende il suo succo con entrambe le mani e se lo porta alle labbra. Noto con precisione il momento in cui il liquido le tocca la lingua, perché lei si raggela e riappoggia lentamente il bicchiere sul bancone. Ha le guance piene e gonfie come quelle di un criceto, e gli occhi spalancati dal panico.

Con un sospiro, indico il bicchiere. «Sputalo pure se non ti piace.»

Senza perdere tempo Mary lo fa, con un contorno di suoni disgustati.

Alice, il frullato ancora davanti a sé, si alza con un sorriso allegro. «French toast?»

———

Alice

«Ta-da!» Mary fa uno svolazzo con le mani avvolte dalle muffole. Quando non mi unisco a lei, si acciglia finché non mi tocca imitarla.

Thomas, tornato impassibile una volta usciti di casa, aspetta che Mary senta che la sorpresa è stata celebrata a sufficienza. Cosa, secondo me e gli altri passanti, è successo trenta secondi fa almeno.

Alla fine Mary lascia ricadere le braccia, che non le toccano i fianchi per via della giacca imbottita. «Sei stupito?» chiede.

Thomas inarca il sopracciglio dell'occhio sano. «Di quanto tua zia sia poco abile nello sventolare le mani in stile jazz?» Annuisce una volta. «Sì. Sì, lo sono.»

Ho un fremito al labbro quando cerco di guardare Mary con finto oltraggio, e lei ridacchia.

Thomas Moore è divertente.

Non credo lo sappiano in molti, perché bisognerebbe conoscerlo per cogliere il suo senso dell'umorismo. Altrimenti suona solo come uno stronzo.

Ma credo di iniziare a conoscerlo.

E non solo per via del sesso, o forse proprio a causa di esso. Perché il sesso con Thomas è... beh, diciamo che non è per via del freddo dell'inverno newyorkese se ho le guance rosse.

Devo ammetterlo, quando stamattina mi sono svegliata e non l'ho trovato, mi sono autocommiserata un pochino ripensando a tutto ciò che gli ho detto ieri prima che la situazione mi sfuggisse di mano e mi ritrovassi troppo a mio agio, troppo vogliosa.

«No, sciocchino.» Mary alza gli occhi al cielo, poi gli prende la mano e lo trascina verso la porta. «Devi essere stupito dalla *mostra fotografica.*» Anche se è difficile dirlo con quelle muffole in cashmere, regalo di Emily insieme alla soffice giacca viola, indica il cartello della Aperture Gallery sopra la porta. «Dentro lì ci sono foto come quelle che fai tu.»

E poi stamattina l'ho trovato a parlare del Principe Azzurro, e sono quasi caduta ai suoi piedi.

Thomas si volta per tenerci aperta la porta; io e Mary entriamo.

Quasi cedo alla tensione, e mi blocco sulla soglia. «Ti sta bene?»

Il suo viso non trasmette nulla.

«Al momento, quando siamo finite nella tua camera oscura mentre giocavamo a nascondino, sembrava una buona idea, ma...»

«Alice è andata a nascondersi lì!» Mary mi usa come capro espiatorio, e la sua voce allegra attira l'attenzione degli altri visitatori.

Thomas mi spinge delicatamente avanti con l'altra mano. «Visto che Mary ha costruito un campeggio per le Barbie nel mio seminterrato, immaginavo che aveste visto la camera oscura.»

Mary assume un'aria un po' contrita. «Non posso costruirlo in salotto, perché è troppo carino. Ci vuole un posto meno elegante per il campeggio.» Si toglie i guanti e li lascia penzolare dalle maniche della giacca a cui sono fissati. «L'ho letto in un libro.»

«Mary...» Cerco di avere un tono autoritario e al tempo stesso di sussurrare nell'ampio atrio della galleria. «Non puoi seminare giochi dappertutto. È la casa di Thomas.» Glielo ricordo per ricordarlo a me stessa. «E hai già occupato il suo salottino.» E la sua camera da letto.

«Salottino?» Mary sembra confusa.

«La stanza dei giochi,» spiega Thomas con un mezzo sorriso ironico.

«Oh.» Mary sembra aver capito, perché annuisce, poi inclina la testa verso di me, come se stesse parlando a qualcuno di un po' lento. «Lì c'è la casa *normale* di Barbie. Non potevo metterci il campeggio.» Sbuffa come se fossi assurda. «Che vacanza sarebbe, se ci potesse andare a piedi?»

Apro e richiudo la bocca, perché non so davvero cosa rispondere.

Le spalle di Thomas si sollevano appena. «Forse passa troppo tempo con mia madre.»

«Andiamo, Thomas.» Stufa della discussione, Mary gli prende la mano e lo trascina fino all'angolo, dove afferra tutti i volantini disponibili.

Sospiro, un po' esasperata con Mary e un po' deliziata nel vederli che si tengono per mano. Thomas è tornato al solito contegno stoico, ma anche così sembra... più dolce. Più rilassato.

Forse perché è sabato. Forse perché ieri sera ha fatto sesso. Forse...

Questo non è permanente. Non devo farmi influenzare da un risveglio soddisfatto dopo una notte di passione, o dalla tenerezza di vedere l'altro protagonista di suddetta notte di passione che guarda i cartoni con mia nipote.

Non devo lasciare che mi faccia fremere il cuore e le mutandine. Quella è roba da romanzo d'amore.

Mi riscuoto e cerco di essere realista. Felice, ma realista.

Sono felice che Thomas abbia accettato le mie scuse, che l'attrazione sia ricambiata, che io e Mary abbiamo potuto fargli questa sorpresa per ringraziarlo di...

«Oooh, guarda questa!» Mary indica la foto di una donna che abbatte un albero. Nuda.

Spalanco la bocca e la fisso. Prima il *cespuglio* nella foresta, poi il resto dell'allestimento fotografico.

I soggetti sono tutte persone nella foresta. Nude, anche loro. E se ho sempre ritenuto che il corpo umano sia bello e l'arte sia arte, la mia voce interna da genitore grida *Non farle vedere i peni!*

Thomas deve pensarla allo stesso modo, perché fa scivolare una mano davanti agli occhi di Mary.

———

Thomas

Scruto il parco dove ci siamo recati dopo aver condotto Mary (sempre tenendole gli occhi coperti) fuori dalla mostra "Tornare alla Natura". «Grazie per avermici portato.»

«Non credo tu debba ringraziarmi per una visita da dieci secondi.» Alice scuote il capo, braccia e gambe incrociate sulla panca al mio fianco. «Tanti saluti alla mia idea di regalo di gratitudine.»

Il fatto che senta di dovermi ringraziare mi irrita. Probabilmente perché lei ritiene che la mia accoglienza di Mary sia frutto di altruismo, quando in realtà sono stato uno stronzo egoista. Cosa resa evidente dai documenti che ha firmato.

Mi soffermo su Mary che sta facendo amicizia con una bambina in giacca rosa, mentre mia madre, che ci ha raggiunti al parco, le tiene il posto in fila per le altalene. «Non mi sono mai divertito tanto a una mostra.»

«Sì, come no, un vero spasso.» Il respiro di Alice si condensa nell'aria. Per quanto faccia freddo, questo pomeriggio di fine febbraio è soleggiato.

«No, davvero.» Mi sposto verso di lei. Anche se indosso il cappotto, vorrei aver aggiunto un maglione al di sotto. «Rispetto e apprezzo la fotografia come forma d'arte, ma di solito preferisco essere io a scattare le foto.»

Alice si appoggia alla mia spalla. «Perché ti fa sentire parte di ciò che stai immortalando?»

Devo apparire stupito, perché lei si scosta in fretta e tende le mani. «Ah, scusa. Non farci caso.»

Mi schiarisco la gola e indico il parco giochi. «Ho iniziato a scattare fotografie quando avevo l'età di Mary.»

La guardiamo correre e giocare con gli altri bimbi, il naso rosso per il freddo.

«Chi ti ha insegnato?» Alice fissa mia madre, che sembra una modella uscita da una rivista patinata, ancora in fila per le altalene. «Emily?»

«No.»

Quando non spiego ulteriormente, Alice si volta verso di me con aria curiosa.

Mi irrita aver tirato in ballo l'argomento, così brontolo: «Ho imparato da solo.»

«Ah.» Torna ad appoggiarsi a me. E proprio quando il lungo silenzio mi fa considerare conclusa la conversazione, mi chiede: «Perché lo tieni segreto?»

«Non è così, non proprio. È solo che...»

«Solo che cosa?» insiste.

Scrollo le spalle. Non so spiegarlo, ma neanche voglio deluderla, così mi alzo. «Aspettami qui.»

«Cosa?» Scatta in avanti. «Dove vai?»

Mi chiudo il cappotto contro il vento freddo, e valuto la distesa di erba gelata tra qui e casa mia. «Torno subito.»

A differenza delle mie, le espressioni di Alice sono facili da leggere. E anche se di solito non sento di dovere spiegazioni, con lei è diverso. «Vado a prendere una cosa.»

«Okay.» Strascica la parola come se non mi credesse.

Cammino in fretta sul gelido manto erboso di Central Park per tenermi al caldo, ma ci metto comunque più del previsto.

Una volta a casa, ho faticato a decidere quale scegliere. Per fortuna sono tornato in tempo.

«Adesso tocca a noi!» grida Mary dal parco giochi; ha raggiunto mia madre in coda, e sono abbracciate.

Agito la mano libera, poi porgo ad Alice ciò che ho preso.

Lei si acciglia guardando il mio prezioso cimelio. «Una macchina fotografica?»

«Una Pentax K100. Quella che ho usato per imparare.»

Faccio le spalle e fingo indifferenza. «Se non vogliamo contare quelle vecchie usa e getta.»

Alice regge con premura la macchina, quasi sapesse il valore che ha per me. «Tu che usavi le usa e getta?» La sua parodia esagerata di stupore è adorabile. «Il grande e potente Thomas Moore?» Ride. «Molto plebeo da parte tua.»

«Sì, beh, erano facili da acquistare e da nascondere a mio padre. Prima che, al liceo, un corso di fotografia mi desse l'occasione di comprare questa.»

Il suo sorriso si attenua, e io proseguo prima che possa fare altre domande.

«Ecco.» La aiuto ad alzarsi, poi mi sposto dietro di lei, guidandole le mani sulla macchina fotografica. «Ho già impostato l'apertura e la velocità dell'otturatore.» Punto l'obiettivo verso Mary, che si sta spingendo sull'altalena. «Ora premi questo.» E le indico il pulsante di rilascio.

Click.

Un suono che ho sentito migliaia, forse milioni di volte da quando ho iniziato a dedicarmi alla fotografia. Ma questa volta è diverso. Familiare, ma quasi si perde nell'insolita cacofonia dei bambini al parco, dei genitori che cercano di stancarli prima di portali a casa per la cena e metterli a letto.

Il parco non è un posto dove mai avrei pensato di trovarmi, e ancor meno di scattarci foto.

«Pensi che sia venuta bene?» Scosta la fotocamera e si acciglia quando nota l'assenza di uno schermo dove vedere l'anteprima.

«Questo è parte del divertimento.» Le sollevo di nuovo le mani. «Vedere le foto quando si sviluppano. Capire se hai catturato il momento o meno.»

Alice si districa e si volta sorridente verso di me. «Non suona da te. Non hai forse detto che non ti piacciono le sorprese?»

Faccio una smorfia, perché non so cosa risponderle. «Beh, allora direi che Chase ha ragione.»

«In cosa?»

«Che sono un enigma frustrante senza senso dell'umorismo.»

Lei si acciglia. «Secondo me invece sei divertente.»

Sono così stupito che rido.

«Zia Alice!» Mary oscilla fino in alto, poi torna giù, facendo scattare avanti e indietro le gambe. «Thomas!» Lascia la catena con una mano per salutare, e Alice afferra la mia. Con forza.

Ricambio il cenno di saluto, poi infilo la mia mano unita a quella di Alice in tasca. La tengo lì finché Mary non afferra di nuovo la catena.

Capitolo Ventiquattro

Thomas

«Sai perché amo i romanzi d'amore?» Alice mi guarda da sopra il bordo del telefono. Siamo in salotto, io seduto all'estremità del divano, lei sdraiata accanto a me, con i piedi in grembo.

È quello che abbiamo fatto nelle ultime tre notti dopo la famigerata gita alla mostra. Dato che mia madre ha deciso di darsi agli appuntamenti con tutti gli scapoli trentenni della città, Alice si è occupata di preparare la cena, questa volta un pasticcio pieno di carboidrati che comprendeva pollo, riso e due lattine di zuppa condensata, poi abbiamo messo a letto Mary e ci siamo ritirati in salotto a leggere.

Abbassando il mento, la guardo attraverso gli occhiali da lettura. «Perché?»

Alice ridacchia: l'unico bicchiere di vino che ha bevuto a cena, da una bottiglia che ci ha lasciato mia madre, l'ha resa abbastanza brilla che non mi chiedo più quali siano gli spazi vuoti nella sua mente a causa di Las Vegas.

Mi acciglio, rendendomi conto che ho smesso di mettere in

discussione molte cose di quella notte che non avrei dovuto fare. Come il fatto che tutti i miei vestiti fossero ordinatamente disposti a lato del letto o che gli anelli...

«Il sesso.»

Tossisco una risata e stropiccio il giornale che ho tra le mani.

Alice sorride, come se farmi ridere fosse il suo obiettivo.

Negli ultimi giorni, sospetto che lei e Mary stiano facendo a gara a chi riesce a farmi ridere di più.

Mary potrebbe essere in vantaggio perché, da un lato, dopo il lavoro, mentre Alice cucina la cena, ho trovato divertenti e non fastidiosi i suoi sforzi di farmi colorare in modo *albitario*. E due, mi piace fare altre cose con Alice piuttosto che ridere.

A tal proposito... «Sesso, eh?» Scuoto il giornale per piegarlo. «E io che pensavo che fosse il romanticismo.»

Il suo sorriso sornione dà il via alla fase di riscaldamento che ci porterà a bruciare le calorie della cena. «Oh,» sussurra tutta innocente. «In realtà, quello che stavo per dire prima che tu mi distraessi con quei tuoi occhiali da lettura sexy, è che la cosa che preferisco dei romanzi rosa è che sono felici.» Lei assume un'espressione che non sono sicuro sia del tutto legata al Cabernet. «E la parte migliore in assoluto è quando c'è un epilogo nel futuro in cui fanno qualcosa di semplice come cenare o riunirsi intorno all'albero di Natale con la loro famiglia in crescita.» Sbatte le palpebre un paio di volte; tra le sopracciglia si forma una piega, come se si chiedesse perché si stia improvvisamente commuovendo.

Sapendo quello che so della sua infanzia, capisco perché l'epilogo sia la sua parte preferita. Ma non potrei parlarne nemmeno se volessi. Sebbene le cose tra me, mia madre e mio fratello vadano esponenzialmente meglio ora che mio padre è in prigione, anche se non si può dire lo stesso per Liz, non mi ritengo capace di offrire di più di questa tregua temporanea che Alice e io abbiamo forgiato negli ultimi giorni.

Sono abbastanza intelligente da sapere che Alice e Mary staranno meglio senza di me. Hanno solo bisogno della sicurezza che posso dare loro finché non saranno in grado di andare avanti.

«Occhiali da lettura sexy?» Getto il giornale da parte, deciso a distrarla, e a distrarre me stesso, nel modo migliore che conosco.

Le afferro un piede, lo sollevo per spostarlo dietro di me e faccio spazio tra le sue gambe. Forse non sono bravo con le parole o con le promesse che non comportano obblighi contrattuali, ma posso... Mi fermo, con il corpo girato verso di lei, e un'improvvisa consapevolezza mi colpisce.

Non ho ancora stracciato i documenti che Alice ha firmato. Sono nel cassetto della mia scrivania, proprio dove li ho messi quel giorno in ufficio, sepolti sotto una pila sempre più grande di disegni di Mary.

Sono stato distratto. Avvocati e rapporti degli investigatori, il lavoro con le risorse umane sul nuovo manuale per i dipendenti, le ore inaspettate che ho trascorso con Alice per creare il mock-up dell'allestimento. Compiti inaspettati che si aggiungono alle responsabilità lavorative e che, onestamente, non sono riuscito a portare a termine nel migliore dei modi.

Non sono sul pezzo. Sto commettendo piccoli errori che sapevo avrei commesso se mi fossi lasciato trascinare dal fascino di Alice Truman.

«Thomas?» Il tono preoccupato di Alice mi riporta al momento. «Cosa c'è che non va?»

«Niente.» Ed è così. Lo farò domani. Rimarrò fino a tardi per assicurarmi di essere in pari con tutto, visto che ci avviciniamo al cambio di stagione in negozio.

«Sei sicuro?»

Facendo scivolare le mie mani all'interno delle sue gambe, le spingo per divaricargliele. «Sì.» Un delizioso rossore le si diffonde sulle guance. «Sai qual è la mia parte preferita dei romanzi rosa?»

Il sorriso torna a illuminarle gli occhi. «Hai una parte preferita?»

Tiro su il ginocchio, appoggiandolo sul cuscino. Mi abbasso su di lei, assicurandomi di sostenere il peso sugli avambracci. «Ti danno delle idee.»

Si dimena sotto di me, strofinandosi contro il mio uccello eretto sotto i pantaloni della tuta che fanno parte del mio abbigliamento da gioco. «Sembra che sia tu ad avere delle idee.»

Spingo il bacino verso il basso. «Vero. Ricordo di aver letto un passaggio particolarmente stimolante del tuo libro in aereo.»

Spalanca la bocca. «Non ci credo.»

Faccio ruotare i fianchi; ciò che ho letto era così scioccante da imprimersi nel cervello, sia quello che ho in testa che quello più in basso. «*Il suo uccello si gonfiò, pulsante. Con un ruggito raggiunse il piacere...*»

Mi copre la bocca con le mani. «Oddio!» Ride, e il suono riverbera nel punto in cui siamo premuti insieme. «Fermati.»

«Vuoi che mi fermi?» Ho male alle guance; i muscoli non sono ancora allenati a sorridere così spesso.

Alice sbatte lentamente le palpebre. Le piace quando sorrido o rido.

Mi infila le mani tra i capelli e mi tira a sé. «No, per niente.»

Baciare Alice è sempre diverso. A volte rapido, a volte lento. Ma sempre coinvolgente.

Faccio oscillare i fianchi mentre ci baciamo, l'attrito aumenta il calore tra noi.

Per non schiacciarla e riuscire a toccarla, appoggio la maggior parte del peso sull'avambraccio destro, puntellandomi allo schienale del divano per poter sollevare il sinistro.

Mi metto in equilibrio e mi si contraggono gli addominali; penso che dovrei aggiungere un po' di yoga ai miei allenamenti.

Proprio mentre le mie dita scendono lungo il suo fianco, infilandosi nell'elastico delle mutandine, il mio telefono squilla.

Sussulto e le cado addosso.

«Uff.» Il suo sbuffo mi colpisce l'orecchio.

«Accidenti.» Mi ci vuole un attimo per fare leva sugli spessi cuscini del divano, e di colpo sono molto conscio della mia età. «Stai bene?»

Alice, dopo aver ripreso fiato, ridacchia.

Prendo il mio telefono dal tavolino, e quasi sorrido con lei finché non vedo il numero del mio avvocato sullo schermo. Silenzio la chiamata e mi chino a baciare la guancia di Alice. «Perché non vai a letto?»

Di colpo diventa seria. «Io...»

«Dammi solo un attimo.» Esco dalla stanza prima che Alice possa dire altro, dirigendomi verso le scale di servizio. Il seminterrato è più vicino del mio ufficio al secondo piano e mi garantirà una maggiore privacy.

A pochi passi dal fondo, faccio scorrere il pollice sullo schermo. «Henry.» Accendo le luci e sbatto le palpebre mentre i miei occhi si adattano. «Cosa c'è che non va?»

Henry, ormai abituato a lavorare oltre l'orario d'ufficio, non si scusa per la chiamata tardiva. «Ho ricevuto una chiamata dall'anagrafe oggi, poco prima della chiusura, che diceva che non riuscivano a trovare la licenza di matrimonio con Alice Truman.»

Merda. Mi guardo nello specchio a tutta altezza dietro la panca.

«Ho suggerito che potrebbe esserci stato un errore di trascrizione e sembravano d'accordo, ma ora vogliono una copia della licenza.»

Ruoto sul tallone e il mio piede scivola su qualcosa di appuntito. «Cazzo.»

«Ho già bloccato l'appartamento di cui abbiamo parlato

prima. Quello previsto dal contratto. So che ha detto che non voleva usarlo, ma in questo modo Alice potrebbe continuare ad avere in affidamento la bambina.»

Dallo specchio mi fissa un uomo che non riconosco, un uomo in tuta e calzini con i capelli arruffati, ancora mezzo eccitato per via di Alice. Tuttavia non voglio cedere.

Fisso il camper di Barbie, ora parcheggiato sotto la mia rastrelliera per i bilancieri.

«No. È meglio che Mary rimanga qui. Non ha avuto incubi nelle ultime notti e un trasloco potrebbe compromettere il suo senso di sicurezza.»

«Signor Moore?»

Voltandomi dallo specchio, inizio a salire al piano di sopra. «Ho un'idea migliore.»

Capitolo Venticinque

Alice

«Ciao, George.» Camminando accanto a Mary, che fatica a reggere il peso della valigetta di Thomas che ha insistito per portare, mi avvicino alla scrivania del segretario.

Lui alza lo sguardo dalla tastiera, con un ampio sorriso che gli sposta gli occhiali.

«Ciao, George!» Mary lascia la maniglia, quasi slogandosi l'altra spalla, per poter salutare. Come se George potesse non accorgersi di lei, con il suo cappotto di pelliccia sintetica rosa Dolce & Gabbana per bambini, il tutù verde e le Doc Martens nere.

Punk princess chic, l'ha definita Emily, osservando orgogliosa l'abbigliamento di Mary quando le ho incontrate all'ingresso principale di Moore's, prima di correre da Susan nel reparto moda femminile. Doveva prendere un nuovo vestito per il suo appuntamento di stasera.

Prendo in mano la valigetta che Thomas ha dimenticato questa mattina prima che Mary si faccia davvero male.

«Buongiorno.» George si alza dalla scrivania e si abbottona la giacca. «E chi sarebbe questa signorina?»

«Sono Mary,» risponde, e gli fa una riverenza.

«Capisco...» George alza gli occhi verso i miei e io devo torcere le labbra per non ridere.

Emily ha creato un mostro.

«Piacere di conoscerti, Mary.» George fa un inchino. «Io sono George.»

Mary ridacchia.

«Moore's non sarebbe in attività senza di lui,» aggiungo, sentendomi ancora in colpa per aver nascosto così tanto al mio amico.

Con mio grande sollievo, George mi fa l'occhiolino.

«Porto la valigetta a Thomas.» Mary si dondola sugli anfibi. «L'ha dimenticata stamattina.»

Dal modo in cui le sopracciglia di George si sollevano, capisco che ha una serie di domande, ma fortunatamente non ne pone nessuna. «Mi dispiace, Mary, ma il signor Moore è andato via poco fa.»

Mary si affloscia. «Oh.»

Anch'io mi sgonfio un po'; un piccolo dubbio mi tormenta da quella telefonata di ieri sera. Thomas non è venuto a letto per finire quello che avevamo iniziato sul divano. Almeno, non prima di mezzanotte, l'ultima volta che ho guardato l'orologio. E come al solito si è alzato prima di me per allenarsi.

«Ha una riunione?» chiedo, in cerca di rassicurazioni.

«In realtà non ne sono sicuro.» Tira su con il naso, la sua postura si irrigidisce e rende evidente che lui e Thomas non hanno ancora fatto pace. «Non si è scomodato a dirmelo. Mi ha solo riferito di bloccare tutti i suoi appuntamenti.»

Mary ciondola avanti e indietro.

«Mary, devi andare in bagno?»

Incrocia un anfibio sull'altro. «Devo fare la pipì.»

George sorride. «Perché non usi il bagno nell'ufficio di Thomas?» Indica la porta dietro di sé. «Puoi lasciare la valigetta sulla scrivania.»

«Grazie!» E se ne va di corsa.

Mi affretto a seguirla, preoccupata per il tutù. «Grazie, George.»

Qualche minuto dopo, a incidente evitato, Mary esce dal bagno e si dirige verso la scrivania di Thomas.

La seguo, chiudendomi la porta del bagno privato alle spalle. «Cosa stai facendo?»

«Ho fatto un altro disegno a Thomas.» Mary lotta con la chiusura in ottone della valigetta in pelle. «Voglio lasciarglielo sulla scrivania.»

«Aspetta.» Le scosto le mani prima che inizi a strattonare e apro io stessa la valigetta. «Ecco.» Il disegno del cavallo blu brillante è facile da individuare. «Possiamo metterlo...»

«Li ha tenuti!» Mary mi sorride guardando il cassetto aperto della scrivania di Thomas.

«Mary, non si aprono i cassetti degli altri...»

«Ma guarda!» Mette le manine nel cassetto e tira fuori una pila di fogli. «Li ha conservati.»

Non riesco nemmeno a finire di rimproverarla. Perché nelle sue mani c'è la rassicurazione che cercavo quando ho accettato di accompagnarla nell'ufficio di Thomas. Una spessa pila di disegni, probabilmente tutti quelli che è riuscita a infilargli nella ventiquattrore la mattina e poi altri ancora, sono stretti tra le sue mani.

«Dovremmo appenderli.» Mary si guarda intorno nell'ufficio. «Ma dove?» Girando sui tacchi, sbatte contro il lato della scrivania e i fogli cadono a terra. «Ahi!»

«Oh, tesoro.» Le afferro la mano che ha battuto. «Stai bene?»

È imbronciata, ma non piange.

Girando la mano da una parte e dall'altra, bacio ogni lato. «Adesso passa tutto.»

Fa gli occhi tristi al pavimento. «Mi sono caduti.»

«Non fa niente.» Le scosto le ciocche di capelli dal viso. «Cosa facciamo quando combiniamo un pasticcio?»

«Puliamo.» Nella sua voce c'è molto meno entusiasmo rispetto a un minuto fa.

Impietosita, le do una amichevole gomitata con la spalla. «Perché non chiedi a George se ha del nastro adesivo? Possiamo appendere le tue opere alla finestra. Così Thomas non potrà non vederli quando tornerà.»

In risposta, piccole Doc Martens scalpicciano via.

Mi chino per raccogliere i disegni. Arcobaleni in bianco e nero, una navicella viola, vari Mike Hunt in technicolor...

La mia mano si ferma su alcuni fogli di cui riconosco l'intestazione. È il contratto che ho firmato per Thomas la settimana scorsa.

Faccio per rimetterli nel cassetto, quando un altro non disegno cattura la mia attenzione. Un brivido di calore mi scorre sotto la pelle, il suono e le luci dell'ufficio si affievoliscono.

«Ho lo scotch!» George entra accanto a una Mary saltellante. La sua eccitazione mi riporta al momento. Vedendo la mia espressione, probabilmente scioccata, si ferma. «Tutto bene?»

Ho la bocca secca; deglutisco e finisco di raccogliere i fogli. I disegni, il contratto e le copie di... qualsiasi cosa siano. Fingo di non guardarli e di non essere turbata. «George, puoi aiutare Mary?»

In piedi, appoggio i disegni sulla scrivania e porto gli altri documenti sul divano.

Probabilmente intuendo che ho bisogno di un minuto, George annuisce. «Certo.»

Distrae Mary chiedendole di organizzare l'esposizione dei disegni mentre io mi siedo, fissando un documento che non avrei mai pensato di dover guardare di nuovo: il mio certificato di nascita rilasciato dallo Stato. La scritta di madre e padre "sconosciuti" mi fissa.

Faccio un respiro profondo e lo infilo sotto il plico, lasciando il contratto in cima.

Poiché il giorno diciotto di febbraio non è stato celebrato alcun matrimonio...

Mary ridacchia per qualcosa che George ha detto, ma le loro voci svaniscono mentre continuo a fare ciò che avevo promesso a Thomas: leggere ciò che firmo. Con mani tremanti, volto ogni pagina dopo averla conclusa.

Il signor Thomas Moore, da qui indicato come la prima parte, si assicurerà del benessere della signorina Mary Rogers, con l'accordo che la signora Alice Truman, da qui indicata come la seconda parte, rinuncerà a qualsivoglia posizione lavorativa presso Moore's Sartorie.

Sotto il contratto ci sono pagine di informazioni su Kayla e me. I suoi ultimi lavori, il rapporto di polizia sul suo ex fidanzato. Un insieme di documenti redatti da un investigatore privato, di cui deve far parte il mio certificato di nascita.

«Guarda, zia Alice!»

Non alzo il capo, perché temo di versare le lacrime che mi velano gli occhi. Mi schiarisco la gola e mi porto la mano al petto. «Un attimo, tesoro.»

Sbatto le palpebre per schiarirmi la vista e rileggo l'ultimo documento. Una lista delle case-famiglia dove sono stata dai sei ai diciotto anni.

E ora so che la villa in Central Park di Thomas Moore è solo una delle molte nell'elenco.

———

Thomas

. . .

Quando Mason ha chiamato nel mio ufficio quasi subito dopo il mio arrivo per dirmi che aveva trovato Kayla, ero preoccupato. E per nulla preparato a quello che abbiamo trovato quando siamo arrivati.

«Ehi, ragazzi, benvenuti.» La cameriera con la coda di cavallo lascia cadere due tovaglioli da cocktail sul tavolo scuro e ricoperto di resina con un sorriso. «Sono Kayla e mi prenderò cura di voi.» Prende una penna dalla tasca del grembiule. «Posso portarvi qualcosa da bere?»

Il mio cervello non riesce a capire come questa giovane donna, sana, serena e con gli occhi limpidi, che serve da bere in un locale di Staten Island, possa essere capace di lasciare la figlia ferita in un ospedale.

«Kayla Rogers?» chiede Mason, con la voce molto simile a quella dell'agente di polizia che era un tempo.

Il sorriso di Kayla si spegne e i suoi occhi si spostano tra noi. «Sì?»

«Sono l'investigatore privato Mason.» Mason punta il mento verso di me. «Questo è il mio cliente, Thomas Moore.»

Le faccio un cenno con la mano.

«Vi lascio un po' di tempo per parlare.» Indica il bancone al centro del locale, dove alcuni dei clienti stanno guardando i momenti salienti della partita di quest'ultimo fine settimana. «Io sarò laggiù.»

Kayla fa un passo indietro, come se si stesse preparando a scappare.

Io allungo la mano e le afferro il polso. «Si tratta di Mary.»

Si irrigidisce e poi, come arrendendosi all'inevitabile, si lascia cadere sulla sedia lasciata libera da Mason.

Aspetto mentre un gruppo di uomini con polo e tessere appese al collo ride di una battuta. Mentre una madre sistema il seggiolone prima di far sedere il suo bambino. Mentre una coppia si accomoda sullo stesso lato di un tavolo e condivide le patatine. Tuttavia, Kayla non dice nulla.

Gioca al gioco del silenzio meglio di me.

«Non mi chiedi come sta?»

La preoccupazione le lampeggia negli occhi, poi svanisce altrettanto rapida. «È con Alice, sta bene.»

Mi sposto sulla sedia. «Come fai a saperlo?»

Mi guarda con uno sguardo che non ha nulla da invidiare a quello di un'adolescente. «Perché Alice non permetterebbe mai che le succeda qualcosa.»

«No.» Mi chino in avanti, invadendo il suo spazio e cancellando la sua espressione da saputella. «Come sapevi che Mary era con Alice? Te ne sei andata prima che Alice arrivasse.»

«Oh.» Raccoglie il tovagliolo da cocktail davanti a sé, facendo dei piccoli strappi lungo i bordi. «Ho ascoltato i messaggi vocali che mi ha lasciato prima di buttare via il telefono.»

«Capisco.» E lo vedo. Vedo che è una donna che si è presa il tempo di tranquillizzare se stessa riguardo a sua figlia, ma non si è preoccupata abbastanza di rispondere alle chiamate per dare ad Alice la stessa pace mentale.

«Chi sei tu?» A testa bassa, mi scruta da sotto le ciglia. Mi ricorda Mary. Hanno anche la stessa pelle olivastra e capelli castani.

Ma in questi pochi minuti è evidente che tutto ciò che è intelligente, premuroso e gentile Mary lo ha preso da Alice.

«Sono...» Non riesco a spiegare nulla. Mi accontento di dire: «Sono il capo di Alice.»

«Oh, *quel* Thomas Moore.» Sorride come se sapesse qualcosa che io non so.

Non mi piace affatto Kayla Rogers.

«Sì, quel Thomas Moore.» Posso solo immaginare quali

storie deve aver sentito da Alice prima, beh, prima di Las Vegas. Prima delle lasagne, dei Lego e di una mostra di foto di nudo. «Sono qui per parlare del pasticcio che hai appioppato a Alice.» Mi guardo intorno nel ristorante, logoro ma funzionale. «Il tutto per avere questo.»

«Non giudicarmi.» Adotta ancora una volta quell'atteggiamento da adolescente ribelle. «Ho fatto quello che ho fatto per Mary.» Mi dà un'occhiata. «Non puoi dirmi che Mary non sia più felice ora.»

Non ricambio lo sguardo. «Rispetto allo sfratto e ai rifugi per senzatetto, sì, credo che sia più felice.»

Kayla indietreggia. Poi, facendo finta di niente, getta il tovagliolo sul tavolo. «Che ti importa, comunque? Sei solo il capo di Alice.»

«Sì, lo sono. E Alice è anche buona amica di mio fratello e mia cognata. E visto che al momento loro sono fuori città, sono intervenuto io.»

«Buon per te, Richie Rich, ma ho un lavoro a cui devo tornare.» Si rialza.

«Tornare al lavoro non è un'opzione.» Ne ho abbastanza del suo atteggiamento impenitente, così lascio che la minaccia nella mia voce la faccia riflettere.

Si riprende incrociando le braccia, come se credesse il contrario. «Immagino che tu stia per dirmi quali sono le mie scelte.»

Annuisco. «La prima è aspettare l'arrivo della polizia.»

Spalanca la bocca e fa ricadere le braccia. «Per quale motivo?»

«Che tu ci creda o no, è illegale abbandonare un figlio.»

Lei alza gli occhi al cielo. «Non è che l'ho mollata sul ciglio della strada come hanno fatto i genitori di Alice. Ho lasciato Mary in un ospedale.»

Ingoio la rabbia che provo a nome di Alice per il commento

disinvolto di Kayla sul suo passato. «L'abbandono di un minore è un abbandono di un minore, indipendentemente dal luogo in cui avviene.»

I suoi occhi si spostano verso il cartello di uscita sul retro del ristorante.

Vorrei che scegliesse la prima opzione, ma ho bisogno che scelga la seconda per il bene di Mary e Alice. «Oppure, puoi affidare la tutela a Alice e rendere legale il tuo abbandono, il che garantirà la sicurezza di Mary. Se lo farai, mi assicurerò che tu non vada in prigione.»

«La seconda,» risponde in fretta. «Scelgo la seconda.»

«Ottima decisione.» Non mi interessa nemmeno sapere quali ragioni avesse o cosa avesse passato. So solo che se non vuole essere la madre di Mary, allora non merita di esserlo.

Faccio cenno a Mason di chiamare il mio avvocato, che mi aspetta in macchina qui fuori.

Kayla continua a stracciare il tovagliolo.

L'orologio a cucù della Statua della Libertà sulla parete fa tic-tac. Quando vedo Mason abbassare il telefono, mi chiedo quanto tempo ci vorrà.

Il tragitto dall'ufficio al traghetto è stato molto più lungo del previsto, visto quanto è nervoso il mio avvocato al volante della sua Bentley troppo grande per essere guidata in città.

Non ho mai apprezzato più di tanto Brian. Mi segno mentalmente di dare un aumento al mio autista.

«Ascolta, mi licenzieranno se non finisco il turno.» Kayla guarda il suo telefono. «Stacco tra un'ora.»

«No.» Osservo Henry entrare con la sua valigetta; per sicurezza, ha parcheggiato l'auto tre isolati più in là. «Ho aspettato abbastanza. Mary e Alice hanno aspettato abbastanza.»

Kayla si alza. «Ho bisogno di questo lavoro, okay?» Sembra più seria di quanto non lo fosse all'idea di lasciare sua figlia. «Sono stata fortunata a ottenere...»

«Non mi interessa.» Non devo nemmeno sforzarmi di eliminare ogni grammo di emozione dal mio viso per dimostrarle quanto sinceramente non me ne freghi un cazzo di disturbarla.

Dal modo in cui deglutisce, deve averlo inteso.

Henry arriva al tavolo e con un tonfo appoggia sul tavolo la valigetta contenente l'atto legale. «Datemi un minuto per mettere tutto in ordine.»

Sento un forte mal di testa tra gli occhi. Perché non lo è ancora? Durante il viaggio non ho fatto altro che sentirlo ripassare la procedura di rinuncia volontaria ai diritti di genitore, come se stesse studiando prima di un esame. E probabilmente lo era per lui, visto che di solito si occupa solo di diritto commerciale.

«Onestamente?» Henry lancia un'occhiata a Kayla. «Non pensavo che l'avrebbe firmato.»

Kayla arrossisce. «Vado a controllare i miei tavoli. Avvisatemi quando è pronto.»

L'orologio suona altre due volte prima che ce ne andiamo, con il futuro di Mary messo al sicuro nella valigetta di Henry.

«Ora manca solo la firma della signora Truman e tutto sarà ufficiale.» Henry inizia la sua arringa legale non appena usciamo dal ristorante.

Mason prende saggiamente un taxi per il traghetto.

Il mio corpo freme di energia irrequieta, come se avessi saltato l'allenamento mattutino, mentre in realtà stamattina ho trascorso quindici minuti extra con pesi più pesanti del solito.

Mentre il traghetto si avvicina alla fermata di Whitehall, con la vera Lady Liberty alla mia sinistra, inizio a provare mentalmente tutti i motivi per cui Alice dovrebbe firmare i documenti per la tutela, in modo da poter risolvere la questione *prima* che la mancanza della licenza di matrimonio diventi un problema.

Alice

Thomas entra nell'ufficio seguito da un uomo con dei capelli orrendi. Sussulta quando mi nota seduta sul divano. «Alice.» Per una volta, il piccolo sollevamento all'angolo della bocca non mi fa battere il cuore.

«Thomas.» Sono piuttosto orgogliosa di quanto sembro calma.

Le labbra di Thomas si appiattiscono.

«Io sono Henry Farrier.» Brutti Capelli mi porge la mano. «Dello studio legale Fielding&Church.»

La stringo. «Lo stesso nome su quasi tutte le pagine di questi documenti.» Ritraggo la mano dalla sua per prendere la pila di fogli sul tavolino di fronte a me.

Thomas si blocca.

Ci fissiamo negli occhi per un attimo.

«Henry.» Thomas si rivolge al suo avvocato mentre mi guarda.

L'avvocato sposta lo sguardo dal contratto a Thomas. «Sì, signor Moore?»

«Lasciaci.»

«Sì, signor Moore.» Con un cenno si ritira da dove è venuto.

Thomas aspetta che la porta si chiuda prima di parlare. «Stavo per distruggerli.»

«Ma non l'hai fatto.» Mi alzo, tenendo la pila di fogli in posizione verticale e rivolta verso di lui, con la copia del mio certificato di nascita in cima. «Li hai fatti redigere prima o dopo aver scoperto della mia infanzia?»

Lui aggrotta le sopracciglia. «Che cosa c'entra?»

La mia voce minaccia di incrinarsi, ma stringo le dita

intorno al bordo dei fogli per mantenere la concentrazione. «Quale altro possibile motivo avevi per pensare che fossi così carente, così fuori posto nel mio lavoro da volerti sbarazzare di me?» Sento le labbra fremere mentre lo guardo. «Lo volevi così tanto da usare la mia preoccupazione per Mary contro di me?»

Si passa una mano tra i capelli, un gesto così fuori luogo da risultare stridente. Con uno strattone, abbassa la mano. «Non riuscivo a smettere di pensare a *te*.» L'ultima parola riecheggia nell'ufficio. Lui sbatte le palpebre, come se si fosse spaventato. Dopo un attimo, tutte le emozioni si cancellano dalla sua espressione. «E stava interferendo con il mio lavoro.»

Mi domando se si renda conto di quanto sia assurda questa scusa. «Se fosse vero, mi avresti semplicemente chiesto di uscire con te.»

«Sei una dipendente.»

Indico i fogli con la mano libera. «Lo *ero*.»

Fa per prenderli, ma io mi tiro indietro.

«Oh, no. Questi li tengo io. E ho inviato una copia al mio avvocato.»

«Il tuo avvocato?»

«Leslie.»

Il suo rinnovato stoicismo si spezza. «Maledizione.» Sospira forte. «Va bene, mettiamo da parte *questo*,» e indica il contratto, «per un attimo.» Fa un passo avanti, con cautela, come se si avvicinasse a un animale ferito.

Devo ammettere che mi *sento* così.

«Lo Stato sa che non siamo sposati.» Alza una mano e si affretta ad aggiungere: «Ma la buona notizia è che ho trovato Kayla.»

La mia presa sui documenti si allenta. «Davvero?»

Thomas annuisce. «Sì.»

«Sta bene? Ricordo che il rapporto diceva che il suo ragazzo era stato arrestato per droga. Ha bisogno di aiuto?»

«Sta bene.» Fa una pausa, come se stesse valutando la mia reazione. «Le ho fatto firmare l'affidamento di Mary a te.»

Sbatto le palpebre tre volte prima di capire quello che ha detto, con una rabbia che brucia più del dolore delle mie ferite infantili riaperte. «Non spettava a te decidere.»

«Alice...»

«Thomas, chi ti credi di essere?» La rabbia divampa. «Assumi un investigatore privato per scavare nelle nostre vite e poi, quando trovi Kayla, non me lo dici? Le chiedi semplicemente di rinunciare a sua figlia?» La mia voce si alza a ogni domanda.

«Alice...» Fa una pausa, come se aspettasse di vedere se ho intenzione di parlare di nuovo con lui. «Questa è una cosa buona.» Indica i fogli che ho in mano. «Hai letto del suo ex fidanzato, della sua incapacità di mantenere un lavoro.»

Impreco mentre mi scende una lacrima. «Pensi che, solo perché conosci alcuni fatti del passato di qualcuno, sai tutto quello che c'è da sapere su di lui?»

Sospira. Come se lo stessi scocciando. «Alice, Kayla ha firmato i documenti per la tutela senza pensarci due volte, così.» E schiocca le dita.

Io trasalisco.

«Non si merita Mary.» Si passa l'altra mano tra i capelli, arruffando l'acconciatura di solito impeccabile. «E dato che lo Stato ha capito che non siamo sposati, è meglio che anche tu firmi subito gli atti per l'affidamento.»

«Non ho intenzione di firmare e far perdere a Mary sua madre perché tu pensi che sia più conveniente.»

«Bene.» Lui si blocca, pizzicando la radice del naso. «Se non vuoi ragionare su Kayla, allora faremo in modo che il tuo indirizzo legale sia il mio. In questo modo, nel caso in cui gli assistenti sociali sollevino un polverone per non aver trovato la nostra licenza di matrimonio, almeno il tuo indirizzo registrato rispetterà gli standard di affidamento.»

La sua presunzione mi sfinisce.

Non ho mai voluto nulla da lui. Ma se quello che ha detto sul fatto che lo Stato sa di noi è vero, allora Mary è di nuovo a rischio.

Sfogliando la seconda pagina del contratto leggo: «La prima parte, a titolo di risarcimento per qualsiasi disagio emotivo e/o finanziario arrecato alla seconda parte, acquisterà e donerà alla seconda parte un luogo di residenza che soddisfi tutti i requisiti di affidamento dello Stato di New York. Questo luogo di residenza dovrà inoltre risiedere in una zona scolastica tra le prime cinque nella classifica di New York.»

Sto tremando. Come se stessi per scoppiare per tutte le emozioni che mi combattono dentro. Sono delusa da me stessa per non aver cercato un posto dove vivere fin dall'inizio. Per essere stata così ingenua da credere che Kayla sarebbe tornata. Per aver voluto che quello che stava accadendo tra me e Thomas significasse qualcosa.

Stringo le dita e accartoccio le pagine.

Non mi ero resa conto di quanto avessi voluto che fosse tutto vero.

Per darmi un contegno, fisso un'anomalia: il volto sconvolto di Thomas Moore. «La seconda parte vorrebbe la sua residenza.»

«Ma ti dico che non è necessario. Tu e Mary potete stare da me.»

«Perché dovrei farlo?» Mi odio per aver fatto questa domanda.

I suoi occhi si staccano dai miei. «Trasferirsi sarebbe troppo disagevole per Mary. È meglio che rimanga fino a quando...»

«Fino a quando *cosa*? Fino a quando ti annoierai? O deciderai di rivolere la tua casa? Di volerti creare una tua famiglia?»

Rido in modo amaro. «Ho già vissuto tutto questo in passato. Molte volte. È meglio che Mary se ne vada ora, prima che si affezioni troppo.» Come ho fatto io.

I suoi occhi bruciano di intensità, ma non riesco a interpretarli. Non riesco a interpretare *lui*. Ma posso comprendere un contratto.

«Signor Farrier,» esclamo, la voce spezzata come il mio cuore.

L'avvocato entra di corsa.

Con gli occhi puntati su Thomas, chiedo: «La mia residenza di compensazione è pronta per il trasloco?» Con la coda dell'occhio vedo che lancia un'occhiata a Thomas.

Senza interrompere il contatto visivo, questi fa un lieve e lento cenno di assenso. Il suo volto è imperscrutabile.

«Ehm, sì. È un delizioso appartamento con due camere da letto a Greenwich, completamente arredato.»

«Vorrei trasferirmi oggi stesso, per favore.»

Capitolo Ventisei

Thomas

«Buongiorno, Thomas.»

«Cristo.» Colto di sorpresa, salto indietro di un passo al saluto di mia madre, che si trova all'isola della cucina.

Mi tolgo il cappotto e lo drappeggio sulla ringhiera, un chiaro segno del mio sfinimento. Quindi la raggiungo in cucina. «Pensavo avessi un appuntamento.»

«Chi vuole uscire con un giovanotto aitante quando ha un figlio che ha combinato un cazzo di macello con la sua vita?»

Una tale volgarità pronunciata da Emily Elizabeth Moore è un evento inaudito. Mi blocco a metà del gesto con cui sto prendendo un bicchiere. «Deduco tu abbia parlato con Alice.»

«Sì.» Beve un sorso di vino.

Afferro una bottiglia di scotch dall'armadietto dei liquori. «Ha preso una decisione.»

«Ah sì?» Mi scruta da sopra il bordo del calice.

Verso più scotch di quanto dovrei, e lo bevo quasi tutto. «Non so neanche come sia iniziato tutto questo.»

«Con te che la segui in giro per il negozio come un cucciolo smarrito?»

Il sorso successivo mi va di traverso. «Cosa?»

Lei inclina pensierosa il capo. «Forse non un cucciolo. Sei troppo vecchio. Diciamo piuttosto che le giravi attorno come un avvoltoio.»

«Dio, no.» Ignoro il raro bruciore d'imbarazzo per essere stato così palese nel mio interesse per Alice e mi verso altro scotch. «Intendo il matrimonio. Per quel che ne sappiamo, io e Alice potremmo essere sposati, solo che i documenti sono andati persi.»

Mia madre mi fissa e sembra rendersi conto di qualcosa. «Davvero non lo sapevi?»

Mi acciglio al suo tono divertito. «Non sapevo cosa?»

«Liz vi ha messo quegli anelli al dito per scherzo.»

Osservo il liquido ambrato, chiedendomi quanto ne abbia già bevuto.

«Sinceramente pensavo lo sapessi.» Solleva il calice, poi lo riabbassa. «Cioè, dopo questo pomeriggio, quando Alice è tornata e ha fatto i bagagli, ho capito che lei non ne aveva idea, ma visto che ha parlato del contratto ero convinta che almeno tu ce l'avessi.»

«Credo tu debba spiegarmi.» Un'altra sorsata.

Il mio tono spinge mia madre a sistemarsi i bracciali di diamanti. «Allora, non ti arrabbiare. Sono certa che ci sia una spiegazione per cui lei non te lo ha detto.»

«Mamma.»

Si arrende con un sospiro. «Liz aveva in programma di scambiare gli anelli Harry Winston fatti su misura di Bell e Chase con quelle pacchianate con i dadi prima della cerimonia, come scherzo, ma quando è entrata nella suite e ha visto i vestiti tuoi e di Alice sparpagliati a terra e voi due a letto, ha ritenuto fosse più divertente infilarli a voi.»

Aspetto che monti la rabbia. O l'irritazione. O qualsiasi altra emozione negativa. Non accade. Ma sento che dovrebbe. «E questa sarebbe la figlia che lasci andare in giro senza supervisione. Quella secondo cui questo genere di cose rientrano nel "trovare se stessa".»

Mamma alza di nuovo il bicchiere e lo inclina verso di me. «Pensi di essere messo molto meglio?»

Il pensiero del viso sconvolto di Alice mentre brandiva il suo certificato di nascita mi toglie le parole. Invece chiedo: «Perché non hai detto qualcosa, allora, se sapevi che non eravamo davvero sposati?»

«Quando sei arrivato con una bambina e un'assistente sociale, sono stata al gioco perché pensavo stessi facendo un favore ad Alice.» Ride, quasi incredula del casino che è diventato la mia vita.

Lo sono anche io.

«Non sapevo che avessi intenzione di licenziare una donna colpevole solo di aver attirato la tua attenzione.» Il tono è più sprezzante di quando ha consegnato le carte per il divorzio a mio padre.

«Ero arrabbiato quando ho fatto quel piano. Non intendevo portarlo avanti.»

Lei beve un altro sorso. «E poi, quando nessuno di voi due ha detto niente, ho taciuto perché mi piaceva essere Reginella.» Fissa il bancone bianco.

«Non avrei dovuto mentirti.»

Mia madre solleva la testa con un lieve sorriso. «Sono lieta che tu l'abbia fatto.» Mi accarezza la guancia. «Mi ha reso felice vedere il mio ragazzo tanto serioso che sorrideva così.» Lascia ricadere la mano ed entrambi fissiamo pensosi i rispettivi bicchieri.

«Lei come stava?» chiedo infine, facendo scorrere il mio

drink sul bancone da una mano all'altra. «Alice, intendo. Quando è tornata a casa.»

Lei ci pensa su. «Triste.» Annuisce. «Triste e rassegnata.»

Bevo di nuovo. «E Mary?»

Si china e prende qualcosa dalla borsetta. «Ti ha lasciato questo.»

È un disegno del parco. Uccellini, erba, alberi. Ci metto un istante per capire cos'abbia che non va. «I colori sono tutti giusti.»

«Credo pensasse ti sarebbe piaciuto.»

Lo detesto.

Mia madre si alza e io la seguo verso l'atrio, dove apre l'armadio ed estrae una morbida giacca viola. Fa pendant con quella di Mary, e chissà, forse voleva indossarla alla prossima uscita al parco con la bambina.

«Sai,» si volta in modo che possa aiutarla a indossare la giacca, «ti sei sempre preoccupato tanto di non diventare come tuo padre. E lo fai ancora.» Si gira verso di me, e riesce a far apparire quel giaccone assurdo chic invece che ridicolo. «Mantenere il controllo, la distanza, mai superare i limiti. Ma cosa ti ha portato tutto questo?» Allarga le braccia a indicare attorno a noi, un gesto per nulla gravato dalle maniche vaporose. «Sei solo, in una prigione che ti sei costruito da solo. Se anche ti sforzassi, non potresti essere più simile a tuo padre.»

Il liquore mi sciaguatta nello stomaco. E qualcosa mi si conficca nel petto. «Le ho detto di non andarsene.»

«Perché?»

Sospiro e mi passo una mano tra i capelli. «Mi ha chiesto la stessa cosa.»

Un altro sorriso triste. «Lasciami indovinare, hai detto qualcosa su Mary, o sul lavoro, o qualsiasi altra cosa a parte la verità.»

«Quale verità?»

Non risponde. Inarca solo un sopracciglio, come a dirmi che dovrei già saperlo.

Insopportabile. E probabilmente è il karma.

«Farai meglio a porvi rimedio, perché se non lo fai, perderai la famiglia che hai sempre desiderato prima di averla davvero.» Sfila verso la porta, la apre, poi si ferma. «Oh, e non dimenticarti di dare da mangiare al gatto.» Indica dietro di me.

Quando la porta si chiude, l'abominio color carne sibila dal pianerottolo. È come sale su una ferita.

———

Alice

«Ma *perché* siamo dovute andare via da casa di Thomas?» Gli occhi di Mary mi implorano dall'altro lato del tavolo, nella luminosa cucina del nostro nuovo appartamento.

A parte a casa di Thomas, non ho mai abitato in un posto così bello. Per fortuna, grazie all'intervento di Leslie, le spese condominiali sono incluse nel contratto.

La porta dell'appartamento si apre su un piccolo atrio con un armadio; si passa poi in un salotto sulla destra, e a sinistra in cucina, entrambi affacciati su una parete di vetrate. Le due camere da letto sono dall'altro capo del muro del salotto, ed entrambe hanno un bagno.

Persino l'edificio ha un suo fascino, con la facciata di mattoni scuri e i decori neri. Si trova in una strada tranquilla.

All'esterno suona un clacson.

Beh, tranquilla per gli standard di New York.

«Te l'ho detto, c'è stato un imprevisto. Io e Thomas non siamo davvero sposati.»

Mary non ha detto molto da quando ieri abbiamo lasciato

casa di Thomas. Stava giocando con Mike quando sono tornata a casa e ho parlato con Emily, quindi per fortuna non sa tutti i dettagli. Ma ora, dopo che l'emozione della prima notte nel nuovo appartamento è sfumata, ha delle domande.

«E allora?» Mary punzecchia i suoi pancake, per una volta del tutto indifferente al sovraccarico di gocce di cioccolato che speravo le avrebbe tirato su il morale. «La mamma abitava con Jack, e non erano sposati.»

Mi blocco con la tazza di caffè a metà strada verso le labbra quando Mary cita sua madre. «Sì, ehm, hai ragione.» Non le ho ancora detto che so dove si trova, troppo preoccupata che ci rimanga male se qualcosa non va nel verso giusto. «Vuoi parlare della mamma?»

Lei fa spallucce e giocherella ancora un po' con i pancake. «Se n'è andata.»

Bevo un sorso di caffè e valuto cos'altro dire. «Ti manca?»

«Non proprio.»

Mi chiedo se sia vero o se sia una bugia che si racconta. Nella lunga lista che comprende cercare un lavoro, l'istruzione domestica e trovare il coraggio di andare da Kayla, la priorità è la psicoterapia per la bambina.

L'avvocato di Thomas mi ha dato il suo biglietto da visita e mi ha detto di chiamarlo se avessi bisogno di qualcosa. Sembrava piuttosto turbato dall'esito della vicenda, e un po' troppo infatuato di Leslie dopo la loro telefonata fiume.

Avrei dovuto contattare prima Leslie. Avrei dovuto fare un sacco di cose, ed evitarne altre.

Mary mette giù la forchetta. «Questo mi rende una bambina cattiva?»

«No.» Sbatto la tazza sul tavolo. «Non potresti mai essere una bambina cattiva.»

«Sicura?»

Mi alzo per andare a inginocchiarmi al suo fianco, prenden-
dola tra le braccia. «Sicurissima.»

Restiamo abbracciate per un attimo, e aspetto altre
domande. Ne arriva solo una.

«Reginella può venire a giocare con me?»

———

Il viaggio in traghetto è stato freddo nonostante mi sia seduta
dentro. Mi dico che è per questo che, mentre siedo in attesa
davanti al palazzo di Kayla, sono ancora in preda ai brividi.

Quando ho chiamato Emily per invitarla, da parte di Mary,
a giocare, lei è stata fin troppo lieta di accettare. Persino entusiasta. E felice di badare a Mary in modo che potessi andare a
Staten Island.

Dopo venti minuti con la sola compagnia dell'ansia, noto
Kayla che cammina verso di me. Sta parlando al telefono e si
ammira le unghie al sole.

Come una qualsiasi ventiseienne senza alcun cruccio.

Non penso di averla mai vista così felice. Il tempo passato a
cercare nei centri di riabilitazione, tutte le mie angosce, mi
sembrano uno spreco.

«No, fidati. Devi andare al salone di bellezza sulla Prima,
fanno un lavoro eccezionale con...» Kayla mi vede, e il suo
sorriso sbiadisce. Dice qualcosa al telefono e riattacca. «Cosa ci
fai qui?»

Mi alzo, irritata anche solo che l'abbia chiesto. «Sono qui
per...»

«Lascia stare.» Si guarda a destra e a sinistra. «Entriamo.»

Armeggia con le chiavi per aprire il cancelletto di sicurezza,
poi cammina rapida per qualche metro fino all'appartamento al
primo piano.

Entra in quello che sembra un trilocale e sospira di sollievo.

«Angela non c'è.» Si volta e lascia la borsa sul tavolo da quattro persone in cucina. «La mia coinquilina.» Si toglie il giubbotto, che sistema sullo schienale di una sedia. «Ma oggi è il suo giorno libero, quindi dovrai andartene prima che rientri.» Indietreggia a braccia incrociate. «Non puoi rimanere.»

Fisso il suo trucco perfetto, le sfumature di rame tra i capelli, la pelle radiosa. Me l'ero immaginata magra e pallida, sconfitta, abbattuta. Non così. «Sei... cioè, sei seria?»

«Ehi, ho firmato i documenti come mi ha chiesto il tuo capo.» Alza le mani fresche di manicure. «Pensavo fosse finita lì. Di poter voltare pagina.»

«Voltare pagina?» Quasi mi strozzo con le parole. «Dopo che hai abbandonato tua figlia senza una spiegazione?»

Distoglie lo sguardo, ma l'espressione rancorosa non si modifica.

«Sai quanto ero preoccupata?» Lo shock sta svanendo, lasciando il posto alle emozioni che ho soppresso nelle ultime due settimane. «La polizia ha parlato del tuo ex e della droga, e poi c'era l'alcol che la dottoressa ha odorato su Mary in ospedale.»

«Non ho mai avuto niente a che fare con la droga.» Stringe le braccia al petto. «E ho detto a Jack di tenerla fuori di casa. Ma non sapevo che usasse i soldi dell'affitto per comprarla.» Sporge il fianco di lato. «E l'alcol? Era solo disinfettante che mi hanno dato al rifugio per il taglio di Mary.» Agita la mano come a liquidare il malinteso, come se fosse tutta colpa del rifugio.

Non mi ha invitata a sedermi, quindi mi appoggio al bancone. Mi serve un attimo per metabolizzare questa sfilza di scuse poco convinte. Mi pinzo la radice del naso, ma quel gesto mi fa pensare a Thomas, quindi sposto la mano.

«E poi mi hanno licenziata perché ho saltato qualche turno.» Rotea gli occhi. «Quindi mi è toccato usare i soldi che mi hai mandato per la scuola di Mary per pagare l'affitto, ma...»

«Smettila, okay? Smettila.» Respiro a fondo. «Perché non me lo hai detto? Non hai chiesto aiuto?»

Kayla solleva l'altro fianco. «Ti sarebbe piaciuto, eh?»

«Come?»

«Santa Alice Martire che salva i poveracci.» Lascia ricadere le mani e stringe i pugni. «Sai quanto è insopportabile averti attorno?»

Mi premo la mano al petto e abbasso il mento. «Perché?»

Mi punta contro un dito ben curato. «Sei stata *tu* a dirmi, quando ero incinta, che diventare mamma sarebbe stato fantastico. Che avere una famiglia era la cosa migliore del mondo. E io ti ho creduto.» Abbassa il braccio, di colpo stanca. «Ma non ero fatta per essere madre. Non così giovane, almeno.» Sposta lo sguardo. «Non avrei mai dovuto avere Mary.»

Appoggio le mani al bancone dietro di me. «Kayla...»

«Senti, è così. E il fatto che riesca a dirlo dimostra che ho fatto bene ad andarmene.» Guarda fuori dalla finestra con le sbarre, affacciata sulla strada. «Quando ero in ospedale e l'infermiera ha chiesto a Mary se volesse che la mamma le tenesse la mano, lei ha invece chiesto di te.»

Il senso di colpa mi investe. Fatico a guardarla negli occhi quando si volta verso di me. «Non ho mai...»

«Allora ho saputo che tu, per lei, eri una madre migliore di quanto io fossi o sarei mai stata.» Scrolla le spalle. «E non ero neanche arrabbiata.» Si avvicina di un passo, e per una volta non ha un'espressione accusatoria. «Ero *sollevata*.»

Il silenzio cala su di noi mentre le sue parole mi penetrano dentro. Parole che capisco solo in superficie.

Mi chiedo se sia per questo che Thomas è andato da Kayla senza di me. Perché sapeva che avrebbe fatto male.

«Lei è felice, vero?»

Me lo chiede non perché le importi, ma perché ritiene che la risposta le darà ragione.

E forse è così.

Penso ai disegni di Mary. All'assenza di incubi. Ai suoi sorrisi. A come in Reginella abbia trovato una famiglia pronta a giocare con lei, anche dopo che sono andata via da casa di Thomas. «Sì. Mary è felice.»

Annuisce una volta. E per un istante, autentiche emozioni le attraversano il viso, poi svaniscono con un gesto della mano curata. «Lo sapevo. Sei sua madre.»

La porta si apre, e una ragazza che immagino sia la coinquilina di Kayla entra con una sporta della spesa per mano. «Ehi, Kayla, per stasera ho preso...» Si blocca quando mi vede.

Per un istante imbarazzato, Kayla si agita sui piedi, e la coinquilina sposta lo sguardo tra noi.

Indosso il mio miglior sorriso fasullo, e decido che sarà l'ultimo. «Mi ha fatto piacere rivederti, Kayla.» Aggiro la coinquilina e raggiungo la porta ancora aperta. «Ricorda che puoi sempre chiamarmi, okay?» Quasi mi si spezza la voce, ma riesco a controllarmi.

Kayla annuisce.

La lascio alla sua nuova vita, e prendo il traghetto per tornare alla mia.

Capitolo Ventisette

Thomas

Non riesco a dormire.

Ieri sera ho incolpato l'alcol. Troppo per tenermi sveglio, non abbastanza per mandarmi al tappeto. Stasera invece è il silenzio. O ciò che questo silenzio implica.

Niente Alice. Niente Mary. Nessuna discussione su quale sia la miglior principessa (sempre Cenerentola) a colazione (sempre sovraccarica di zuccheri). Nessun sorriso timido o bacio appassionato.

Il silenzio mi indolenzisce in un modo impossibile persino per l'allenamento.

Rende anche troppo facile pormi la domanda che mi hanno fatto Alice e mia madre: perché? Perché volevo che restassero quando ho reso loro tanto facile andarsene?

Apparentemente, ho mentito a me stesso dicendomi che era per la sicurezza di Mary.

Mary è al sicuro adesso, proprio come il mio avvocato ha

detto che sarebbe stata insieme ad Alice nel nuovo appartamento che ho comprato. E finché avrà Alice, starà bene.

Mi sono persino assicurato di far consegnare loro la spesa, con tanto di gocce di cioccolato, temendo che Alice potesse usare i risparmi per il cibo. È determinata a seguire alla lettera il contratto, e questo pomeriggio mi ha mandato le sue dimissioni.

E sebbene mi senta in colpa, se devo essere onesto con me stesso, cosa che odio fare quando si tratta di sentimenti, non è questa colpa la risposta al perché.

Il vero motivo è Alice.

Il suo sorriso. La sua quieta forza. Il suo calore. Mi manca perché la amo. Amo lei e Mary.

Non me ne ritenevo capace. Soprattutto in un tempo così breve.

Mi fermo e ricordo ciò che mi ha detto mia madre, su come io abbia girato attorno ad Alice nell'ultimo anno. Per quanto volessi negarlo, temendo che mi facesse sembrare un viscido come mio padre, non ho potuto perché non è falso.

Mary è capitata come una variopinta palla da demolizione.

Mi irrigidisco quando le lenzuola mi si tendono sulle gambe.

Il motivo principale per la mia insonnia è la crisi esistenziale, ma non posso ignorare l'autentica preoccupazione per le maligne macchinazioni del Belzebù calvo di mio fratello. Nelle ultime ore, ho aperto gli occhi più volte, e l'ho scoperto a fissarmi. E ogni volta era un po' più vicino.

Dire che è scontento è un eufemismo.

Ha passato l'intera serata di ieri a guardarmi bere e sfogliare le foto sul cellulare, dopo che mia madre se n'è andata. E tutta la giornata di oggi a miagolare fuori dalla camera oscura. Sono uscito più volte nella speranza che stesse avendo un momento in stile Lassie e volesse avvisarmi di qualche disastro imminente. Ma niente, mi ha sempre e solo risposto con un soffio.

Proprio quando il sonno sta per cogliermi, sento un movimento sul letto. Apro gli occhi e vedo il culo rugoso di Mike avvicinarsi.

«E va bene, ora basta.»

Scendo dal letto, mi vesto e vado nel seminterrato.

———

«È morto?» La voce di George filtra nel mio inconscio.

«Non dire così,» ribatte una voce femminile dall'accento del sud.

«Chiedo scusa, signora King.»

«Adesso è signora Moore, George. E no, non credo sia morto.» Mio fratello ridacchia. «Ma valeva la pena tornare in anticipo dalle Hawaii per questo.»

Qualcuno annusa.

«Puzza in modo orribile.» Il tono di mia madre sembra suggerire che il cattivo odore sia un reato al pari del matricidio.

«Pensi che si sia allenato per tutto questo tempo?» chiede Bell.

«Che modo da sfigati per affrontare un cuore infranto.» Chase ridacchia. «Dai, chi mai si allena quando è triste?»

Qualcuno grugnisce.

«Chase, tesoro, ti farai venire l'ernia.»

«Grazie per la fiducia, Ma.»

«Ho grande fiducia nella forza del tuo fascino. Non altrettanta in quella dei bicipiti.» Una pausa. «E non chiamarmi Ma, è così...»

«Volgare?»

«Sì, esatto. Grazie, George.»

Più ascolto la conversazione e meno ho voglia di svegliarmi.

Vengo investito da un'ondata glaciale il cui shock porta a un brusco risveglio corpo e cervello. Mi alzo a sedere dalla mia posizione prona sulla panca, sputacchio e tossisco. «Cazzo.»

«Ecco.» Mia madre, che regge una brocca d'acqua vuota, mi sorride come se non avesse appena cercato di affogarmi. «Ora possiamo capire cosa sta succedendo.» Aggancia il manico della brocca a un angolo della panca.

«Ehilà, Tallero.» Chase, con in braccio Mike, solleva la zampa del gatto in un saluto.

«Buongiorno, signor Moore.» George si sistema gli occhiali.

«Devi farti una doccia,» dice mia madre.

«Cosa ci fate tutti qui?»

«Non avrai mica pensato che ti avremmo piantato in asso, vero?» domanda Chase, appoggiandosi alla rastrelliera dei bilancieri.

«Siamo qui per aiutarti.» Bell gli toglie dalle braccia il gatto, che sembra molto più felice con lei. «Ma,» e mi guarda in modo diretto, «in quanto amica di Alice, prima devo dirti che sei un enorme cretino che non se la merita.»

Una goccia d'acqua mi scivola lungo il naso. «Prendo nota.»

«Davvero, caro.» Mamma arriccia il naso. «*Doccia.*»

———

Venti minuti dopo, spronato con veemenza da mia madre, sono fresco di doccia e indosso abiti puliti. Che abbia scelto il completo da gioco stupisce tutti, a giudicare da come mi guardano.

«Okay,» esordisce Chase quando entro in salotto, scrutando il mio outfit a base di pantaloni della tuta. «Qual è il piano?»

«Sì.» George mi fissa impaziente. «Perché c'è un piano, vero? E io ne faccio parte.»

Li supero e vado verso le scale posteriori.

«Non andrà mica ad allenarsi di nuovo,» chiede mamma agli altri.

«È per questo che si è conciato così?» rincara la dose George.

«Ma poi torna, vero?» insiste Chase.

«Torno, torno,» rispondo una volta arrivato alle scale.

«Oh, bene.»

Un attimo dopo depongo sul tavolino ciò su cui ho lavorato ieri durante i postumi.

Chase è il più vicino. Apre la cartelletta e la volta per mostrare a tutti il contenuto.

Il gruppo si sporge a guardare, e a me sembra di avere tante formiche che mi si arrampicano su per la schiena.

Chase si raddrizza. «Le foto sono... grandiose.» Scopre i denti in una smorfia. «Ma non voglio mentirti: l'idea può apparire molto dolce o molto inquietante.»

Bell gli dà uno schiaffo al braccio. «Secondo me è dolce.» Il suo sorriso vacilla. «Cioè, se conosci Thomas, non risulta inquietante.»

George si mordicchia il labbro inferiore. «Io voto per inquietante.»

Abbasso il mento. Quando mamma mi ha detto di scoprire in cosa sono bravo, l'unica cosa che mi è venuta in mente è la fotografia. Ho frugato nei miei archivi e ho messo insieme un album con tutte le immagini di Alice. Sono rimasto stupito da quante fossero. Non tutte ritraggono solo lei, perché, come suggerito da Chase, sarebbe inquietante. Ci sono anche scatti di gruppo. Al lavoro. In alcuni lei neanche c'è, sono solo immagini degli allestimenti che ha progettato e che mi sono piaciuti. Ma guardandole tutte insieme... l'effetto è soverchiante.

Mamma prende l'album. «Mi assicurerò che lo riceva.»

«Tu?» domanda Chase. «Non credo che Thomas debba delegare, in questo caso.»

«Servirà per ammorbidirla. Un po' come i tuoi Elvis ballerini.»

Chase la fissa come se le avesse insultato il gatto. «Stai paragonando il mio flash mob di Elvis in un locale a uno stalker che...»

Bell gli tira una gomitata nello stomaco.

«E va bene, va bene.» Chase si strofina la parte lesa. «Cos'altro vuoi dirle?»

Li fisso.

«Qualsiasi cosa,» suggerisce speranzosa Bell.

«Io...» Mi si copre la fronte di sudore. «Io la amo.»

Tutte le loro facce sembrano urlare "ma non mi dire".

«Questo è un ottimo inizio, caro,» interviene mia madre. «Ora cerca di dirlo come se non ti stessero torturando.»

Chase si lascia cadere sul divano. «A Thomas serve un modo per dirlo senza dirlo. Tipo l'album di foto, ma meno inquietante.»

«Dev'essere però qualcosa di importante per Alice,» aggiunge Bell. «Non deve essere incentrato solo su Thomas.»

«E Mary?» chiede George. «Dovremmo coinvolgerla?»

Mentre si scambiano suggerimenti, mi si forma un'idea, ma è...

Mi agito sulla sedia, a disagio.

Ignoro la sensazione e alzo la voce. «George.»

«Sì?»

«Ho bisogno che chiami le risorse umane e faccia tre cose per me.»

«Certo.»

«Uno: di' loro di accettare le dimissioni di Alice Truman.»

Bell spalanca la bocca.

«E chiedi che le mandino una richiesta di venire in negozio per un incontro conclusivo. Assicurati che lei chiami per prendere appuntamento, in modo da sapere quando arriverà.»

«Ah, ora capisco.» Bell annuisce.

George sorride. «E la terza?»

«Di' al manager delle risorse umane di chiamarmi per rimuovere dal tuo file il richiamo ufficiale.»

«Oh, signor Moore!» Si porta il palmo al petto.

Indico mia cognata, il cui gatto le sta sbrodolando nella scollatura. «Bell, tu dovrai aiutarmi con l'allestimento delle vetrine.»

Lei mi fa un saluto marziale con una mano, mentre con l'altra cerca di estrarre Mike dalle tette.

Chase l'aiuta e afferra l'animale, poi si mette a saltellare come un pugile prima della campana.

«E io?» Le quattro zampe e i gioielli di famiglia della bestia saltellano con lui. «Io cosa faccio?»

Ecco che arriva la parte più ostica dell'intero piano. «Tu vieni con me. Ma, per l'amor di Dio, lascia qui il gatto.»

Capitolo Ventotto

Alice

«Secondo te il principe ama Cenerentola?» Mary prende una manciata di popcorn dalla ciotola tra noi.

Mentre guardo per la seconda volta in una giornata il film preferito di Mary, alzo lo sguardo dal portatile. «Ma certo, tesoro.» Sto cercando lavori da remoto, anche banali. In questo modo potrò fare homeschooling a Mary per aiutarla a prepararsi al prossimo anno.

«Ma non le parla.»

«Mette a soqquadro il regno per trovarla, però.» La notifica di una e-mail compare sul mio account lavorativo. «A volte le azioni parlano più forte delle parole.»

«Cosa vuol dire *su quadro?*»

Il messaggio proviene dalle risorse umane di Moore's, così lo apro. «*Soqquadro.* Significa mettere sottosopra per cercare qualcosa.»

«Oh.» Lei guarda Cenerentola che balla con il principe.

Riunione conclusiva. Vogliono convocarmi formalmente per

le dimissioni e per valutare tutto il materiale che mi è stato fornito per il mio ruolo di visual merchandiser.

Il mio conto in banca si beccherà un bel colpo, visto che mi rendo conto che dovrò sostituire sia il cellulare che il computer. Poi vengo colta dallo stress al pensiero di dover tornare da Moore's. Controllo la prima data che mi propongono. Domani. Meglio farla finita subito.

«Sì, ma non l'ha cercata lui di persona,» prosegue Mary. «Ha mandato i suoi soldati.»

La fisso, chiedendomi perché di colpo sia così critica del suo film preferito. «Lui è un principe. Non può essere ovunque contemporaneamente. Ha altre responsabilità.» Mi acciglio. Di colpo mi domando perché stia pensando a Thomas, dopo essermi tanto impegnata a non farlo.

«Mh.» Guarda lo schermo con la stessa espressione dell'uomo che mi ha spezzato il cuore.

Sono stata attenta a non farmi vedere piangere da Mary. Ma a giudicare dalle sue domande e dal suo viso, è chiaro che non sono l'unica ad avere nostalgia di Thomas Moore.

Ding dong.

Scosto il portatile e vado alla porta. Emily mi ha chiamata per chiedermi se poteva portare Mary in biblioteca.

«Buongiorno, cara.» Emily entra con una grande scatola tra le mani. «Mary, sei pronta?» Va al tavolo della cucina, su cui appoggia la scatola. «Pensavo di passare poi da Serendipity, se a tua zia sta bene.» Mi fa un timido sorriso, ben sapendo che non rifiuterei mai un gelato a Mary quando le viene proposto davanti a me.

«Evviva!» Mary corre in camera a prendere le scarpe.

Mi rivolgo a Emily con le labbra strette. «Subdola.»

Lei agita la mano. «Sì, sì, lo so.»

Indico la scatola. «Quella cos'è?» Il mio tono è venato di sospetto.

«Un regalo.» Solleva la mano a prevenire le mie proteste. «Non l'ho pagato un centesimo.»

Mi acciglio, ancora a disagio nel ricevere qualcosa da lei, dopo tutto quello che ha già speso. Soprattutto sapendo che non siamo una famiglia. Non legalmente, almeno.

«Pronta!» Mary batte il record di velocità nel prepararsi grazie alla prospettiva del gelato, ci raggiunge e prende il suo giaccone viola dall'armadio. È uguale a quello di Emily.

Sono adorabili, e mi viene da piangere.

È bello avere qualcuno a cui importa di me e di Mary.

Anche se ogni volta che la vedo mi salgono le lacrime agli occhi.

«Bene, allora.» Emily conduce Mary alla porta. «Andiamo.»

Quando sono uscite, resto a fissare la porta chiusa. Chissà perché Emily era così di fretta. Con gli occhi ancora socchiusi, torno a rivolgermi alla scatola.

Sembra una confezione da camicia, ma più grande e robusta. Sul coperchio nero spicca un post-it giallo.

Mi avvicino cauta e lo leggo.

Perché a volte mi mancano le parole.

La calligrafia di Thomas. Grande, tutta in maiuscolo, un po' inclinata a sinistra.

Deglutisco e sollevo il coperchio. È un album fotografico.

Mi dico di non aprirlo. Che tra le pagine troverò solo altra tristezza, tra le foto che Thomas e io abbiamo scattato quel giorno al parco. Eppure prendo l'angolo in basso a destra e lo sollevo.

Non sono le foto del parco. E neanche quelle di quando io e Mary abitavamo da lui. Sono io, quasi un anno fa, da Moore's. Io, con la mia brutta frangia storta e la divisa un po' troppo larga.

Quando le ha scattate?

Ogni pagina segue la timeline del mio lavoro da Moore's, da poco prima che Chase e Thomas subentrassero al padre. Le prime foto di me nel reparto calzature, con gli allestimenti per San Valentino. Non sono in tutte le immagini. Ma in qualche modo, tutte mi riguardano.

E sulle ultime pagine, ci sono quelle del tempo trascorso insieme. Mary sull'altalena. Emily e io che ridiamo in cucina. Mike Hunt steso su un tappeto di vestiti delle Barbie.

Il viso di Thomas non compare mai, ma lo percepisco in ciascuna fotografia. Lo sento.

Sull'ultima pagina c'è un altro post-it.

Mi dispiace. Ti prego, torna a casa.

———

«Entriamo, facciamo quello che va fatto, poi usciamo, okay?» Mi chino in modo che Mary possa sentirmi oltre il chiasso cittadino.

Lei mi tiene per mano e salta l'ultimo gradino delle scale della metro; siamo a un isolato da Moore's. «D'accordo.»

«Niente shopping. Niente giretti.»

Non so se lo sto ricordando a lei o a me stessa.

«Capito.»

Il vento freddo soffia per strada e mi schiaffeggia le guance, ma sto sudando. Non so se spero di vedere Thomas o no.

Mi dispiace. Ti prego, torna a casa.

Ma perché? Se anche riuscissi a perdonarlo per il contratto, l'investigatore privato, l'incontro con Kayla senza di me, cosa che ormai ho già fatto, non ha senso che io e Mary torniamo a vivere da lui.

Ci ha già trovato un nuovo alloggio. Ma non sarebbe stato male se mi avesse offerto di nuovo il mio lavoro. Il cuore mi batte forte quando arriviamo al negozio, ma mi tocca rallentare, perché il marciapiede lì di fronte è molto affollato.

Stringo più forte la mano di Mary. «Non staccarti da me.»

Dopo un attimo a fendere la folla, mi rendo conto che è causata dalle vetrine frontali di Moore's.

Sapevo che le luci a farfalla e il diorama di manichini primaverili sarebbe stato attraente, ma una ressa del genere è più da esposizione natalizia. Il terrore mi si addensa dentro al pensiero che Thomas possa aver assunto un'altra persona per occuparsi delle vetrine dopo di me. Che il mio progetto non sia mai stato usato.

Ma dura solo un istante, perché dal bordo superiore della vetrina noto un tenue bagliore color lavanda.

Mi faccio strada verso la prima fila, e il sollievo è presto sostituito dallo shock quando guardo raggelata la vetrina.

Il progetto è il mio, ma non proprio.

I lucidi manichini bianchi senza parrucca sono tele perfette per il bagliore violetto delle farfalle appese in alto, come previsto. Ma per il resto è molto diverso.

Non ci sono due manichini con racchette e completi da tennis, ma indossano abiti da ufficio. Quello femminile, con l'uniforme di Moore's, è accanto a un'esposizione di scarpe, mentre quello maschile, in completo, è dietro di lei con il telefono in mano. Sul petto del primo c'è una targhetta con scritto *Alice*.

«Quelle non sono le tue scarpe?» Mary indica il tavolo, su cui si trovano le mie stesse scarpe rosse con il fiocco.

La sento a malapena; la sua voce e il chiasso della gente sono soffocati dal mio cuore che batte forte. «Penso di sì.»

Ci spostiamo alla scena successiva. Non ci sono un padre e un figlio che fanno volare un aquilone, ma di nuovo una coppia. In abiti formali, questa volta. La donna porta un vestito azzurro Vera Wang dal profondo scollo a V, l'uomo un vistoso smoking ricamato in blu, con scarpe scamosciate abbinate. Lui si tiene una mano sull'occhio sinistro, sottolineato da un pennarello viola.

La gente scatta foto, lasciandomi spazio per guardare il manichino femminile.

«Santo. Cielo.» Spalanco occhi e bocca nel fissare la mano della donna. Non quella che regge un bouquet floreale, ma l'altra, che stringe Trusty Thrusty. Una risata isterica mi emerge dalla gola alla vista dell'enorme dildo viola, troppo grande per la mano del manichino. Intravedo il filo da pesca che lo tiene fisso al suo posto.

Le donne tendono le dita come a misurare la stazza del sex toy e sorridono con apprezzamento. Gli uomini ridacchiano. Una signora di una certa età rotea gli occhi ma non smette di fissare.

Mary trattiene il fiato; sto per coprirle gli occhi, ma sta indicando la scena successiva. «Quello è Mike Hunt!»

Le persone attorno a noi sussultano e ci guardano male, mentre Mary salta su e giù di fronte alla terza scena. C'è un manichino a forma di gatto, che indossa il collare acquistato da Thomas; è accosciato di fianco a un uomo e a una bambina che stanno costruendo un razzo di Lego fatto di mattoncini multicolore.

«Che fico.» Mary è tutta esaltata.

Finalmente raggiungiamo l'ingresso.

«Alice!» Bell sventola la mano, anche se siamo a pochi passi di distanza.

«Bell?» Guardo la mia amica scacciare tre passanti per venire ad abbracciarmi.

«Che bello vederti!» Il suo sorriso è raggiante come il giorno delle nozze, ma si offusca di colpo. Mi accorgo di stare piangendo.

«Oh, no, Alice, non piangere.»

«Mi dispiace di essere scappata dal tuo matrimonio. Avrei dovuto...»

«Per favore, basta.» Si guarda alle spalle come se temesse che qualcuno potesse vedermi. «Ti prego. Non sono arrabbiata.»

«Zia Alice?» Lo sguardo preoccupato di Mary mi ridà un po' di buon senso.

«Ah, scusa.» Mi schiarisco la gola e sorrido. E se anche è un gesto un po' forzato, date le circostanze, sono davvero felice di vedere la mia amica. Sapevo che mi era mancata, ma non quanto avessi bisogno di lei. Soprattutto adesso.

«Sai cos'è...» indico le vetrine, «... questo?»

«Forse.» La sua espressione mi rivela che non solo lo sa, ma è stata coinvolta.

«In che senso forse?»

Bell mi ignora e si accuccia davanti a Mary, le mani sulle cosce. «E tu devi essere Mary.»

«Sì.» Mary fa la riverenza. «Zia Alice ti ha chiamata Belle? Come la principessa?»

«Più o meno. Ma sì.» Risponde all'inchino. «Sono la tua zia Bell.»

Mary spalanca gli occhi. «Davvero?»

Sebbene mi stupisca che Bell si definisca zia di Mary, non la contraddico. Cioè, tecnicamente neanche io sono sua zia, quindi se Bell ci tiene...

«Andiamo a vedere il resto dell'allestimento?» Bell si rialza e tende la mano a Mary, che la prende.

«Oh, non saprei...» Visto come sono organizzate le vetrine che ho già osservato, temo cosa possano nascondere.

Le scuse di Thomas. La spesa che sono abbastanza sicura abbia fatto consegnare lui. L'album. E... lancio un'altra occhiata alle vetrine che ho già guardato, poi a quelle che ancora mi mancano. *Questo*. Qualunque cosa sia.

Se andassi a restituire computer e telefono senza badare a quello che mi ha accolto, potrei semplicemente tornare alla vita che ho programmato.

«Andiamo, zia Alice.» Mary, sempre tenendo la mano di Bell, strattona la mia. «Voglio vedere cosa succede dopo.»

Anche io, quindi lascio che Mary mi guidi oltre l'ingresso e alla vetrina dall'altra parte, stringendole la mano con un po' più di forza.

Oltre l'angolo dell'ingresso c'è un'alcova, con tre farfalle che pendono dal soffitto. Al di sotto, tre manichini sono vicino a un cartello di stop. L'uomo e la donna, in abiti professionali, stanno accanto a una bambina in vestito viola, con il corpetto glitterato e uno zaino di paillette. Sembrano aspettare lo scuolabus.

«Quelli non siamo noi, vero?» Mary inclina corrucciata il capo.

Mi acciglio anche io. Non so cosa risponderle.

Bell ci conduce in avanti.

Il diorama successivo comprende i tre manichini in spiaggia. L'uomo è in costume da bagno, con in braccio una bambina, e indica oltre il vetro, all'oceano, immagino. Un po' dietro di loro c'è una donna che legge su una sdraio.

Sulla copertina del libro intravedo il titolo: *La lussuria del demone.*

Lo stesso che leggevo sul volo per Las Vegas. Quello che Thomas ha citato quando mi ha baciata.

Il ricordo mi fa salire le lacrime agli occhi, ma è l'ultima vetrina a mozzarmi il fiato.

Una scena natalizia. Uomo, donna e bambina sono seduti attorno a un albero di Natale. Ma ci sono altre persone, adulti e bambini. Mi scappa una risata umida nel vedere non uno, ma due gatti. È la famiglia dei manichini.

«Questo è l'epilogo,» sussurro. Sto finalmente capendo.

«Cos'è un *pipilogo*?» domanda Mary.

«Quello che succede quando la storia finisce.» Mi asciugo le guance con la manica. «Ma anche se ho ragione, non ha senso. Manca tutta la parte in cui...»

«Thomas!» Mary lascia la mano di Bell e la mia, si infila tra la folla e corre verso Thomas, che spicca per altezza e aura di autorevolezza. Lui la prende al volo e se la sistema sul fianco, come nella scena in spiaggia.

Bell mi posa le mani sulla schiena e mi spinge avanti. La folla si apre per lasciarmi passare, neanche capisse che sta per succedere qualcosa.

A ogni passo, ogni certezza si sfuma di dubbio, poi di ansia, quindi di paura. E alla fine ecco la rabbia. Per l'uomo che di nuovo mi riempie di timore. Timore di sperare. Di osare.

E quando sono a mezzo metro da lui, fisso gli occhi scuri di Thomas. I capelli sono impeccabili, il suo solito completo sbuca da sotto il cappotto di cammello.

Lo stronzo sorride. Sorride come se fosse felice di avere Mary tra le braccia. Come se fosse felice di vedermi. «Alice, io...»

«Non hai mai detto di amarmi.» Sussulto nello sbottare il vero motivo della mia rabbia. La ragione per cui non mi fido di ciò che lui fa, per quanto dolce.

Thomas si ritrae alla forza delle mie parole. Le persone attorno a noi distolgono lo sguardo dalle vetrine per posarlo su di me.

Ma prima che Thomas possa ribattere, Mary interviene. «A volte le azioni parlano più chiaro delle parole, zia Alice.» Appoggia la testa a quella di Thomas. «Non l'hai detto anche tu?»

Sì, l'ho fatto. E lo pensavo davvero. Ma anche se le azioni di Thomas, il folle desiderio di avere me e Mary a casa sua, l'album con un anno almeno di foto, le vetrine con tutto ciò che noi tre potremmo essere, nel complesso parlano d'amore, ancora non riesco a scacciare il dubbio.

«Può essere vero,» risponde lui al posto mio. «Ma ad alcuni possono servire anche le parole, e se uno davvero ci tiene, allora deve smettere di essere un patetico codardo e dirle ad alta voce, anche se non l'ha mai fatto prima. Anche se non è sicuro di meritarsi di pronunciarle.»

Gli occhi di Mary saltellano tra noi. «Non penso che il vero amore debba essere così complicato.»

Qualcuno ride, Bell inclusa, che mi raggiunge. «Mary, dolcezza, ti va di venire a conoscere il tuo nuovo zio Chase?» Tende le braccia verso di lei. Mary non sembra convinta, ma poi Bell aggiunge: «Ha Mike con sé.»

Si illumina. «Il Principe Michael?»

Al cenno d'assenso di Bell, Mary si agita per essere messa giù.

Thomas la depone a terra, assicurandosi che sia ben salda sui piedi prima di lasciarla andare. Quando è alla porta, Mary si volta e ci guarda da dietro Bell. «Mi raccomando, baciatevi quando avete finito!»

Bell segue Mary dentro, borbottando qualcosa che suona tipo: «Andrai molto d'accordo con lo zio Chase.»

Il che mi lascia da sola con Thomas.

E una folla di newyorkesi curiosi.

«Innanzitutto, vorrei chiederti scusa.» L'espressione fiera di Thomas, ora che Mary non c'è, sarebbe spaventosa se non fossi sicura al novantanove per cento che la rabbia è rivolta a lui. «Non ho scusanti per il contratto che...»

«Ti ho ricattato.» Mi avvicino. Voglio sentire le parole che spero vorrà pronunciare. «Lo capisco.»

Scuote il capo, e una falda del cappotto mi sfiora. «Ma il detective privato...»

Gli afferro il bavero, e quel contatto mi rassicura. «Ti ha aiutato a trovare Kayla prima della polizia.»

Mi posa le mani sulle spalle, come a trattenermi qualora volessi abbracciarlo. «Sì, ma avrei dovuto dirtelo quando...»

«Va tutto bene, ti perdono.» Stringo le dita attorno alla

stoffa. A ogni frase che non è quella che mi auguravo, il nervosismo in me aumenta.

«Sai...» Inarca un sopracciglio, e un angolo della bocca si solleva. «Per qualcuno che vuole sentirsi dire quelle parole, interrompi un sacco.»

Apro bocca per rispondere, poi la chiudo di scatto quando un membro del nostro pubblico improvvisato ridacchia.

Anche l'altro angolo della sua bocca si curva in su.

«Nel mio ufficio mi hai chiesto perché. Perché tu e Mary doveste continuare a vivere con me. Perché dovessi volerti.» Una delle sue mani mi scivola verso il collo, mi si posa sulla guancia. «Non sono riuscito a risponderti. Forse perché ogni risposta che mi veniva in mente era falsa. E non volevo mentirti più.» Mi accarezza la guancia con il pollice. «La verità è che non ti merito. Sei più forte di me. Più intelligente. Molto più brava con le parole.»

Qualcuno tira su con il naso.

«Ma ti amo.» Le mani ricadono, come se, una volta ammesso il suo crimine, stesse aspettando il verdetto finale.

Un gruppo di donne sospira in coro.

Non posso che pensare che sia davvero stupido. E lo sono anche io. Lui per una serie di ragioni, io per aver avuto bisogno di quelle parole. Perché ora che le ho sentite, servono solo a sottolineare ciò che il mio cuore sapeva già. Il cervello doveva solo recepire il messaggio.

«Thomas?» Lo guardo negli occhi e gli cingo la vita con le braccia.

Il suo pomo d'Adamo sussulta. «Sì?»

Mi alzo in punta di piedi. «Ti...»

«Zia Alice!»

Tutti i presenti mugugnano all'unisono quando Mary sbuca dalla porta. «Thomas mi ha regalato un gatto!» Corre a gettarsi addosso a Thomas, e quindi a me.

Rischiamo di cadere entrambi, ma lui ci sostiene.

«Grazie, Thomas, grazie!»

Chase si affaccia, con Mike Hunt in costume da orsetto nel marsupio. «Avete finito voi due o cosa? Mary e io vogliamo riportare Mike a casa di Tallero per giocare con il nuovo gattino.»

Mary alza lo sguardo su di noi. «Possiamo?»

Thomas mi guarda, gli occhi pieni di speranza.

Scrollo le spalle in un tentativo di indifferenza. «Visto che nel mio nuovo appartamento non si possono tenere animali, immagino che io e Mary non avremo altra scelta se non tornare a stare da te.»

La fronte di Thomas si aggronda.

Tendo una mano per lisciare i solchi tra le sopracciglia, poi gli accarezzo il setto nasale e la linea tesa delle labbra. «Quindi è un bene che ti ami anche io.»

Sotto l'indice sento crescere il suo sorriso.

E lì, davanti a una ressa di sconosciuti, clienti, familiari e dipendenti, Thomas Moore mi bacia.

Tutti esultano.

Un po' affannati, ci stacchiamo per respirare. Nei suoi occhi c'è un mondo di promesse senza parole.

Mary si inchina al pubblico. «E vissero per sempre felici e contenti.»

Epilogo

Thomas

«Ammettilo.» Chase mi fa un sorrisetto dall'angolo del mio divano in salotto. «Ti piace Dick.»

Inarco un sopracciglio verso mio fratello a quel volgare doppio senso, visto che *dick* significa anche *cazzo*. Dalle casse del sistema surround fuoriesce un album natalizio di Elvis. «Si chiama Re Richard.» Accarezzo il gatto di razza bengala di Mary, che fa le fusa tutto contento. «Ed è mille volte meglio del tuo.»

Mi godo l'espressione oltraggiata di mio fratello.

Ho preso un bengala per Mary, una razza di grandi dimensioni, maestosa, facile da addestrare, con uno spettacolare manto a chiazze, per assicurarmi che il felino in casa fosse completamente diverso dal demonio scarsamente dotato di follicoli di mio fratello.

E poi Mary l'ha chiamato Re Richard.

Ovvero Re Dick Moore.

Chase, dapprima offeso che non avessi preso uno sphynx, era fin troppo compiaciuto.

«Ehi.» Chase coccola suddetto demone, che indossa un maglione natalizio. «Fa' il bravo.» Quando si tira vicino il gatto, la pelle rugosa sotto il mento di Mike si ripiega tutta.

«Non starai mica bullizzando lo zio Chase, vero, papà?» Mary, con addosso un abito da principessa verde e rosso, ci raggiunge con in mano un vassoio di biscotti di Natale.

«Lo sta facendo, Mary.» Chase annuisce serio da sopra la testa calva di Mike. «Il tuo papà è proprio un bullo.»

Da un lato mi riempie di orgoglio sentirmi chiamare papà da Mary, da quando io e Alice l'abbiamo adottata formalmente la scorsa estate; dall'altro, non ci tenevo che formasse un legame così stretto con il suo malevolo zietto.

Alice ci raggiunge con un altro piatto di biscotti, seguita da Bell con un vassoio di bicchieri e una brocca di latte.

Il mio primo pensiero è che questa settimana dovrò fare tanta attività aerobica.

Il secondo, nel vedere il grembiule di Alice, ornato di pelo rosso e campanelle, legato sopra all'abito Victoria Beckham, è che devo essere stato un bimbo molto buono.

Le si illuminano gli occhi quando guarda la sala. Una famiglia e un albero di Natale. Proprio come le avevo promesso con l'esposizione in vetrina di dieci mesi fa.

Valeva la pena versare quell'acconto sostanzioso al miglior vivaio di alberi di Natale di New York per vedere il sorriso di Alice e Mary di fronte ai ben quattro abeti consegnati a casa a inizio mese. Uno per l'atrio, in modo che Alice potesse vederlo ogni volta che torniamo insieme dall'ufficio. Uno accanto a cui sederci in salotto, la sera, quando leggiamo. E due piccoli per la nostra camera da letto e quella di Mary.

Fare l'amore con Alice al bagliore delle lucine è stato il punto più alto delle vacanze.

Mamma arriva dietro Alice, con in mano una grande scatola con fiocco. «Chi è pronto per i regali di Natale?»

«Io!» Mary si mette a saltare su e giù. «Io!»

«Mamma, non è ancora Natale.» Alice scuote il capo verso mia madre, che in risposta si illumina. Entrambe adorano che Alice usi quell'appellativo con lei.

«Solo uno, cara.» Solleva un dito; sull'unghia dalla perfetta french manicure è dipinto un alberello di Natale, come suggerito da Mary. «Una tradizione della vigilia.»

Alice mi guarda. «Davvero? Aprite i regali alla vigilia?»

«No.» Ignoro l'occhiataccia di mia madre. «Ma potremmo iniziare una nuova tradizione.»

Mia madre è di nuovo entusiasta. «Esatto, una nuova tradizione.» Posa il pacco davanti a Mary prima che Alice possa protestare. «Ecco, Mary. Apri questo.» Poi ci guarda tutti. «In realtà è per tutta la famiglia, ma pensavo di farlo aprire a Mary.»

Mary strappa la carta, ma trova solo un'altra scatola. E poi un'altra, e un'altra ancora. È circondata da pacchi e carta prima di trovare finalmente una busta.

Vederla tentare di nascondere la delusione di fronte a un regalo così piccolo sarebbe buffo se non fossi così nervoso al pensiero di quel che mia madre potrebbe aver combinato stavolta.

«Continua,» la sprona mia madre, e la sua impazienza mi rende ancor più teso.

Mike fa le fusa stile motoscafo contro Bell, che cerca di impedire a quel suo animaletto pervertito di infilarsi nella sua scollatura.

Re Richard mi appoggia la testolina sul petto, e il suo sommesso vibrare mi calma.

Palesemente è il migliore tra i due gatti.

«Cos'è, tesoro?» domanda Alice quando Mary apre la busta.

La bambina si acciglia di fronte al foglietto che ha in mano. «Una barca?»

Alice spalanca la bocca. «Mamma...»

«Non è una barca!» Mia madre solleva le mani. «Giuro, non è una barca.» Scavalca le scatole e indica il foglietto tra le dita di Mary. «Sono dei biglietti.» Ci guarda raggiante. «Per una crociera Disney.»

«Non ci credo,» sussurra stupita Mary.

L'espressione di mamma si fa compiaciuta. «E comprende anche una cena nella sala dei banchetti di Cenerentola.»

«Non ci credo!» ripete Mary prima di saltare in braccio a mia madre. «Sei la migliore, Reginella! Grazie, grazie, grazie!»

Alice si siede sul bracciolo del divano. «Tanti saluti alla bici nuova che le porterà Babbo Natale,» mi sussurra con il viso soffuso di affettuosa esasperazione.

Re Richard le mette una zampa in grembo, facendola sorridere.

Davvero, che creatura intelligente, questo felino.

————

Alice

Qualche ora dopo, con Mary a letto e tutti gli altri tornati a casa per la notte, io e Thomas siamo soli e circondati da alte pile di regali incartati.

«Pensavo mi avessi detto che avevi smesso di comprare regali dopo la Casa dei Sogni di Barbie.» Guardo i pacchetti che Thomas ha recuperato dai vari nascondigli della casa. «Sembra che ce ne siano molti di più rispetto all'ultima volta che li ho contati.»

«La maggior parte proviene da Babbo Natale.»

«Sì, come no.» Roteo gli occhi. «Mary è molto viziata.»

Lui scrolla le spalle. «Se lo merita.»

«Già.» Mi siedo sul divano accanto a lui e mi godo il bagliore variopinto dell'albero di Natale. «Immagino sia così.»

Si sposta accanto a me, allungando una mano dietro di sé. «E te lo meriti anche tu.» Thomas mi porge un lungo tubo.

«Da quanto tempo lo tieni infilato sotto il cuscino del divano?»

«Non importa.» Indica il tubo di cartone con un fiocco rosso attaccato sopra. «Aprilo.»

«Aspetta.» Mi sporgo in avanti e sfilo il mio regalo per Thomas da sotto il divano. «A quanto pare avevamo lo stesso nascondiglio.» Prendendo la grande scatola, pesante ma sottile, e gliela lascio cadere in grembo. «Apri prima questo.»

Conoscendo Thomas, il cilindro che mi ha dato probabilmente contiene il Diamante Hope. Il mio regalo non sarà mai all'altezza.

Faccio una smorfia alla scatola, nervosa. «È solo un pensierino, davvero.»

Mi bacia la guancia. «Grazie.»

Thomas è uno di quelli fastidiosamente lenti nell'aprire i pacchetti. Infila il dito sotto il nastro adesivo e lo stacca come se la carta da regalo fosse fatta d'oro.

Quando finalmente arriva al regalo, sono troppo sollevata per essere ansiosa. Sono ancora più sollevata quando un lento sorriso si diffonde sul suo volto normalmente serio.

È una foto incorniciata in bianco e nero del nostro matrimonio dell'estate scorsa.

Thomas ci ha messo quattro mesi dopo che io e Mary siamo tornate a vivere con lui per convincermi a sposarlo. Questa volta sul serio. Sebbene fossi sicura che Thomas mi amasse, che *ci* amasse, ero ancora titubante mentre le pratiche tra Kayla e lo Stato venivano finalizzate e Mary iniziava la terapia per affrontare la consapevolezza che sua madre l'aveva abbandonata.

Quando finalmente avevo detto di sì, Thomas non aveva voluto aspettare. Così eravamo fuggiti, questa volta alle Hawaii e non a Las Vegas.

In realtà, più che una fuga d'amore si è trattato di un matrimonio al mare, visto che la famiglia di Thomas ci ha raggiunti. E per me è andata bene così. Perché ora sono anche la mia famiglia.

Bell, essendo Bell, canticchia ancora *Blue Hawaii* di Elvis ogni volta che io e Thomas ci baciamo.

Cosa che accade spesso.

«Chi l'ha fatta?» Thomas fissa la foto, ancora sorridente.

Cattura il momento in cui, dopo le nostre promesse, io e Thomas abbiamo preso Mary per mano, facendola dondolare con la sua gonna di erba tra di noi mentre camminavamo lungo la spiaggia.

«L'ho fatta scattare da qualcuno del resort.» Guardo l'inquadratura, nervosa all'idea di regalare una foto a un fotografo.

Tutti i membri della famiglia, oltre a George, Susan e persino Raymond, lanciano stelle filanti intorno a noi. Tutti tranne Chase, che ha Mike Hunt sotto un braccio e Re Richard sotto l'altro, entrambi con il papillon e molto offesi. Mi piacerebbe pensare che non fossero contenti della loro vicinanza ai fuochi d'artificio, ma credo piuttosto che si stessero sibilando addosso a vicenda.

«Mi piace.»

Sospiro di sollievo. «Davvero?»

«Sì.» Si china su di me e mi bacia.

Quando si scosta, troppo presto, il suo sorriso è più premuroso. «Questa sarà la prima foto di me in casa mia.»

«Lo so.» Mi alzo, gli prendo la cornice e mi avvicino a dove sono appese le otto calze. «Ecco perché penso che questo sia il posto migliore per sfoggiarla.» La appoggio sopra il quadro, che probabilmente costa più di un'automobile, appeso sopra il caminetto.

Lui annuisce ancora raggiante. «Perfetto.»

Il mio sospiro questa volta è quasi sognante. Perché questa, con gli alberi di Natale, le riunioni di famiglia e Thomas Moore, è la mia vita. Sì, lo è.

«Ma credo che l'anno prossimo sarà ancora meglio.»

Ridendo, aggiro le pile di regali e torno al divano. «Questo Natale non è ancora finito e tu stai già pensando al prossimo.»

Prende il tubo dal divano. «Apri.»

Chiedendomi cosa mai ci possa stare in un tubo di cartone stretto lungo quaranta centimetri, faccio una pausa. «Non è un dildo, vero?» Lo scuoto, ricordando il peso di Trusty Thrusty tanti mesi fa, e mi rendo conto che è troppo leggero.

Vengo ricompensata con un'alzata di sopracciglia tipica di Thomas Moore. «Solo perché Moore's è entrato nel business dei sex toy, non significa che la mia casa sarà inondata di dildo.»

Mi mordo il labbro per non ridere. Thomas è ancora un po' sbalordito dall'incontenibile entusiasmo dei clienti di Moore's che chiedevano il loro Trusty Thrusty dopo che lui ne aveva messo uno in vetrina.

A quanto pare ai nostri clienti piacciono Gucci e Chanel, ma anche un sano contorno di cazzo.

Moore's ha ora un proprio reparto di sex toy accanto alla lingerie femminile.

I biglietti da visita di Chase ora recitano *CEO & responsabile peni di gomma*. Ne aveva fatti fare alcuni per Thomas, ma lui li ha bruciati.

«Sì, scusa.» Abbasso la testa per evitare che Thomas veda la mia espressione divertita. «Certo che no.»

Faccio saltare il tappo di plastica da un'estremità del tubo e ne estraggo un foglio di carta arrotolato. Lo apro e lo stendo sul tavolino di fronte a noi, accanto al piatto di biscotti per Babbo Natale.

Sono dei progetti.

«Non capisco.» Socchiudo gli occhi sulla pagina; le linee sono difficili da distinguere sotto le luci dell'albero di Natale. «Cos'è questo?»

Se non lo sapessi, penserei che Thomas sia nervoso dal modo in cui i suoi occhi si spostano di lato e la sua gola si sforza di deglutire. «I progetti per il nostro nuovo quinto piano.»

Inclino il mento verso l'alto, come se potessi vedere attraverso il soffitto. «Hai intenzione di aggiungere un piano alla casa?» Sono quasi certa che il Comune avrà qualcosa da ridire al riguardo.

«No, convertirò la soffitta, che al momento è inutilizzata.» Si china in avanti e tocca il foglio. «Voglio farne qualcosa di utile.»

Cercando di ignorare il delizioso profumo della sua colonia, leggo le parole al centro dei riquadri disegnati sui progetti che ora noto essere delle stanze. «Vuoi costruire due camere da letto lassù? E un bagno?» Mi acciglio ancora perplessa. «Perché?»

Lui alza le spalle, un piccolo movimento in contrasto con la sua espressione ansiosa. «Più camere da letto significano più bambini che potremo prendere in affidamento.»

Elvis canta di tornare a casa per Natale. L'antico orologio a pendolo ticchetta. Il mio cuore batte un ritmo il doppio più veloce. Tutto, tranne quello che Thomas ha appena detto, è improvvisamente chiaro. Finché non sento una lacrima scivolare sulla mia guancia e gli occhi di Thomas si spalancano.

A quel punto l'*unica* cosa che riesco a dire è: «Mi ami davvero, non è così?»

La mia vista si offusca, ma vedo le spalle di Thomas abbassarsi in segno di sollievo prima che mi attiri a sé, baciando via le lacrime. «Sì, ti amo.» Poi le sue labbra trovano le mie.

Affondo nel suo abbraccio e facciamo l'amore alla luce degli alberi; ormai sono mesi che Thomas è diventato esperto di sesso sul divano.

E quando siamo sfiniti, felici e senza più lacrime, Thomas mi abbraccia da dietro; insieme ci godiamo la vista delle lucine colorate e del contatto caldo tra i nostri corpi.

«Immagino che ti piaccia il regalo,» mi dice con voce roca e ancora un po' ansiosa.

«Lo adoro.» Sorridendo, mi giro all'indietro per baciarlo di nuovo. «*Molto*, molto meglio di un dildo.»

Volete altri Moore?

Vai su https://www.saralhudson.com/italiano *per l'epilogo bonus, per scoprire chi è il nuovo amico di Mike e il piano dei fratelli Moore per ritrovare la sorella.*

Also By

Tutti ma non Tu! Serie

una serie di commedie romantiche e sexy su tre fratelli e un gatto senza pelo.

———

La Spazio Serie

Commedie romantiche contemporanee sugli uomini e le donne della NASA.

Donne intelligenti e uomini sexy.

L'autore

Sara è originaria della East Coast ma ha seguito il marito, ingegnere della Nasa, in Texas. Ora vive a Houston con il suo brillante marito e i suoi figli.

Ha conseguito un master in scrittura creativa presso l'Università di Bath Spa in Inghilterra e ha pubblicato come giornalista ed editorialista.

Scrive commedie romantiche perché il mondo ha davvero bisogno di ridere e amare di più.

e-mail: sara@saralhudson.com

www.saralhudson.com